AMORE DA RED CARPET

(Hollywood Hearts 2)

Jean Joachim

Romance Contemporaneo

Moonlight Books

Dedica

A Larry Joachim,
mio marito e miglior amico da 30 anni

Ringraziamenti

Grazie per il vostro supporto: Marilyn Lee, Kathleen Ball, Jack Drucker, Tonya V Rathan Merz, Sandy Sullivan, Tabitha Bower, il mio editore.

Altri libri di Jean C. Joachim

<u>FIRST & TEN SERIES</u>
GRIFF MONTGOMERY, QUARTERBACK
BUDDY CARRUTHERS, WIDE RECEIVER
PETE SEBASTIAN, COACH
DEVON DRAKE, CORNERBACK
SLY "BULLHORN" BRODSKY
AL "TRUNK" MAHONEY
HARLEY BRENNAN, RUNNING BACK
OVERTIME, THE FINAL TOUCHDOWN
A KINGS' CHRISTMAS

<u>THE MANHATTAN DINNER CLUB</u>
RESCUE MY HEART
SEDUCING HIS HEART
SHINE YOUR LOVE ON ME
TO LOVE OR NOT TO LOVE

<u>HOLLYWOOD HEARTS SERIES</u>

IF I LOVED YOU
RED CARPET ROMANCE
MEMORIES OF LOVE
MOVIE LOVERS

LOVE'S LAST CHANCE
LOVERS & LIARS
His Leading Lady (Series Starter)

NOW AND FOREVER SERIES
NOW AND FOREVER 1, A LOVE STORY
NOW AND FOREVER 1, THE BOOK OF DANNY
NOW AND FOREVER 3, BLIND LOVE
NOW AND FOREVER 4, THE RENOVATED HEART
NOW AND FOREVER 5, LOVE'S JOURNEY
NOW AND FOREVER, CALLIE'S STORY (series starter)

MOONLIGHT SERIES
SUNNY DAYS, MOONLIT NIGHTS
APRIL'S KISS IN THE MOONLIGHT
UNDER THE MIDNIGHT MOON

SHORT STORY
SWEET LOVE REMEMBERED
TUFFER'S CHRISTMAS WISH

UN AMORE DA RED CARPET
(Hollywood Hearts, 2)
Jean Joachim

Capitolo Uno

Susanna Barnes, dai bellissimi capelli corvini, aprì con una spinta la porta. *Quinn Roberts, ricca star del cinema, pieno di sé. Con un bambino. Fantastico.* "Salve?" disse a voce alta, entrando appena oltre la soglia.

"Sono qui...ventotto, ventinove, trenta," urlò una voce profonda.

Susanna si mosse nella direzione di quel suono, fermandosi a pochi metri dall'ingresso del soggiorno. Quando alzò lo sguardo, si trovò di fronte il corpo abbronzato e seminudo di un uomo muscoloso, appeso per le mani ad una barra di metallo fissata al telaio della porta. I suoi occhi percorsero i muscoli flessuosi e sudati delle spalle di lui, poi si spostarono sulla sua schiena e poi più in basso, sui suoi fianchi. *Boxer...bel sedere.* Scendendo ancora di più, trovarono cosce forti che andavano man mano assottigliandosi, lasciando il posto a caviglie perfette da bermuda e piedi nudi.

Quando lei si schiarì la voce, l'uomo balzò giù dall'attrezzo e si voltò.

"Accoglie sempre le persone in boxer, signor Roberts?" domandò lei con un sopracciglio inarcato, mentre il suo sguardo danzava sul petto bagnato di lui, coperto da una fine peluria scura, e si soffermava sulla sua vita. *Spalle larghe come un campo da basket.*

Lui afferrò un asciugamano di spugna nero da una sedia vicina e se lo avvolse in vita. Il rossore si diffuse sulle sue guance.

"Chiedo scusa. Sono già le dieci?" Le tese la mano. "E mi chiami Quinn."

Il suo sorriso sbilenco, gli occhi di un turchese scuro che si piegavano agli angoli e i capelli castani che gli ricadevano sensualmente sulla fronte la colsero alla sprovvista. La presenza di quell'uomo non riempiva solo il piccolo corridoio, riempiva l'intero appartamento.

"Susanna Barnes," disse lei, deglutendo prima di stringergli la mano. Si sentì avvampare sotto il calore del suo sguardo, mentre lui percorreva la sua figura fino alla punta dei piedi, per poi risalire fino ai suoi occhi in una frazione di secondo.

"Torno subito." Quinn si precipitò fuori dalla stanza con movimenti eleganti, per farvi ritorno nemmeno venti secondi più tardi, mentre si allacciava un morbido accappatoio blu navy. Susanna notò che il colore dell'accappatoio rendeva più profondo il colore dei suoi occhi.

"Junior è qui," disse lui, facendole cenno di seguirlo attraverso il soggiorno. Susanna intravide un divano componibile di camoscio marrone che abbracciava due pareti, un tavolino da caffè rettangolare in legno di quercia e un paio di poltrone in pelle bianca dal design moderno. *Ambiente mascolino, come lui.* Giunti in fondo al corridoio, entrarono in un'ampia camera degli ospiti con un letto matrimoniale, affiancato da un lato da una culla portatile, e dall'altro da una piccola scrivania posta contro la parete. La stanza era arredata nei colori del turchese e panna, con mobili in legno di quercia.

Mentre entravano, una testolina fece capolino da sopra la protezione paraurti. Un paio di occhioni marroni entrarono in contatto con quelli di Susanna.

"Questo è Junior. Junior, la signorina Barnes."

"Susanna, per favore," rispose lei, rivolgendo l'attenzione al bambino. "È adorabile." Susanna si avvicinò al box e si piegò per prenderlo in braccio. Quinn afferrò velocemente un pannolino di tessuto e lo stese sulla spalla di lei.

"Sembra che lui...ehm...che a volte sbavi." Quinn arrossì leggermente.

"Naturale. Quanto ha?"

"Cinque mesi. Ha molta esperienza? So che Dana dell'agenzia ha fatto tutti i controlli su di lei e così via, ma...sono curioso..."

"Ho accudito i tre figli di mia sorella a intervalli per quattro anni."

"Ah. Bene. Quindi se ne intende di bambini?"

"Adoro i bambini," Susanna sorrise a Junior e lui ricambiò il sorriso. Lo sollevò e strofinò la faccia sul suo pancino, facendolo ridere di felicità. "Che carino."

"Quando può cominciare?" Quinn si appoggiò contro lo stipite della porta.

"Pensavo di aver già iniziato. Oh, aspetti. I documenti." Susanna allungò una mano verso la tasca posteriore dei pantaloni e ne estrasse un plico di fogli piegati. Dopo averli dati a Quinn, si sistemò Junior su un fianco e raccolse un piccolo orsetto di peluche.

Quinn aprì i documenti e li scorse velocemente. "Vedo che ha firmato l'accordo di riservatezza."

"Quello secondo cui non devo divulgare nulla di quanto viene detto o fatto qui? Sì, certo. Nessun problema. Non avrei comunque nessuno a cui dirlo."

"Non ha amici qui?"

"Non ho ancora avuto la possibilità di cominciare la mia vita qui."

Lui annuì, come se sapesse ciò che aveva voluto dire, prima di cambiare argomento. "Dormirà qui con lui. Spero vada bene per lei."

"Rende tutto più facile se il bambino si sveglia di notte. Dorme già fino al mattino?" Susanna si girò a guardarlo. Il suo accappatoio si era aperto leggermente, offrendole la vista del suo petto. Le fu molto difficile distogliere lo sguardo dai suoi fantastici pettorali.

"Non lo so davvero. È arrivato solo due giorni fa e fino ad ora, direi che si, l'ha fatto. Se si è svegliato, io non l'ho sentito."

"E la sua camera dov'è?" Susanna cercò di non essere imbarazzata nel porre quella domanda, ma non vi riuscì.

"In fondo al corridoio."

"Niente baby monitor?"

"Cosa?" Lui sollevò le sopracciglia.

Susanna rise. "Per lei è davvero tutto nuovo, eh? Un baby monitor è una specie di interfono. Le permette di sentire il bambino dalla sua camera, come un walkie-talkie. Se non dormite nella stessa stanza, gliene servirà uno."

"Ora è lei il mio baby monitor." Quinn le sorrise.

"Ha intenzione di vestirsi oppure le grandi star del cinema non indossano niente?" Susanna portò Junior sopra la cassettiera, prendendo con sé un pannolino e iniziò a cambiarlo. Con la coda dell'occhio, vide Quinn precipitarsi fuori dalla porta e ridacchiò tra sé e sé. *Uno a zero per la tata.*

Susanna trascorse l'ora successiva alla ricerca del latte in polvere e degli omogeneizzati di Junior, dei suoi vestiti e dei giocattoli. Con indosso una maglietta e un paio di jeans, Quinn camminava avanti e indietro per il salotto mentre parlava al telefono. Lei cercò d'ignorare la sua conversazione e concentrarsi su Junior, accarezzandogli i capelli e sistemandolo nel passeggino. Ogni tanto gettava occhiate furtive al corpo stupendo dell'attore. Alcuni sprazzi della sua conversazione le fecero capire che si stava preparando a girare un nuovo film.

Quinn riattaccò il telefono quando si trovò di fronte lei e il bambino, pronti per uscire.

"Le chiavi?" Chiese lei.

"Non chiudo mai a chiave. Crash o Stokes controllano l'entrata, quindi è sicuro."

"Crash? Ha un portiere che si chiama Crash?" Le sopracciglia di lei s'inarcarono.

"Si. E adoro quel nome. Lui è il mio preferito, ma anche Stokes non è male."

"Andiamo a fare una passeggiata prima di pranzo."

"E i suoi bagagli?"

"Oh." Ora fu il turno di Susanna di arrossire. "Non ho molto con me. Solo una valigia. È una lunga storia..."

"Una valigia?" Quinn sollevò le sopracciglia.

"A casa di mia sorella."

"La chiami e le dica di farla trovare pronta. Manderò Bobby a prenderla."

"Bobby?" Lei spostò il peso sull'altra gamba.

"Il mio autista. Bè, non proprio mio. Ce lo dividiamo io e Chaz. Ma Chaz e Meg sono fuori città, quindi per ora è mio."

"Chaz? Vuole dire Chaz Duncan?" Susanna inarcò un sopracciglio.

"Il mio migliore amico."

"Separati alla nascita. Capisco," commentò lei, tirando fuori il telefono. Dopo aver parlato con sua sorella Annie, Susanna lasciò l'indirizzo su un pezzo di carta per Quinn e spinse il passeggino di Junior fuori dalla porta.

Il sole brillava nel cielo, riscaldando quella mattina di Maggio. Si fermò per sistemare la copertina intorno al corpicino di Junior, prima di svoltare a destra sulla Settantaquattresima strada e dirigersi verso Riverside Park. L'aria fresca l'aiutò a schiarire la mente. Sorrise, mentre camminava lungo la via. *La mia vita fa abbastanza schifo, ma è una bellissi-*

ma giornata, Junior è adorabile e ho un bel posto in cui vivere. Almeno per due mesi. Potrebbe andare peggio.

Susanna osservò gli alberi in fiore e sentì le dita prudere dal desiderio di farne uno schizzo. Rami e tronchi d'albero intrecciati in maniera intrigante attiravano la sua attenzione, implorando il suo occhio artistico di riprodurli su carta. Aveva preso in braccio Junior, quindi ora ce l'aveva di fronte. *Potrei anche iniziare una conversazione con il piccolino.*

"Allora, cosa ne pensi? È il giorno più bello della mia vita o cosa?" Il bambino farfugliò qualcosa, lo sguardo fisso sul volto di lei. Quella risposta le provocò un risolino e Susanna accelerò il passo. *Non ho i soldi per iscrivermi in palestra, quindi passeggiare con Junior dovrà essere la mia attività fisica.*

Non passò molto tempo prima che l'aria fresca fece addormentare il bambino. Susanna terminò il giro intorno a Riverside Drive e tornò verso le grandi porte in ferro battuto del Wellington Arms. Crash le aprì la porta.

"Ho sentito che rimarrà qui per un po', eh?"

Lei annuì.

"Sono Crash. Se c'è qualcosa che posso fare per lei..."

"Grazie. Io sono Susanna." Gli offrì la mano e lui la strinse.

"Sta con il signor Roberts, eh? Brav'uomo. Ha proprio bisogno del suo aiuto ora che è arrivato il bambino. Lui non saprebbe da dove iniziare."

"Capisco. Dev'essere il suo primo figlio. Lei ha figli, Crash?"

"Due. E sì, credo sia il primo."

Junior si svegliò e cominciò a piangere. Crash chiuse la porta d'ingresso e Susanna si avviò velocemente verso l'ascensore, che in pochi secondi li portò al ventunesimo piano. Una volta entrata, portò il bambino direttamente in cucina. Il piccolo continuò ad agitarsi mentre lei lo metteva sul seggiolone e gli allacciava il bavaglino intorno al collo. Quinn entrò in cucina.

"Cosa c'è che non va? Si è fatto male? Non sta bene?" La sua fronte si corrugò.

Susanna lo guardò, notando la preoccupazione nei suoi occhi e sorrise. "No. È solo affamato." Dovette aprire cassetto dopo cassetto e mobiletto dopo mobiletto per trovare una scodella e un cucchiaio. "Non ha un cucchiaio per bambini?"

"Ho solo ciò che sua madre mi ha lasciato. Ecco." Quinn raggiunse con la mano la tasca posteriore dei suoi pantaloni e tirò fuori un rotolo di banconote. Estrasse cinque pezzi da venti dollari e li porse a Susanna. "Compri tutto il necessario per lui."

Lei infilò i soldi nei jeans prima di mischiare un po' di latte in polvere nella pappa e dargli da mangiare. "Come ha fatto prima che arrivassi io?"

"È venuta mia sorella." Quinn si lasciò cadere su una sedia e rimase ad osservare.

"Sorella?"

"Si, più grande. Ha cresciuto tre figli." Avvicinò un dito a Junior e restò a guardare mentre il bambino avvolgeva le piccole dita intorno a quelle grandi di Quinn.

"Lei non ha la minima idea di cosa fare, mi sbaglio?" Susanna mescolò il latte in polvere e l'acqua.

Lui scosse la testa, mentre lei portava un'altra cucchiaiata di pappa alla bocca di Junior.

"Questa è la prima volta che lo vedo."

Susanna abbassò il cucchiaio, mentre restava a bocca aperta. "È suo figlio e non l'ha visto per cinque mesi?"

"Non è andata esattamente così."

"È già entrato in scena un avvocato divorzista?" Susanna continuò ad imboccare il bambino, che apriva avidamente la bocca in attesa del cibo.

"Per favore. Niente domande"

"Mi scusi. Dimenticavo che lei è un personaggio pubblico. Va bene. Sono cresciuta con tutto questo. Con tutti i *'sii carina, sorridi per la cinepresa, comportati bene, la gente ti guarda."*

"Davvero?" Quinn si adagiò nuovamente sulla sedia.

"Ha sentito parlare dell'Allenatore Joe?" Chiese lei mentre puliva il mento di Junior.

"L'Allenatore Joe...i Kensington State Kings...l'allenatore di basket?"

"Mio padre."

"Wow! Non ne avevo idea."

"Si. Lui è...era...Eravamo sotto i riflettori tutto il tempo. I giornali locali ci osservavano sempre e anche le testate nazionali. Lo odiavo."

"Era?"

"È morto in un incidente d'auto...tre mesi fa. Proprio quando le cose stavano andando bene tra di noi." Susanna s'interruppe, posando per un attimo il cucchiaio nella scodella di Junior, mentre gli occhi le si riempivano di lacrime. Si premette i palmi delle mani sugli occhi e si asciugò le lacrime.

"Mi dispiace tanto. Non lo sapevo." Quinn le appoggiò una mano sulla spalla.

"Era andato in pensione e quel giorno mi stava portando in città con tutta la mia roba. Il mio primo appartamento...finalmente riuscivo a passare del tempo con lui," disse lei, mentre continuava a dar da mangiare al bambino.

"Quindi era in macchina anche lei quando è successo l'incidente?"

Lei annuì.

"Ha subito lesioni gravi?"

"Sono qui e tutt'intera," rispose lei con un sospiro tremante e riappoggiò l'utensile.

Junior sollevò lo sguardo verso di lei, i suoi occhioni che la scrutavano mentre ingoiava un boccone di papa. Quinn le strinse la mano. "Sono felice che stia bene."

"Grazie." Un piccolo sorriso le incurvò le labbra per un istante, poi scomparì. Susanna si gettò le lunghe ciocche nere dietro la spalla e riprese ad imboccare il neonato.

"Ma quanto mangerà ancora questo bambino?" Quinn rivolse l'attenzione al piccolo.

Lei scrollò le spalle. "Lo scopriremo." Junior mangiò tutta la sua pappa, così Susanna aprì un vasetto di omogeneizzato alla pesca. Ne prese una cucchiaiata e lo portò alla bocca del bimbo, che lo divorò. "Credo che diventerà una buona forchetta. Probabilmente diventerà bello robusto. Dopotutto, basta guardare il padre. Lei cos'è, uno e novanta?"

"Si, ma lui non prenderà da me."

"Come fa ad esserne così sicuro?"

Quinn alzò le spalle, poi lanciò un'occhiata al proprio orologio e si alzò dalla sedia. "Sono in ritardo. A dopo." Afferrò la sua ventiquattrore e, prima che lei avesse la possibilità di chiedergli dove stesse andando, era già uscito. *Un uomo gentile, ma un pessimo padre. Un vero peccato.*

****

L'ascensore che Quinn aveva chiamato arrivò velocemente. Mentre scendeva verso il piano terra, ripensò a Susanna. *È stupenda. Meravigliosi occhi verdi, capaci di guardarti dentro. Intelligente. Fa già troppe domande. Dannazione! È sexy. Dovrei evitare di provarci con lei? Posso fidarmi di lei?*

Quando Quinn raggiunse la strada, trovò Bobby ad aspettarlo. "Dove andiamo?"

"Café Limoges, nel Parco."

"Ricevuto." Bobby mise in moto la macchina e si allontanò dal marciapiede. "Ti incontri lì con una nuova ragazza?"

"Si e no. Mi vedo con Jaden Benedict."

"La scrittrice?"

"Si." Quinn volse lo sguardo verso i fiori in boccio di Central Park.

"È bona?"

"Voglio opzionare il suo nuovo libro, non portarla a letto, Bob," rise Quinn.

"Ma esci con lei, la porti fuori a cena...sicuro che non si stia innamorando di te?"

"Dai, Bobby, non siamo in un film. Questa è la vita reale. Non sono un Casanova. Solo un attore alla ricerca del ruolo che gli farà spiccare il volo. Questo è il modo in cui si fanno affari."

"Stai attento. Le donne sono imprevedibili. E con la tua reputazione da Don Giovanni e il tuo personaggio di Joe Martin e così via...potrebbe essere interessata."

"La storia del Don Giovanni è tutta pubblicità falsa. Non sono interessato a lei, al di fuori del suo libro. Cavolo, ho la bambola più sexy della città nel mio appartamento. La bambinaia è arrivata oggi, ed è stupenda" Un'immagine delle curve di Susanna gli fluttuò nella mente.

"Una bella fortuna!" rise Bobby. "Magari si prenderà cura sia di te che di Junior."

"Non è così. Si occupa davvero del bambino. È meglio che me ne stia buono...se se ne va, dovrò cambiare i pannolini e dar da mangiare al piccolo campione da solo." Guardò fuori dal finestrino, ammirando gli alberi ricoperti delle verdi foglie primaverili, mentre percorrevano il viale del parco. La fioritura degli alberi di frutta esplodeva di colori, aggiungendo il rosa e il bianco alle splendide sfumature della stagione.

"Non posso avvicinarmi più di così," disse Bobby, accostando vicino al marciapiede a circa un isolato dal ristorante.

"Grazie, amico."

"Buona fortuna. Con entrambe le ragazze," sogghignò Bobby.

Quinn gli rivolse un sorriso e uscì dalla macchina. S'infilò gli occhiali da sole mentre s'incamminava per il sentiero, sperando di celare la sua identità, oltre che schermarsi gli occhi. Il Café Limoges era uno dei suoi ristoranti preferiti. Adorava la cucina francese e, anche se a casa stava molto attento alla dieta, quando usciva si concedeva di mangiare quello che desiderava.

Il *maître d'* lo condusse verso un tavolo. Jaden era già lì e stava bevendo. Quinn si mise a sedere dalla parte opposta del tavolo.

"Era ora, Quinn. Stavo per andarmene," disse lei, sorseggiando il suo vino bianco.

"Mi dispiace. Sono stato trattenuto da…bè, è una storia lunga."

"Ho molto tempo," rispose lei, tirando fuori un piccolo block-notes e una penna. "Raccontami tutto."

Lui scoppiò a ridere. "Non credo proprio, Jaden. Sai che non c'è nulla di me che sia disposto a rendere pubblico. Nemmeno in un libro. Un attore ha diritto a un po' di privacy."

"Lo so, ti stavo solo prendendo in giro." Jaden si spostò i corti capelli castani e gli sorrise.

"Non sono mai tranquillo con te." Quinn aggrottò le sopracciglia. Il cameriere si fermò al loro tavolo e prese le loro ordinazioni. Quinn prese uova alla Benedict, mentre Jaden ordinò un'insalata.

"Dimmi, cosa siamo noi… amici, colleghi, amanti…come credi che finirà?"

Quinn si allungò sulla sedia e rimase a guardarla. *Sicuramente non amanti. Non posso fidarmi di te e non reggi il confronto con Susanna.* "Parlami ancora del tuo nuovo libro."

"*AMORE CIECO*?" Quando lui annuì, Jaden gli raccontò nel dettaglio la sua storia di un uomo diventato temporaneamente cieco in guerra che s'innamora di una ragazza non vedente. "Hanno una relazione, ma poi arriva un terzo uomo, anch'egli cieco. Il primo uomo—il ruolo perfetto per te—recupera la vista e la ragazza non vedente lo respinge per l'altro uomo, che è cieco in maniera permanente."

Il cameriere ritornò col cibo, un altro bicchiere di vino per Jaden e un Mimosa per Quinn.

"Mi piace molto questa storia. Potrebbe interessarti un'opzione?" Lui sorseggiò il suo drink.

"Tipo cosa? Quarantamila per riservare a te la storia per un anno?"

"Avevo pensato a cinque anni. È probabile che mi ci vogliano almeno due anni per avere l'ok a procedere e una buona sceneggiatura."

"Cinque anni per quarantamila bigliettoni? Avanti, Quinn, puoi fare di meglio."

"Okay, quindi cosa vuoi?"

"Settantacinquemila per cinque anni."

"Settantacinque! Mi sembra un po' esagerato," disse lui, finendo il suo drink.

"Non per la star della serie di Joe Martin. Ehi, io sono un'umile scrittrice senza soldi. Il libro sta crescendo, potrebbe diventare un bestseller. Ed è il motivo per cui non posso svenderlo. Capisci cosa intendo?"

Lui prese un boccone di uova. Il silenzio cadde tra di loro mentre mangiavano. *Se non riesco a venderlo ad un produttore, rimango fregato per un sacco di soldi.*

"Naturalmente se uscissimo insieme...bè, non potrei mai lucrare sul mio ragazzo facendogli pagare così tanti soldi."

Un brivido attraversò la schiena di Quinn. *Il tuo culo secco nel mio letto in cambio di una storia? Non credo proprio.* "Preferisco non mischiare gli affari con il piacere, Jaden. Spero tu capisca." Sentì il sudore impregnargli i palmi delle mani. *Facile. Non perdere questo affare.*

"Pensa a quanto puoi pagare e ci rivedremo." Il sorriso di lei si trasformò in un'espressione accigliata.

"Lo farò. Il ruolo di Sam sarebbe perfetto per me."

Lei gli rivolse uno sguardo malizioso. "Sono d'accordo. E mi piacerebbe molto anche provare alcune di quelle...scene con te."

Non s'arrende. Quinn prese il conto e lo pagò. Jaden gli avvolse le braccia intorno al collo e lo baciò con slancio e a lungo prima di lasciare il locale. Altri clienti sollevarono lo sguardo su di loro e cominciarono a mormorare. *Dannazione, Jaden! Volevo che questo incontro restasse anonimo.* Quinn si districò il più carinamente possibile, poi uscì dalla porta.

La fresca aria primaverile lo rinvigorì. Dopo essersi ripulito del bacio di Jaden sfregandosi con il dorso della mano, cominciò a camminare lentamente, diretto verso il suo appartamento. Per fortuna, non era stato riconosciuto e questo gli permise di essere un semplice cittadino di New York che si godeva una passeggiata nel parco.

Capitolo Due

Susanna spinse il passeggino di Junior fuori dall'ascensore e per poco non andò a sbattere contro Quinn nell'atrio. "Un'altra passeggiata?" Chiese lui.

"L'aria fresca gli fa bene. E anche gli stimoli visivi. Non staremo via molto."

Crash le aprì la porta e lei uscì con disinvoltura, ondeggiando i fianchi mentre canticchiava sommessamente. Quinn si girò a guardarla e i suoi occhi si fissarono sul movimento del suo sedere. La bocca gli diventò secca e i palmi delle mani cominciarono a sudare. Notò i capelli di lei, che rimbalzavano al ritmo del suo passo elastico. *Sembra abbastanza felice per una ragazza nella sua situazione.*

Un sorriso gli si dipinse in volto. La sua ultima ragazza non faceva che piangere e lamentarsi per qualunque cosa. Le continue lagne per manipolarlo lo facevano andare fuori di testa. Susanna non sembrava affatto quel tipo di donna. Attese di fianco alla porta finché lei non entrò in Central Park e scomparve dalla sua vista. Poi tornò nel suo appartamento.

Aprì le porte a vetri scorrevoli che portavano sullo spazioso terrazzo e, prendendo un block-notes e una penna, uscì. Sistemò una sedia vicino alla ringhiera e si sedette. Fece uscire la punta della penna con un click e cominciò a fare una lista dei propri impegni. Sarebbe partito per

Los Angeles tra due settimane. *Non posso lasciarla sola con Junior. Dovrò portarli con me.*

Un sorriso sbilenco gli increspò un angolo della bocca al pensiero di portare l'adorabile signorina Barnes nel suo appartamento di Malibu. Quando sollevò lo sguardo, la vide nell'area giochi del parco, dall'altra parte della strada. Il posto era deserto, tranne che per Susanna e Junior. Posò la penna per osservare.

Susanna parcheggiò Junior a distanza di sicurezza dal canestro e raccolse una palla da basket abbandonata vicino alla staccionata. La fece rimbalzare diverse volte prima di accovacciarsi e dribblare come una professionista. Quinn la osservò passarsi la palla da una mano all'altra, in mezzo alle gambe e da una parte all'altra del campo.

Con una mossa fluida, palleggiò in direzione del canestro ed effettuò il tiro in sottomano perfetto. L'essere alta soltanto un metro e settanta non costituì un problema per la sua performance. Quinn era affascinato dal suo zigzagare avanti e indietro per poi eseguire tiri in sospensione perfetti, seguiti da tiri a uncino altrettanto precisi. *Accidenti, ha un gancio migliore del mio.*

Deve averglielo insegnato suo padre. Susanna continuò ad allenarsi nel campo da sola. Ad ogni minuto che passava, il suo lavoro di piedi diventava più veloce, più sicuro di sé, e i suoi tiri più audaci. Era formidabile secondo ogni standard. Ad un certo punto, forse rimasta leggermente senza fiato, si fermò e si mise a sedere a gambe incrociate sull'asfalto.

Abbassò la testa e se la portò tra le mani, mentre le sue spalle cominciavano a tremare così forte che lui riuscì a notarlo da una tale distanza. Dopo pochi istanti, Susanna si rialzò in piedi, si asciugò gli occhi con la mano e fece rotolare la palla nel punto in cui l'aveva trovata e ritornò da Junior.

Nel vedere tutta la sua tristezza, Quinn si sentì stringere il petto. Il ricordo della morte di suo padre s'insinuò nella sua mente e nel suo cuore. *Quel giorno all'ospedale...sarebbe stato così felice di Joe Martin. Se solo...* Gli occhi gli si riempirono di lacrime nel ricordare il suo amato padre. Il breve momento di pianto di Susanna gli aveva ricordato il dolore per la sua perdita e Quinn alzò gli occhi in cerca della donna, ma lei era già svanita nel cuore del parco. Quel momento di connessione con lei era svanito.

Verrà con me assolutamente. Decise in quel preciso istante che avrebbe portato Susanna e Junior con sé nel suo prossimo viaggio a Los Angeles e in qualunque altro posto si fosse dovuto recare. *È dura essere solo. Saremo una famiglia fino al ritorno di Annemarie.* Trasse un respiro profondo, fu attraversato da un leggero tremito e ritornò alla sua lista.

Tira e molla, fai e disfa, la sua agenda per i prossimi mesi sarebbe stata assolutamente instabile. Poi sarebbe ritornato sul set per girare il nuovo film di Joe Martin. *Per allora sarà meglio che Annemarie sia tornata.* S'irrigidì al pensiero che lei potesse non rientrare prima della sua partenza o che le succedesse qualcosa di tale gravità da impedirle di tornare del tutto. Le sue preoccupazioni furono interrotte dallo squillo del suo cellulare.

"Ciao, Jaden, hai deciso di darmi il tuo libro?" Quinn rientrò in casa.

"Non ancora. Sarò a Los Angeles per la premiere di *Joe Martin: Avventura sull'Himalaya.* Hai già una compagna per l'occasione?"

"Non ci avevo pensato." Quinn si lasciò cadere sul divano.

"Che ne dici di me? Non dobbiamo necessariamente essere amanti, a meno che tu non lo voglia...e io potrei usare la pubblicità."

"Certo, perché no?"

"Mi fa piacere che tu abbia detto 'si,' perché ho appena comprato un vestito."

Quinn rise. "Eri proprio sicura di te, eh?"

"Sono sempre sicura di me quando un uomo vuole il mio libro."

Lui ridacchiò poi alzò lo sguardo quando la porta d'ingresso si aprì all'improvviso. Susanna entrò, canticchiando una canzone a Junior. "E

I E I OH." I suoi capelli scompigliati dal vento, gli occhi luminosi e le labbra socchiuse in un bel sorriso la rendevano più bella che mai.

"Chi è?" chiese Jaden.

"Devo andare," rispose Quinn, chiudendo la comunicazione, incapace di staccare lo sguardo da lei.

Susanna si piegò per prendere in braccio Junior, offrendo inconsciamente a Quinn una visuale eccellente della sua ampia scollatura. La bocca di lui si fece secca. Le sue dita cominciarono a formicolare. Susanna sollevò il bimbo sopra la sua testa e cominciò a tubare con lui. Lo sguardo di Quinn scivolò lentamente sul suo seno e poi più in basso, sul suo ventre piatto e sui suoi fianchi, finendo per scorrere lungo le sue gambe snelle. Non riuscì a impedire che un sorriso lascivo gli si dipingesse sulle labbra.

* * * *

"Cosa c'è?" Susanna notò che lui la stava guardando. "Si vede qualcosa?" Si strinse Junior al petto e tirò l'estremità della sua maglietta con la mano libera.

"Nulla. Come facciamo per la cena?" Quinn si alzò dal divano, mise il suo block-notes nella tasca posteriore dei pantaloni e lasciò cadere la penna sul tavolino.

"La cena?"

"Si. Tutti dobbiamo mangiare. Credo che lei abbia preso del cibo per Junior, ma per noi due?"

"Non ha niente in frigo?" Susanna si sistemò il bambino sul fianco e s'incamminò verso la cucina con Quinn al seguito. Dopo aver aperto il frigorifero prima e il freezer dopo, si voltò verso di lui. "Niente tranne birra, un lime e del formaggio vecchio." Proseguì con l'ispezione dei mobili. "E qualunque tipo di cereali dolci presenti in commercio." Susanna richiuse lo sportello della dispensa.

"Immagino che dovremo andare a fare la spesa," disse lui, allungandosi contro il bancone di granito.

"*Noi?* Ora sono anche una cuoca? Non ricordo di averlo letto tra le mansioni di questo lavoro," rispose lei, spalancando gli occhi.

"Credo che dovremo discutere di alcune cose. Che ne dice di un drink prima?"

Lei annuì, sistemando Junior sul seggiolone.

"Vodka e tonic va bene?"

"Certo." Susanna raccolse tutto il necessario per la cena di Junior, che consistette in carne macinata, verdure macinate e frutta, prima di sedersi di fronte al bambino. Quando gli allacciò il bavaglino, il piccolo cominciò a dare dei calcetti con le gambe e ad emettere gorgoglii eccitati. "Lo guardi. Sa che è ora di cena," disse lei, sorridendo.

Quinn osservò Junior. "Ha ragione."

Susanna mescolò la carne con un po' di fagiolini verdi, mentre guardava gli occhi di Junior che seguivano ogni sua mossa. "È adorabile. Che musetto! È eccitato per via della cena," rise.

Quinn preparò due vodka e tonic, aggiunse una fetta di lime fresco e le porse uno dei drink. Susanna prese un sorso, poi appoggiò il bicchiere sul tavolo, lontano dalla portata del bambino. "Mmm. Buono."

Sedettero in silenzio mentre osservavano Junior mangiare. Susanna tubò con lui, aprendo la bocca quando voleva che lui aprisse la sua, e ridendo quando rideva lui. Mentre Quinn osservava quei suoi modi buffi, un lento sorriso gli si dipinse in faccia.

Tenendo in mano una bottiglietta di succo di frutta, Susanna si rilassò sulla sedia e prese un sorso del suo drink con l'altra mano. Poi prese in braccio Junior e lo portò in soggiorno. Lo posò su una grande coperta sul pavimento, sistemandogli delle chiavi di plastica per bambini e qualche altro giocattolo di gomma a portata di mano. Lui afferrò l'anello delle chiavi e se le mise in bocca, cominciando a masticarle e a sbavare. Quinn la seguì con entrambi i bicchieri.

"Sta mettendo i dentini," annunciò lei, asciugandogli il mento con uno dei pannolini di tessuto.

"Parliamo. Ora." Prendendola gentilmente sotto il gomito, Quinn l'aiutò ad alzarsi in piedi e l'accompagnò fino al divano. Susanna sprofondò sui cuscini di fianco a lui e prese un sorso del suo drink.

"Dobbiamo chiarire quali sono i suoi compiti. La pago cinquecento dollari a settimana per prendersi cura di Junior. Ma secondo l'agenzia, questo vale solo per sei giorni a settimana. Io ho bisogno di sette giorni su sette. So che è impegnativo, ma si tratta solo di due mesi. Inoltre, mi piacerebbe molto se lei cucinasse. Sa cucinare?"

Lei annuì. "Cucinavo per i miei genitori quando mia madre era ammalata."

"Ammalata?"

"È morta di cancro tre anni fa."

"Mi dispiace tanto," disse lui, posandole una mano sulle sue.

"Stava dicendo," rispose lei, allontanando la mano da quella di lui. *È un bel pezzo d'uomo, ma questo è il suo bambino. Possibile che non voglia prendersene cura affatto? Nemmeno per un giorno la settimana?*

"Per la cucina, mi servirebbe solo la cena. Mi arrangerò per la colazione e il pranzo. E poi dovrebbe occuparsi di Junior per sette giorni a settimana. Quanto vuole in più?"

Susanna si morse il labbro inferiore e alzò gli occhi ad osservare il soffitto. *Quanto può valere quel lavoro in più. Scommetto che è ricco. Hmm.*

"Uh...Non lo so, perché è il mio primo lavoro di questo tipo...settecentocinq—"

"Che ne dice di mille dollari la settimana?"

Lei deglutì rumorosamente e annuì. "Per me va bene," disse con voce stridula.

"Bene. Affare fatto. Ora, per quanto riguarda la cena di stasera. Che ne dice se ordino qualcosa con consegna a domicilio?"

"Sarebbe fantastico." Susanna prese un altro sorso e lanciò un'occhiata a Junior, che si stava divertendo allegramente.

"Che cosa le piace mangiare?" Quinn tirò fuori il telefono.

"Di tutto," rispose lei, scrollando le spalle.

"Cucina francese?" Quinn sollevò le sopracciglia.

Gli occhi di lei s'illuminarono. "Mi piacerebbe molto."

Quinn aprì il portellino del telefono e digitò un numero. "Jean Marc? Sono Quinn. Qual è il piatto della casa stasera?"

Susanna ritornò sul pavimento in compagnia di Junior. Lui gorgogliò e s'allungò per prendere un anello giallo con dei ciondoli. Lei glielo avvicinò, osservando i suoi progressi. *Cibo francese con Quinn Roberts, nel suo appartamento. Qualcuno potrebbe considerarlo un appuntamento romantico. Cosa deve succedere tra due mesi? Perderà il bambino? Sembra non importargliene. Non potrei mai amare un uomo che non ama suo figlio.*

Gli angoli della sua bocca s'abbassarono. *Amore? Siamo realisti. Lui è una star del cinema. Tu non sei nessuno. Non pensarci nemmeno all'amore. Questo è un lavoro, niente di più.* Quando riportò gli occhi sul bambino, il piccolo si era addormentato. Lo prese in braccio e lo portò nella sua camera. Dopo avergli cambiato il pannolino e avergli infilato un pigiama, lo sistemò nel lettino per la notte. Si tolse le scarpe, si sgranchì le dita, poi raggiunse a piedi nudi il soggiorno.

"Spero non le dispiaccia se ho ordinato per tutti e due?"

"Va bene. Basta che non abbia ordinato cervella di vitello." Fece una smorfia e rabbrividì.

Lui ridacchiò. "No. *Coquilles Saint Jacques*, il mio piatto preferito. Scaloppine."

"Mi sembra ottimo." *È carino, come potrebbe essere tanto freddo?* Susanna entrò in cucina per preparare la tavola.

Quinn le fu subito dietro e appoggiò il suo bicchiere sul tavolo insieme a quello di lei. Aprì il frigo. "Vino? Chablis?"

"Perfetto," rispose lei, rivolgendogli un sorriso timido. "Vado a rinfrescarmi." Susanna si ritirò in camera sua e chiuse la porta. Si lavò le mani e il viso, si truccò di nuovo in modo leggero e aggiunse una spruzzatina di profumo alla violetta. Si sfilò la maglietta da sopra la testa, sostituendola con una pulita color corallo e indossò un paio di orecchini formati da piccole conchiglie. Fu silenziosa come un topolino, sempre con un orecchio teso ad ascoltare il respiro regolare del bambino che dormiva nella sua culla. Quando ritornò in cucina, assistette al termine di una conversazione telefonica di Quinn.

"Bene. Le dirò di chiamarti. Grazie, Mag. Lo so. Ti voglio bene anch'io." Quando lei fece il suo ingresso, Quinn sollevò lo sguardo, indugiando sul suo seno. "Carina," mormorò.

"Vuole bene a chi? Oh, niente domande, mi scusi, mi ero dimenticata." Susanna si sedette, prese un grosso sorso e finì il suo drink. *Gelosa dopo un giorno? Calmati, sorella.*

Quinn posizionò il cavatappi sulla bottiglia di vino. "Mia sorella, Maggie. È la mia segretaria. Preferisco assumere persone di cui mi fido." Detto ciò, estrasse il taccuino dalla tasca posteriore dei pantaloni e staccò una pagina. Vi appuntò sopra qualcosa e lo porse a Susanna. "Questo è il suo numero di telefono. Sta aspettando la sua chiamata. Le dica pure ciò che le serve per Junior. L'affare audio..."

"Vuole dire il baby monitor?"

"Sì, sì. Quello. Qualunque cosa. Lei farà l'ordine e si assicurerà che venga consegnato qui."

"Anche una sedia a dondolo?" Susanna sollevò le sopracciglia.

"Anche una sedia a dondolo."

"Grazie."

Lui annuì. In quel momento suonò il campanello. Il cibo era arrivato. Susanna versò il vino, mentre Quinn andava ad aprire la porta. La fame le fece brontolare lo stomaco. Tra l'accamparsi fuori dall'appartamento di sua sorella, il dormire sul divano e l'aiutarla con i bambini, i suoi pasti erano stati raffazzonati alla bell'e meglio. Una dieta quotidiana a base di nuggets di pollo, uova strapazzate e hamburgers dei fast-food l'aveva nauseata. Sopravviveva mangiando il meno possibile per evitare che il suo stomaco si ribellasse. Aveva voglia di cibo vero, cibo da adulti, un pasto da persone civilizzate.

Quinn sollevò una grossa borsa, mentre attraversava il passaggio a volta ed entrava in cucina. Susanna sentì l'acquolina in bocca. Lui scartò il cibo—*Coquilles Saint Jacques*, riso selvatico e *haricot verts*. Millefoglie per dessert. Susanna si dedicò al suo piatto, masticando lentamente e chiudendo gli occhi per assaporare ogni boccone.

"Sembra che siano anni che non mangia." Quinn s'infilò una scaloppina in bocca.

"È molto tempo che non mangio cibo da adulti. Stando con Annie e i ragazzi...mangiavano costantemente cibo da bambini. Se vedo un'altra nugget di pollo..."

Lui rise. "Si goda la cena. Ancora?"

Susanna annuì entusiasta. Quinn le servì un'altra porzione della scaloppina cremosa e le versò dell'altro vino.

"Mangiamo il dessert sul terrazzo?" chiese lui, sollevando il suo bicchiere.

"Il terrazzo?" *Oddio, l'atmosfera si scalda e io mi sto sciogliendo.*

"Non l'ha visto prima? Immagino di no. È dall'altra parte del soggiorno." Quinn prese due forchette, mise la Millefoglie in un piatto e si alzò in piedi. Le offrì la mano e lei l'accetto. La guidò oltre l'angolo, poi aprì le porte di vetro scorrevoli. C'era un tavolino di ferro battuto rotondo con la superficie in vetro e quattro sedie, anch'esse di ferro battuto, con morbidi cuscini a tema floreale nelle tinte del verde, del bianco e del corallo.

Quinn posò il piatto sul tavolino e tirò fuori una sedia per farla accomodare. Susanna si sedette, mentre con lo sguardo ammirava il panorama. *Questo è un pressing a tutto campo. Riuscirò a resistere* "È semplicemente...incredibile. Questo panorama...è...fantastico. Se vivessi qui, sarei sempre su questo terrazzo."

"Lei vive qui," disse lui dolcemente. Il cielo aveva appena cominciato a tingersi di rosa, facendo presagire che il giorno seguente sarebbe stato sereno. L'aria sembrava più fresca al ventunesimo piano, oltre i gas di scarico che intossicavano i pedoni laggiù.

Susanna avvampò. "Immagino di sì. Almeno per ora. Ma avrei paura a portare Junior qua fuori, specialmente quando inizierà a gattonare."

"Prenda un box. Li chiamano ancora box quelle cose lì?"

"Si. Affare fatto. Lo dirò a Maggie. Sarebbe carino avere una sedia a dondolo...per calmare il bambino."

"Meglio fare una lista." Quinn prese una forchettata della dolce delizia.

"Ha intenzione d'investire un bel po' di soldi per suo figlio per tenerlo solo per pochi mesi."

"È ...complicato."

È quello che dicono tutti. I padri che non vogliono fare i padri. Susanna distolse lo sguardo dal bellissimo viso di lui e lo riportò sul parco. Poteva vedere fin oltre quella distesa, nonostante gli alberi in fiore cominciassero a creare un muro di verde, limitando la visuale.

"Scommetto che in inverno si possono vedere chiaramente le macchine che passano sulla Quinta Avenue."

"È così. Io preferisco il panorama primaverile ed estivo. Gli alberi, i fiori, i cavalli e le carrozze."

"Anche io preferisco temperature più miti. Odio il freddo."

"Ma ha vissuto su a nord, giusto?" le chiese lui, inarcando un sopracciglio.

"Non mi è mai piaciuto. Almeno non in inverno. Preferisco la città o la spiaggia."

"Anche io. Ho una casa a Malibu. Vicino all'oceano." Quinn avvicinò la sedia al tavolo.

"Mi sembra logico. Voglio dire, dato che deve stare da quelle parti a lungo per lavoro." Susanna tagliò un pezzo di millefoglie con la forchetta.

"Gli hotel non si contano nel mio lavoro e a volte mi piace essere libero di farmi un caffè o un drink quando ne ho voglia. È anche bello avere un posto per tutte le mie cose."

"Un posto per tutte le sue cose? Mi ricorda..."

"George Carlin! Si!" Quinn scoppiò a ridere e lei si unì a lui. Il sole cominciò a tramontare ad ovest, facendo imbrunire il parco e gettando ombre enormi sulla città. Susanna lanciò un'occhiata al suo orologio, poi si alzò in piedi.

"Penso che leggerò un po'." Un po' a disagio, cominciò a raccogliere i piatti. Lui le aprì la porta.

"Me ne occuperò io. Lei ha avuto una lunga giornata."

"Grazie," rispose lei, porgendogli il piatto del dessert. Indugiò sulla soglia, indecisa su cosa fare.

"È strano essere in casa con una bella donna che non è qui con...per...stare con me." Quinn arrossì e rivolse lo sguardo ai piatti che aveva in mano.

Piccola gaffe, Quinn? Susanna nascose un risolino dietro la mano, prima di posargliela sul braccio. "Lo so, eh? Stavo per dire la stessa cosa. Voglio dire, cenare con un uomo fantastico che non ha intenzione di saltarmi addosso finita la cena."

Lui rise, i suoi occhi incontrarono quelli di lei. "Lei è qui per Junior. Non ho in programma di saltarle addosso, non che non mi piacerebbe. Magari è meglio se sto zitto," disse, incamminandosi verso la cucina.

Lei rise sotto i baffi, il calore le imporporava le guance. "Allora buonanotte."

Lui rispose con un cenno del capo. L'ultimo suono che Susanna udì quando chiuse la porta della sua camera fu il rumore dell'acqua che scrosciava sui piatti e, forse, un piccolo sospiro.

* * * *

Susanna stese una corta vestaglia in seersucker rosa ai piedi del letto matrimoniale. Abbassò le coperte e lasciò scivolare il corpo nudo tra fresche lenzuola di cotone pregiato. Aprì il tascabile che aveva acquistato alla libreria di seconda mano sulla Broadway e si sistemò due cuscini dietro la schiena.

Nonostante cercasse di leggere, la sua mente continuava a vagare e il suo sguardo si posò sulla porta chiusa. *Sono nuda in un letto nell'appartamento di Quinn Roberts. Lui è in fondo al corridoio e presto sarà anch'egli nudo nel suo letto. Sono completamente al sicuro. Non m'importunerà. E io sono delusa.*

Susanna spense la luce e si sdraiò, tirandosi il lenzuolo sopra il seno. Si girò su un fianco, restando ad ascoltare il respiro regolare di Junior, e lasciò che la sua mente vagasse. *Quinn Roberts. Generoso, dolce...ma non vuole interagire con suo figlio? Così bello. Avrei voglia di infilare le dita tra i suoi capelli. Scommetto che anche solo una notte con lui sarebbe meravigliosa.*

Cercò di bandire tutti i pensieri sessuali dalla sua mente, ma questi continuavano a tornare. *È proprio in fondo al corridoio. Dannazione.* Non passò molto tempo prima che cadesse in un sonno agitato, che proseguì finché la luce del sole e il pianto del bambino non la svegliarono alle sei.

Susanna si gettò addosso la vestaglia e prese in braccio Junior. Lo cambiò, gli baciò le guance e se lo sistemò sul fianco, mentre apriva silenziosamente la porta e sgattaiolava in cucina, non volendo svegliare Quinn. Indaffarata nella preparazione del latte in polvere coi cereali e la frutta per il bambino, Susanna canticchiava tra sé e sé. Junior sgambettava con le piccole gambe e lanciava dei piccoli gorgoglii mentre la guardava muoversi avanti e indietro. Lei si gettò i capelli dietro la schiena e infilò la prima cucchiaiata di pappa nella bocca aperta di Junior.

Cominciò a cantare dolcemente *BABY BELUGA*, una canzone di Raffi che cantava sempre ai suoi nipoti, mentre lo imboccava. Junior spostava gli occhi dal viso di lei al cucchiaio e di nuovo al viso di lei, completamente rapito dal suono della sua voce. Quando finì, il piccolo emise lo strillo più forte che avesse mai sentito provenire da un bambino. Si trattava di un urletto di piacere, ma la spaventò comunque e Susanna fece un balzo, lasciando cadere il cucchiaio sul pavimento di ceramica con un rumore di sferragliamento.

Guardò nervosamente il corridoio, senza riuscire a vedere la soglia della camera di Quinn dalla cucina. Susanna rimase seduta immobile, trattenendo il respiro, ma non udì alcun rumore provenire dall'altra parte dell'appartamento.

Un altro strillo e un'altra risatina di Junior riportarono l'attenzione di Susanna su di lui e sul dargli da mangiare. Mise il cucchiaio nel lavandino e ne prese uno pulito. Felice, il bambino continuava a tentare di prenderglielo dalla mano. "No, no, il cucchiaio è mio. Quando sarai più grande...ti prenderemo un cucchiaio per bambini...e..."

"Pensa che lui la capisca?" Una voce profonda la sorprese. Susanna lasciò cadere il cucchiaio pulito, schizzando il cibo appiccicoso sul vassoio del seggiolone e sul bambino. Agitata, si lanciò un'occhiata alle spalle, mentre ripuliva tutta quella confusione e vide Quinn in piedi, scalzo e con indosso solo i boxer, che si massaggiava il mento. Sentì il calore che le infiammava il petto risalirle anche lungo il collo.

"Mi scusi. Non intendevo spaventarla. Ho sentito un urlo. Di solito la sveglia per le riprese è alle cinque, quindi non dormo mai fino a tardi."

Lo sguardo dell'uomo scivolò sul corpo di lei, provocandole una sensazione di formicolio in posti che erano nascosti alla vista di lui soltanto da un pezzo di stoffa sottilissimo. Susanna appoggiò il cucchiaio per chiudere la vestaglia succinta intorno al corpo e stringerne i lacci.

"Com'è che si chiama quel tessuto?" Lo sguardo di Quinn seguì le sue curve.

"Seersucker," disse lei con la bocca secca.

"Oh. Carino."

Molto sottile, quasi trasparente. Prendi nota: comprare una nuova vestaglia. "Grazie," disse col fiato corto, l'imbarazzo a serrarle la gola.

Lui ridacchiò e scosse la testa. "È una nuova esperienza. Nella mia cucina non c'è mai stata una donna con indosso una vestaglia del genere che non fosse venuta direttamente dalla mia camera..." Scoppiò a ridere. "Strano. Dannatamente strano."

"Se può farla sentire meglio, neanche io mi sono mai trovata in una cucina alle sei del mattino con un uomo con indosso solo i boxer con il quale non avessi passato la notte." Susanna fece scorrere lo sguardo sul bellissimo petto di lui, seguendo la riga di scura peluria che portava più in basso, giù, giù fino all'elastico dei suoi boxer, che gli stavano bassi sui fianchi. Lui abbassò lo sguardo e diventò tutto rosso prima di voltarsi e correre verso la propria camera.

Susanna sogghignò, mentre puliva la faccia di Junior e lo tirava fuori dal seggiolone. "È ora di andare."

Lo portò in camera da letto e lo mise nella sua culla. Immediatamente, lui cominciò a piangere. "No, no, non ti sto rimettendo a letto, solo per qualche minuto..." disse lei, muovendosi avanti e indietro per la camera, tirando fuori i vestiti dai cassetti. Il vagito di Junior si trasformò in un vero e proprio pianto mentre lei si toglieva la vestaglia e afferrava la biancheria intima, infilandosi per prime le mutandine. Prima che potesse allacciarsi il reggiseno, la porta si spalancò.

"Susanna...non so cosa stia agitando Junior, ma..."

Dando le spalle alla porta, Susanna si voltò appena e vide Quinn che se ne stava lì nei suoi jeans, con la bocca aperta e lo sguardo fisso sui suoi seni nudi. Lanciò un urlo e si coprì il petto con le mani, Junior cominciò a strillare ancora più forte ora che aveva un po' di competizione e Quinn rimase fermo immobile.

"Le dispiace?" Gli urlò contro.

"Dispiace? Oh. Oh mio Dio. Mi scusi...mi scusi tanto," balbettò lui, diventando sempre più rosso.

"La porta!" Urlò lei, facendo urlare Junior ancora più forte. "Esca! Fuori!"

Quinn riprese il controllo di sé stesso e si voltò, uscendo velocemente dalla stanza e chiudendosi la porta alle spalle. Susanna si allacciò il reggiseno, s'infilò i jeans e si gettò una T-shirt sopra la testa. Poi prese in braccio il bambino urlante e rosso in faccia e lo abbracciò. Sgattaiolò sul terrazzo con Junior.

"Guarda, Junior. Guarda che bel panorama," gli parlò dolcemente. Mentre lo sguardo del bambino veniva attirato dal vasto cielo blu e dagli alberi verdeggianti, le ultime due lacrime gli rotolarono lungo le guance. Lei ondeggiò leggermente, cullandolo tra le sue braccia e parlandogli dolcemente. Lui appoggiò la testolina sulla sua spalla e i suoi occhi cominciarono a chiudersi. Susanna continuò con quel movimento regolare finché non fu sicura che si fosse addormentato. Quando il suo corpicino si afflosciò contro di lei, Susanna si voltò per riportarlo nella culla per un sonnellino.

Ancora una volta, fu sorpresa di trovare Quinn sulla soglia che le sorrideva. "Sarà una buona madre."

"Lei dice?"

Lui annuì. "Mi scusi per l'irruzione di prima. Come le ho detto, non sono abituato ad avere donne in casa che hanno bisogno di...ehm...privacy. Quando l'ho sentito strillare, ho pensato che fosse successo qualcosa e quindi, bè...non ho pensato...io..."

"Lo capisco. La prossima volta bussi. Non sono una delle sue *donne* e preferisco un po' di formalità. Quindi se potesse bussare..."

"Assolutamente! Lo farò. Promesso," ridacchiò lui.

Susanna s'incamminò verso la propria stanza con Quinn che la seguiva. "Cosa c'è di così divertente?"

"Non divertente, incantevole. Il panorama."

"Oh, sì. Ha steso anche Junior."

"Non quel panorama. Il panorama in camera sua. Wow. Voglio dire...non posso ignorare...ciò che ho visto...lei è...bellissima," disse lui, chiaramente imbarazzato, mentre il rossore sulle sue guance diventava più intenso e lui si passava una mano tra i capelli.

"Spero ne abbia goduto per bene, perché è la prima e l'ultima volta che vedrà quel panorama." Susanna sollevò il mento, girò sui tacchi e uscì stizzita dalla camera. *Ne sei così sicura?* "Oh sta zitta," mormorò tra sé e sé, mentre faceva sdraiare Junior. Prese in mano il suo libro, si sdraiò sul letto e, immediatamente, s'addormentò.

Capitolo Tre

"Buon pomeriggio ometto." Susanna prese in braccio Junior, gli cambiò il pannolino e lo portò in soggiorno. Mentre lui si divertiva con i suoi giocattoli su una coperta stesa sul pavimento, Susanna chiamò Maggie e le diede la lista delle cose di cui aveva bisogno. Poi andò su internet, su un sito chiamato *Al Vostro Servizio*, un take-away di cibo prelibato di New York che faceva anche consegne a domicilio. *Quinn vuole molta insalata, ma io no.* Fece un'ordinazione e la fece addebitare sul conto di lui.

Chiaramente Quinn non era a casa, dato che l'appartamento era silenzioso. Susanna sorrise tra sé e sé. *L'ho fatto scappare a gambe levate, immagino.* Dopo aver preso il latte in polvere e qualche snack da portare con sé per un giretto al parco, si voltò verso la porta d'ingresso per cercare il passeggino. E lì, dove avrebbe dovuto sedersi Junior, c'era un pallone da basket nuovo di zecca. Sopra vi era appiccicato un biglietto.

I migliori campi da basket sono a Riverside Park sulla 76esima.

Un enorme sorriso le colorì il volto. *Per me? Come fa a saperlo?* Tolse il pallone dal passeggino, vi fece sedere Junior e gli strinse le cinture di sicurezza. Dopo aver messo il pallone nel portapacchi, Susanna s'infilò un piccolo borsellino in tasca e si diresse verso l'ascensore. *Sei perdonato, Quinn.* Rivolse un sorriso raggiante a Crash quando lui le aprì la porta.

Era una bellissima giornata. Il cielo era di un azzurro brillante. L'aria si era calmata e scaldata e le accarezzava il collo con tocco gentile, mentre passeggiava lungo il marciapiede. Un sole abbagliante rimbalzava contro le finestre per riflettersi su vasi di rose e peonie all'esterno. Junior farfugliava e gorgogliava nel suo passeggino, come se stesse facendo una conversazione con Susanna, così lei gli parlava, sottolineando la bellezza di quella giornata e del paesaggio.

Quando raggiunsero la zona indicata da Quinn, Susanna si sedette su una panchina ad osservare. Il campo era enorme, con almeno sei canestri, tre per lato. Tre erano già occupati, ma ce n'era uno sul fondo che dava sulle panchine, che era libero.

Tuttavia, non poteva portare Junior lì in mezzo. *Troppi palloni da basket che volano di qua e di là. Potrebbe farsi male.* Un signore con i capelli grigi come l'acciaio, seduto all'estremità della panchina, abbassò il giornale per guardarla. Lei sollevò le sopracciglia.

"Sta cercando qualcosa, signorina?" le chiese.

"Cerco qualcuno che dia un'occhiata al bambino mentre faccio qualche tiro."

"Suo figlio?"

"Sono la tata."

"Che cosa implicherebbe? Il bambino ha bisogno di qualcosa?"

Lei scosse la testa. "Ha appena bevuto un biberon. Sta mettendo i dentini, quindi masticare uno dei suoi giochi dovrebbe tenerlo occupato."

"Lo farò io."

"Lei?" Susanna sollevò le sopracciglia.

"Perché? Pensa che non sia in grado di badare a questo birichino?"

Se fosse stato un uccello, gli si sarebbero arruffate le piume. Susanna sorrise. "Non ne dubito nemmeno per un istante. Ma non la conosco."

"Mi chiamo Max. Max Webster." L'uomo tese la mano, poi tirò fuori un bigliettino dalla tasca posteriore dei suoi pantaloni. "E qui c'è il mio indirizzo."

Lei osservò il biglietto, che riportava soltanto il suo nome e un indirizzo prestigioso a soli due isolati dall'appartamento di Quinn. "Palazzo di lusso."

"Non lasciano entrare i serial killer nel nostro palazzo. Non otterrebbero mai l'approvazione degli amministratori," disse lui con la faccia seria e un bagliore negli occhi.

Susanna scoppiò a ridere. "Susanna Barnes."

"Bimbo fortunato ad avere una tata come lei," disse Max, percorrendo con lo sguardo la sua figura.

Lei fece una smorfia e si allontanò di qualche centimetro da lui.

"Che cos' ho fatto?"

"So riconoscere uno sguardo lascivo quando lo vedo." Lei lo guardò con un'espressione corrucciata.

"Ehi, guardare non è contro la legge, no?" rispose lui con un'alzata di spalle.

"Bè no, ma..."

"Quindi mi faccia contento. Lasci che la guardi. Lei è una splendida visione per questi vecchi occhi."

"Lei non è così vecchio." Susanna accavallò le gambe.

"Abbastanza da essere suo padre...e forse anche di più," rise lui. "Allora, ha intenzione di fare qualche canestro e lasciare questo piccolino qui con me?"

"Non lo so."

"Ho dei nipotini." Lui sollevò le sopracciglia.

Quello la fece capitolare. *Che pericolo poteva costituire un nonno?* "Sarò proprio là e la terrò d'occhio. Quel canestro vicino alla porta. Posso correre via di lì in un secondo e sono molto veloce. La inseguirò e l'ammazzerò di botte con questo pallone da basket se torce anche solo un capello a Junior." Il suo volto s'incupì.

L'uomo alzò le mani. "Mi arrendo! Mi ha preso. Ora, perché mai dovrei fare del male ad un bambino così adorabile?"

"Non lo so. Non mi fido di nessuno. È stato affidato a me perché lo tenga al sicuro."

"Faccia come vuole," replicò Max, raccogliendo il suo giornale.

"Mi dispiace. Non intendevo insultarla. È solo che ne sono responsabile, capisce?"

"Vada. Si conceda cinque minuti. Tenga gli occhi su di me. Il bambino sarà al sicuro. Sono molto protettivo. Come si chiama?"

"Junior."

"Junior? Davvero? Sta scherzando," Le sopracciglia di Max si alzarono di scatto.

"È la verità. D'accordo. Cinque minuti." Susanna si alzò lentamente. Baciò il bambino sulla testolina e fece rimbalzare la palla lungo lo stretto sentiero verso il campo. Tenendo lo sguardo su Max e il neonato, Susanna si riscaldò. Dribblò, fece qualche tiro in sottomano e corse, palleggiando sul campo.

Nel frattempo, Junior la guardava o spostava i suoi occhioni marroni sul volto di Max. Qualche minuto più tardi, Susanna ritornò alla panchina madida di sudore. Aprì una bottiglietta d'acqua e ne trangugiò l'intero contenuto.

"È brava. Dannatamente brava. Dove ha imparato a giocare così?" chiese Max, spostando il passeggino verso di lei.

"Mio padre." Susanna accarezzò la testa di Junior e il bambino fece uno dei suoi gorgoglii.

"Dev'essere stato un buon allenatore."

"Lo era. L'Allenatore Joe. Mai sentito parlare di lui?"

"L'allenatore della squadra di basket del college che ha accumulato più vittorie per cinque anni consecutivi?"

"Proprio lui." Susanna gettò la bottiglietta vuota in uno dei cestini lì vicino.

"Wow! Sono davvero colpito. Deve essere molto orgoglioso di lei."

"Lo era...credo."

"Era?" Max appoggiò il braccio sullo schienale della panchina.

"È morto pochi mesi fa."

"Oh, mi dispiace," disse lui, posandole la mano sul braccio. Susanna la coprì con la sua, lascando comparire un flebile sorriso sulle sue labbra. "Quanti anni ha?" chiese Max, cambiando argomento.

"Ventotto. Quasi ventinove."

"Magari ora può aiutare lei me. Ho bisogno di un consiglio." Ripiegò il giornale e lo mise da parte.

"Da me?"

"Riguarda mio figlio. Ha quasi la sua età. Mi aiuti a capire. Mi dica cosa fare."

"Qual è il problema?"

"Voglio che diventi responsabile, che trovi un lavoro. Che si comporti da adulto..."

"E?"

"E lui vuole solo cazzeggiare, stare all'università per sempre e diventare...uhm...un Peter Pan e non crescere mai. Quattro anni di università e ora la scuola d'arte? Ma che cazzo! Come può riuscire a mantenersi facendo l'artista?" L'uomo arrossì. "Chiedo scusa per il linguaggio."

* * * *

Quando Quinn tornò dalla palestra, la prima cosa che notò fu che il passeggino e il pallone da basket non c'erano più. *Immagino che non sia più arrabbiata con me, o il pallone sarebbe ancora qui. Le donne non accettano mai un regalo quando sono ancora arrabbiate, tranne quelle che sono interessate solo ai soldi.* Si diresse verso la doccia.

Quando ebbe finito, si avvolse un asciugamano in vita e uscì sul terrazzo. Rimase in piedi ad ammirare il panorama, mentre con un altro asciugamano tamponava i folti capelli setosi. Le note di "Summer Rain" portarono la sua attenzione al cellulare. Era Chaz Duncan, star della serie fantascientifica *West of the Sun* Sci-Fi e suo migliore amico.

"Abbiamo ricevuto il tuo messaggio, ma non ero sicuro di cosa volessi dire. Annemarie ha lasciato suo figlio con te?"

"Si." Quinn si sedette su una sedia.

"Ti stai occupando di un bambino?"

"Ho assunto una tata."

"Quindi ora sei padre? Devo congratularmi con te?"

"È complicato." Quinn si passò le dita tra i capelli bagnati.

"Smettila di girarci intorno. È tuo figlio o no?"

"Non posso dirlo."

"Ho sempre pensato che tu ed Annemarie aveste una tresca segreta," ridacchiò Chaz.

"Sta zitto, Chaz."

"Hai una tata? Vive nel tuo appartamento?"

"Si." Quinn appoggiò un piede su un'altra sedia.

"È una vecchia strega o Mary Poppins?"

"È bona. Veramente una gran bella gnocca."

"Te la stai facendo?" Quinn sghignazzò, immaginando le sopracciglia di Chaz che si sollevavano. "Allora, stai tenendo le mani a posto o no?"

"Non l'ho sfiorata neanche con un dito. Saresti fiero di me."

"Si, certo," rispose sardonicamente il suo amico.

"È vero. Ho bisogno di qualcuno che si occupi del bambino. All'inizio è venuta Maggie ed è rimasta per un paio di giorni, ma non poteva restare. Se Susanna taglia la corda, sono fritto."

"Cosa succederà quando il bambino tornerà a casa?"

"Cosa vuoi dire?"

"Tra te e questa ragazza sexy?"

"Porterò lei e il bambino con me a Malibu," disse Quinn, cambiando argomento.

"Hmm, fuori in pubblico? Tu, la bella gnocca e il bambino? Mi sembra già di vedere la stampa."

"Cosa posso fare? Non posso lasciarla qui." Quinn si raddrizzò sulla sedia, mettendo entrambi i piedi a terra.

"Perché no?"

"E se succede qualcosa? Junior è una mia responsabilità. Devo tenerli con me."

"Ora capisco. Si. Okay, Quinn, portala dove vuoi. So che non vuoi stare lontano da questa tipa. Quando possiamo conoscerla?"

"Non è così." Quinn cominciò a camminare avanti e indietro.

"Sono io...Dunc. Non hai bisogno di fingere. Quando?"

"Magari mi piacerebbe uscire con lei..."

"O stare a casa con lei, eh?" Chaz ridacchiò.

"Quando tornate?"

"Meg ed io ci stiamo godendo un po' di tempo per noi due, in privato, una volta tanto. La maggior parte della stampa se n'è andata."

"Chiamami quando sarete di ritorno."

"Stammi bene. Non fare niente di stupido, Quinn."

Lui sorrise. "Ci proverò."

Quinn posò il telefono e raggiunse il soggiorno. *La casa sembra vuota senza Susanna e il bambino. I suoi seni erano...* Si perse tra i suoi pensieri e non sentì la porta chiudersi piano.

* * * *

Junior dormiva nel suo passeggino. Susanna scivolò silenziosamente alle spalle di Quinn, che fece un salto per la sorpresa quando lei parlò. "Ha un'avversione per i vestiti?" sbottò.

Lui fece un balzo, afferrando l'asciugamano che aveva stretto in vita. "Oh cavolo! Cosa ci fa lei qui?"

"Shhhh. Vivo qui ora, ricorda?" sussurrò lei, indicando il bambino addormentato con un gesto della mano.

Una luce maliziosa affiorò negli occhi di Quinn, mentre si avvicinava a lei. Susanna cominciò ad indietreggiare lentamente, ma Quinn continuò ad avanzare.

"Ora che ne fa menzione..." Quinn avanzò finché lei non si trovò con le spalle al muro. "Viviamo insieme, no?"

"Non la metterei proprio così..."

"Ma è così." Mentre le ampie spalle di lui s'avvicinavano sempre di più, Susanna avvertì il calore irrorarsi nel suo corpo. *È così sexy. Tu sei la tata, ricordi?* I suoi occhi si spalancarono mentre lui si avvicinava, e il sudore le imperlò la fronte. "Non esattamente. Siamo coinquilini...datore di lavoro e dipendente?"

"Che ne dici di uomo e donna...una donna bellissima?" Un sorriso sexy gli incurvò le labbra.

"Una donna molto nella norma...niente di speciale..." balbettò lei, scuotendo la testa. *Scoraggialo.*

"Una donna con i seni più belli del mondo" mormorò lui, fermandosi ad un pelo dal toccarla.

Istintivamente, Susanna alzò le mani per evitare che lui finesse contro di lei e le posò semplicemente sul suo petto. Premette delicatamente le dita sui suoi muscoli, mentre le sue mani risalivano lungo la fine peluria del suo petto. Nel momento in cui lo toccò, un'ondata di desiderio si diffuse dalle sue braccia al centro del suo corpo. Inarcò leggermente la schiena, sollevando il petto ad incontrare quello di lui.

Nel sollevare il mento per incontrare gli occhi di lui, la sua bocca si trovò direttamente sul suo cammino. Le labbra di Quinn sfiorarono le sue, in attesa. Paralizzata dal vano tentativo di negare il proprio desiderio, Susanna non riusciva a muoversi per allontanarsi. Lui interpretò quella mancanza di resistenza come un semaforo verde e si chinò per premere le proprie labbra sulle sue con maggiore trasporto. Poi si ritrasse, gli occhi ridenti. Quelli di lei restarono chiusi per alcuni istanti.

"Uomo e donna. Alchimia. Una cosa che risale alla notte dei tempi." Il sorriso scomparve quando il suo sguardo si fissò sul volto di lei, indugiando sulla sua bocca.

Il petto di Susanna smise di sollevarsi, mentre il suo respiro si faceva di nuovo regolare. "È una battuta di uno dei tuoi film? Joe Martin, che cerca di portarsi a letto l'eroina?" chiese lei, spezzando l'atmosfera del momento.

Lui rise. "Non esattamente. Fa parte di un bel libro che ho letto al corso di letteratura. Non ricordo il titolo, solo il verso." Quinn fece scivolare il braccio intorno alla vita di lei, attirandola a sé, e la baciò ancora, con più passione. Questa volta, lei recuperò il controllo di sé molto più in fretta e lo spinse via. Appena percepì la resistenza di lei, Quinn indietreggiò.

"Non dovresti farlo. È già abbastanza difficile...fare...questo, sai? Sia vivere qui, sia stare lontani, mantenere le distanze." Susanna spinse il passeggino in corridoio.

"Viviamo insieme, in un certo senso. Perché dobbiamo mantenere le distanze?"

"Perché...perché..." Susanna tentò di trovare le parole. *Perché?*

"Non trovi alcuna ragione. Come puoi aspettarti che continui a vivere in questo appartamento con una donna bella come te e stare lontano...non toccare...Quando tu... tu...mi attiri come una calamita."

"Davvero?" Lo sguardo di Susanna scrutò il suo.

Lui ridacchiò. "Stai cercando un complimento?"

"No." *Non voglio sentirmi come fossimo una famiglia solo per veder scomparire tutto tra qualche settimana.*

"Non hai idea di quanto tu sia attraente, sexy?"

Lei scosse la testa. "Sono sempre stata una specie di maschiaccio." Gli voltò le spalle per guardare verso la finestra.

"Oh, piccola. Sei la ragazza più sexy che abbia visto da...sempre," disse lui, camminando alle sue spalle.

"Veramente? Sexy? Cosa mi rende così sexy?"

Quinn si avvicinò, appoggiò le mani sulle braccia di lei, poi affondò il viso nel suo collo e sussurrò, "Tutto del tuo aspetto, il tuo senso dell'umorismo, il fatto che cucini, il modo in cui ti prendi cura di Junior...tu sei il pacco completo."

Susanna si rilassò nella sua stretta, distendendo i muscoli tesi. *È un padre che non vuole il proprio figlio.* S'irrigidì. "Venire a letto con te fa parte delle mie mansioni?"

Quinn si tirò indietro come se fosse stato punto. Lasciò cadere le braccia lungo i fianchi. "Naturalmente no. Non farei mai una cosa del genere. Sei assolutamente libera di respingermi."

"Bene," disse lei, voltandosi per guardarlo in faccia. "Non mi piacciono gli uomini che rifiutano i propri figli. So che non sono affari miei, ma non posso farci nulla."

"Cosa?" Quinn corrugò la fronte.

"Tu non vuoi aver nulla a che fare con Junior. Eppure lo chiami Junior e sembri disposto a mantenerlo economicamente. Ma non lo prendi mai in braccio, non lo baci mai, non lo tocchi mai in nessun modo."

"Lui è..." Quinn esitò.

"Non puoi dirlo, giusto?"

Lui annuì.

"Credo a quello che vedono i miei occhi e non vedo alcun tipo di legame tra te e tuo figlio. E per quanto tu sia attraente...questa cosa mi fa perdere ogni interesse." Susanna prese Junior tra le braccia, attenta a non svegliarlo, e lo portò fino alla sua culla, lasciando Quinn immobile, a bocca aperta, nel soggiorno.

* * * *

Susanna si ritrovò ad incontrare Max ogni giorno a Riverside Park. Max badava al bambino, mentre lei giocava a basket. Poi lei lo ascoltava, mentre le parlava dei problemi del figlio.

"Ha bisogno di prendere una direzione." Max aprì un sacchetto marrone.

"È un artista, Max."

"Artista...artista. Cosa può portare di buono? Deve lavorare e mantenersi. Ha ventotto anni. È ora." Max le porse un bicchiere di carta con del caffè.

"Lavorava già. E ora vuole frequentare la scuola d'arte." Susanna appoggiò il caffè e versò un po' di succo in un biberon e lo avvicinò alle labbra di Junior.

"Così che possa fare cosa? Dipingere? Sarebbe meglio che imparasse a pitturare i muri e mantenersi con quello." Max diede un morso al suo bagel con formaggio cremoso.

"Lui la pensa come te?"

"Non mi parla." Max abbassò lo sguardo a osservarsi le mani.

"Non ho altro da dire, Max. O accetti la sua scelta, o lo perderai."

"Non posso perdere Mike. È il mio unico figlio." Per un attimo gli tremò la voce.

"Se gli vuoi bene, devi trovare un modo per accettarlo," disse lei, asciugando un po' di succo dal mento del bambino.

"È facile per te dire così."

"Nancy cosa dice?"

"Mia moglie? Cerca di restarne fuori. Ma so che sotto sotto, è d'accordo con lui." Max agitò un dito verso Susanna.

"Allora unisciti a lei. Parlale."

"Non posso parlare con lei. Finiamo sempre per litigare su Mike."

"Max! Sei impossibile!" Susanna scrollò le spalle. "Ascolti solo quel che vuoi sentire. Ci rinuncio."

Max le prese il braccio. "Non rinunciare con me. L'hanno già fatto tutti. Ti prego."

"Avresti bisogno di una botta in testa con una mazza da baseball! Smettila di essere così testardo. Chiedi a Mike qual è il suo progetto e poi ascolta...ascoltalo veramente."

Max annuì lentamente. "So che quello che dici è giusto."

"Allora provaci."

"Okay, okay. Ci proverò," disse lui, annuendo.

"Mi aspetto anche un resoconto dettagliato." Susanna gli lanciò uno sguardo severo.

Max alzò le mani. "Okay, okay."

"E niente bugie. Niente...giri di parole. Voglio la storia nuda e cruda," disse lei, finendo il caffè.

"Sei una vera dura, lo sai?" Max sorrise, pulendosi le mani con un tovagliolo.

"Ci puoi scommettere!" *Dura come una caramella gommosa.* Mostrò a Max il suo sguardo più cattivo, ma tutto ciò che ottenne fu di farlo sogghignare.

"Coraggio, vai a giocare." Max prese il passeggino e avvicinò il bambino a sé. Susanna raccolse il Pallone e si diresse verso il campo.

Dopo l'allenamento, Susanna ritornò all'appartamento, mise il bambino nella culla e si fece una doccia. Un forte rumore proveniente dal soggiorno attirò la sua attenzione. Gettandosi addosso una canotta e un paio di shorts, andò ad indagare. Trovò Quinn intento a raccogliere pezzi di vetro rotto. Sembrava imbarazzato. Susanna andò a recuperare un paio di fogli di carta assorbente dalla cucina.

"Cos'è successo?" chiese lei, chinandosi per aiutarlo a pulire.

"Niente, niente...in ogni caso non ho più bisogno di posaceneri." Quinn non la guardò in faccia.

"Oh? A me sembra 'qualcosa,'" rispose lei, fissandolo.

"L'ho perso. Tutto qui."

"Perso cosa?" chiese lei, fingendo di non capire.

Lui si fermò ad osservarla. "Il controllo. Cos'altro?"

"Capisco," sospirò lei, annuendo. "Vuoi dirmi perché?"

"No!" esclamò Quinn, continuando a raccogliere i frammenti mentre lei allineava la paletta.

"Avanti. Sai che vuoi farlo," insistette lei.

"Ogni produttore o regista con cui parlo adora la storia del libro di Jaden, ma nessuno di loro ritiene che io possa interpretare la parte. Ho parlato con tre studi cinematografici e ogni volta ho ricevuto una porta in faccia. Uno di loro ha addirittura cercato di strapparmi il nome dell'autrice e del libro. Ehi, non sono stupido. Non ho intenzione di divulgare quest'informazione."

"Perché pensano che tu non possa interpretare la parte?" Susanna riportò la paletta in cucina.

"Posso. Non è un ruolo d'azione, ma romantico," disse lui, seguendola.

"Puoi interpretare quella parte benissimo. Garantisco io per te," rispose lei, ridendo.

Lui tornò in soggiorno e si piegò per esaminare il pavimento in silenzio, voltandole le spalle freddamente.

"Che c'è? Che cos'ho detto?" gli chiese con un'alzata di spalle.

"Questa è una cosa seria."

"Davvero? Recitare nel ruolo dell'eroe nei tuoi film d'azione non ti dà forse una vita meravigliosa e un sacco di soldi?"

"Non puoi capire. E non lo farai mai," disse lui, arricciando il naso.

Il suo atteggiamento la colpì. "Cosa vuoi dire?" Susanna diventò rossa di rabbia.

Quinn gettò nel pattume i due grossi pezzi di vetro che aveva rinvenuto sotto ad una sedia e ritornò. "Adoro Joe Martin. È un bel ruolo, ma io sono anche altro. Vestirò ancora i panni di Joe Martin per un paio di altri film, ma poi basta. Voglio evolvermi. Ora mi vedono solo come Joe Martin e in questo modo non avrò mai la possibilità d'interpretare ruoli più impegnativi."

"Ma tu *sei* Joe Martin."

"In realtà sono un falegname. È così che ho cominciato."

"E come sei arrivato fin qui?" Susanna sprofondò tra i cuscini del divano.

"Ero apprendista da Gavin, un amico del liceo. Si presentò un impiego per la costruzione di una sceneggiatura alla Pine Grove Playhouse e lui raccomandò me."

"Tu hai creato sceneggiature?"

"Sì. Adoravo stare in teatro...in mezzo a persone del teatro."

"E poi? Cos'è successo?" Susanna si rilassò sul divano e accavallò le gambe.

"Una comparsa si ammalò...e al regista piaceva il mio aspetto. Disse che ero adatto per la parte. Così fui reclutato. E fu amore. Fui fortunato ad interpretare alcuni ruoli significativi lì, quando fui scoperto da un produttore di Hollywood. Il resto è storia."

"E ora?"

"Amo la recitazione, anche più della falegnameria. Voglio fare questo lavoro per sempre. Ma non posso continuare a farlo come Joe Martin. Ho bisogno di crescere."

Si voltò e s'incamminò con disinvoltura verso la porta che dava sul terrazzo. Susanna si alzò in piedi per seguirlo, poi gli posò una mano sul braccio. "Se andiamo fuori, non riuscirò a sentire se Junior si sveglia."

"Che cosa importa? Tu non capisci. Nessuno capisce. Mi correggo—Chaz sì." Quinn afferrò la maniglia.

Susanna chiuse le dita intorno ai suoi bicipiti, tirandolo indietro. "Mettimi alla prova."

Lui si voltò a guardarla prima di dirigersi verso il divano. Susanna lo seguì, piegando una gamba sotto al sedere mentre si sedeva di fianco a lui.

"Lavorare con Gavin fuori stagione e recitare tutta l'estate era grandioso. Chaz ed io ci conoscemmo in quel teatro estivo."

"Sembra una vita felice."

"Lo era...finché non sono finito nel primo film di Joe Martin. La mia vita è cambiata completamente."

"È stata una buona cosa, no?" Susanna notò le piccole linee intorno agli occhi di lui e le sue sopracciglia corrugate.

"Non mi lamento. Ma la mia carriera finirà con Joe Martin se non me ne tiro fuori. Potrei interpretare Joe ad occhi chiusi. Non c'è più nulla di stimolante."

"Quindi vuoi qualcosa che ti aiuti a testare i tuoi limiti."

"Voglio vedere se so davvero recitare," disse lui con voce calma. "Ma nessuno me ne dà la possibilità. Dicono che non sarei credibile per il pubblico nei panni del protagonista cieco e romantico. Il pubblico vuole vedermi solo come Joe Martin, l'eroe d'azione."

Susanna gli posò una mano sulla spalla. "Io credo che tu sappia recitare. Io so che sai recitare."

Lui le lanciò un sorriso triste. "Grazie. Ora devo solo convincere me stesso, poi un produttore."

"Allora si tratta di provare qualcosa a te stesso?" Susanna piegò la testa di lato.

"E sopravvivere in questo ambiente spietato. Vali solo quanto la tua ultima performance." Quinn abbassò gli occhi a guardarsi le mani.

"Io credo in te. Adoro i film di Joe Martin," disse lei, sfiorandogli la guancia.

Lui si avvicinò e le diede un bacio dolce sulle labbra. "Non ci sto provando, lo giuro," esclamò, alzando le mani. Susanna scoppiò a ridere. "Grazie per il voto d'incoraggiamento. Ora, se potessi trovare uno studio cinematografico che fosse d'accordo con te..."

"La vita sarebbe perfetta...se non fosse che ignori tuo figlio." *Non dimenticarti chi è.*

"Non sono così." Quinn alzò gli occhi per incontrare lo sguardo di lei.

"E non vuoi portarmi a letto?" Susanna inarcò un sopracciglio.

"Non ho detto questo. Sono umano...e tu sei..."

"Si, si, lo so. Irresistibile. È quello che hai detto tu, più o meno. Forse una preda facile, perché sono vicina?"

"Lasciamo perdere," disse lui, alzandosi in piedi. "Ti sei già fatta la tua idea di me. Non c'è niente che io possa fare. Devo fare alcune telefonate." Quinn raggiunse a grandi passi la sua camera e sbatté la porta.

Ottimo modo di farlo sentire meglio. Idiota! Prima che il suo cervello potesse escogitare un piano per tirar su di morale Quinn, Junior cominciò a piangere. Susanna lanciò un'occhiata al suo orologio. *Ho giusto il tempo per una passeggiata pomeridiana e un po' di allenamento.* Susanna cambiò il bambino, gli diede un biberon e lo sistemò sul passeggino.

Quando si diresse verso la porta, Quinn era ancora chiuso nella sua camera. Poteva sentire la sua voce farsi più alta, mentre urlava con qualcuno al telefono. *Sono contenta di non essere io.* Mentre usciva dalla porta, il dilemma che lo attanagliava s'impadronì della sua mente. Non riusciva a lasciar perdere. *Non è giusto che non gli venga data la possibilità di cimentarsi in un altro ruolo. Anche se è un pessimo padre.*

Un breve suono la informò che le era arrivato un messaggio. Lo lesse in ascensore. *Max è tornato al parco.* Sorrise. *Ecco un buon padre, anche se si sbaglia.*

Quando raggiunse Riverside Park, Max era sulla panchina che l'aspettava. La salutò con la mano e lei cercò di sorridere, ma l'infelicità di Quinn pesava tremendamente su di lei. *Non sono stata di molto aiuto, eh? Non sono nemmeno stata troppo comprensiva. E lui è stato così carino.*

"Buone notizie, buone notizie," cinguettò Max.

"Bene," mormorò Susanna, ancora preoccupata.

"Cosa c'è che non va?" Max corrugò la fronte. "Hai qualcosa per la testa?"

"Sì. Ma prima tu," disse lei, riscuotendosi dalle sue fantasticherie.

"Avevi ragione su Mike. Gli ho detto che andava bene per me se fosse andato alla scuola d'arte. Mi sono anche offerto di pagargli la retta. Era eccitato. Era molto tempo che non lo vedevo così felice. Mi ha anche abbracciato." L'anziano sfoggiava un timido sorriso.

Susanna gli afferrò il braccio. "È fantastico, Max! Sei contento?"

Lui annuì lentamente. "Diamine, magari non sarà mai in grado di guadagnarsi il pane, ma almeno ora mi parla di nuovo. Abbiamo cenato insieme ed è stato bellissimo e io mi sento...bè...sollevato è la parola che rende meglio l'idea, credo. Grazie." Max si avvicinò e le stampò un tenero bacio sulla guancia. "Ora, cosa c'è che ti preoccupa?" le chiese fissando i suoi scuri occhi indagatori su di lei.

"Oh, si tratta di Quinn."

"Quinn Roberts, il tuo capo?"

Lei annuì.

"Cosa? Ci ha provato con te? Devo riempirlo di botte?" Max le mostrò il pugno.

Susanna rise. "Niente del genere. Grazie, Max. È alle prese con un dilemma. Ha trovato un libro, un libro veramente bello a suo dire. E lo sta proponendo per tutta Hollywood nella speranza di trovare una produzione interessata, perché vorrebbe interpretare il ruolo da protagonista."

"Qual è il problema? È un vincente. I suoi film incassano milioni di dollari."

Susanna si voltò a guardare Max in faccia, sistemandosi Junior in grembo in posizione seduta, così che il bambino potesse guardarsi intorno. "Nessun produttore è disposto a dargli la parte. Dicono che lui è Joe Martin e non sarebbe credibile come uomo cieco in un film romantico."

"Di chi è il libro?"

"Jaden Benedict. S'intitola *AMORE CIECO*." Susanna aprì una bottiglietta di succo di mela.

"È un'autrice di bestseller."

"E con ciò? Cosa gli fa pensare che lui non sia in grado d'interpretare la parte?"

"E se i produttori avessero ragione?" Max sollevò le sopracciglia.

"Perché non gli danno la possibilità di scoprirlo?"

"È troppo costoso fare un film su un'incognita, un *e se*. Un grosso rischio. Loro vogliono qualcosa di sicuro, qualcosa come Joe Martin." Max accavallò le gambe.

"Ma non gli devono proprio nulla?" Susanna pulì il mento di Junior.

"No. Gli affari non funzionano così. A loro non frega nulla di lui. Sono interessati solo a quello che lui può fargli guadagnare…ai profitti che può procurargli."

"Che ingiustizia!" Il volto di lei si rabbuiò.

Max le diede un buffetto sotto al mento. "Il mondo non è un luogo giusto, dolcezza. Vai. Sfogati in campo." Susanna raccolse il pallone da basket mentre Max girava il passeggino in modo che Junior potesse vederla. Lei fece rimbalzare la palla, spostando l'attenzione sul proprio gioco. Ogni lay up aveva uno scopo ben preciso. Ogni gancio era per sconfiggere un produttore.

Anche mentre correva, saltava e tirava la sua mente era in subbuglio. Non riusciva a conciliare le due facce di Quinn—il potenziale amante, dolce e attento, e il padre freddo che rimane distaccato dal proprio figlio. *Qual è quello vero?*

La preoccupazione spezzò la sua concentrazione. Inciampò e cadde su un'estremità frastagliata di asfalto, procurandosi uno squarcio nella gamba. Il sangue colava dal taglio mentre zoppicava fuori dal campo. Max si alzò in piedi. "Cos'è successo? Ti sei fatta male?" Estrasse un fazzoletto dalla tasca e lo avvolse intorno alla sua ferita.

"Te lo sto sporcando tutto di sangue—"

"Non preoccuparti. Ne ho a dozzine di questi. Ti accompagno a casa."

Max spingeva il passeggino di Junior, mentre lui e Susanna lasciavano il parco. Dato che non c'erano taxi disponibili, l'uomo l'accompagnò per tutto il tragitto verso il Wellington Arms. Più camminava, più il dolore aumentava. Avvertì un crampo al muscolo della gamba che minacciava d'irrigidirsi, ma si costrinse ad andare avanti. Una volta giunti all'appartamento, Max la lasciò nelle mani di Stokes, il quale aiutò lei e Junior ad entrare in ascensore.

"Mi dispiace, signorina. Verrei con lei, ma non sono autorizzato a lasciare la mia postazione."

"Nessun problema. Posso andare di sopra da sola. È solo che Max è iperprotettivo."

L'ascensore la portò al ventunesimo piano in un batter d'occhio. Percorse il corridoio zoppicando e aprì piano la porta, poiché Junior si era addormentato.

"Alla buon'ora! Non avevo idea di dove foste andati. Sei...sei ferita?" Lo sguardo di Quinn andò immediatamente al fazzoletto impregnato di sangue legato intorno al ginocchio di lei. Il suo tono si trasformò istantaneamente da arrabbiato a preoccupato, mentre prendeva il comando del passeggino. "Resta qui. Siediti."

Le indicò una sedia dallo schienale dritto, poi spinse il passeggino nel corridoio. Con grande stupore di Susanna, prese in braccio perfettamente il bambino addormentato e lo portò in camera da letto. *Oh! Sa come si tiene un neonato.*

Quinn ritornò in salotto con in mano una montagna di cose per il pronto soccorso. Si sedette di fronte a Susanna. Per prima cosa, le prese il piede e si sistemò la sua caviglia in grembo. Poi pulì il taglio con una garza medicata umida. Lei si dimenò e strinse la mano a pugno mentre il dolore si diffondeva nel suo corpo.

"Mi dispiace, sto cercando di non farti male. Mi ero dimenticato dell'asfalto rotto. Una volta andavo a giocare laggiù. Era l'uscita regolare del mercoledì."

Una volta pulita la ferita, Quinn prese il *Neosporin* e ne applicò una buona quantità sul taglio. Infine, ricoprì la ferita con una garza e l'assicurò con del nastro adesivo. "Ecco. Così dovrebbe andare. Come va?"

"Mi fa ancora male, ma molto meglio. Grazie." Susanna alzò lo sguardo per incontrare quello di lui.

Dopo aver gettato la garza sporca nel cestino, lui le sorrise e rimise a posto la cassetta del pronto soccorso. Lei gli appoggiò una mano sul braccio. "Ehi, mi dispiace di essere stata...rude prima. Penso sia davvero un peccato che i produttori non ti diano una possibilità."

"Non mi sono ancora arreso. Ci sono altre persone con cui parlare. Venerdì andremo a Los Angeles per una settimana. Ho fissato un paio di appuntamenti."

"Andremo?" Susanna spalancò gli occhi.

"Tu e Junior verrete con me."

"Perché?"

"Devo presenziare ad una premiere e fare alcune interviste. E se succedesse qualcosa? Potresti aver bisogno di me," rispose lui, tirando fuori il cellulare dalla tasca. "Fran? Si. Novità?" Continuò a parlare mentre camminava verso il terrazzo.

Capitolo Quattro

Poiché erano passeggeri VIP che viaggiavano in prima classe con un bambino piccolo, Susanna e Quinn s'imbarcarono prima di tutti gli altri. Si sistemarono sui loro sedili e si rilassarono.

"Non ho mai volato con un bambino prima d'ora," confidò Susanna a Quinn.

"Davvero? Non è una bella cosa." Quinn aggrottò la fronte e premette il pulsante per chiamare l'assistente di volo. Quando quest'ultima rispose, le spiegò che quella era la prima volta che viaggiavano in aereo con un neonato.

La hostess spiegò loro cosa aspettarsi e come avrebbe potuto aiutarli. Poi, mentre tornava in cabina, sorrise e tubò, "e non sapevo nemmeno che fosse sposato, signor Roberts."

"Magnifico. Pensa che siamo sposati," intervenne Susanna.

"Calmati. Ciò che pensa lei non è importante. Ti dirò io quando devi preoccuparti." Le diede un colpetto sulla mano, poi accarezzò la testa di Junior, accoccolato contro il petto di Susanna. *Finalmente.*

"Okay, maritino caro," cinguettò lei, guardandolo maliziosamente.

Le sopracciglia di Quinn si sollevarono di scatto, ma poi uno sguardo sexy gli attraversò il volto. Si piegò verso di lei e le sussurrò in un orecchio, "Il bambino è a posto, perché Mamma e Papà non entrano nella lounge privata del Mile High Club?" Susanna scoppiò a ridere, svegliando Junior che si era appisolato.

L'aereo chiuse il portellone e cominciò a rullare, preparandosi per il decollo. Junior piangeva e si lamentava e Susanna attribuì quel comportamento al cambio di pressione nella cabina. Gli porse alcuni dei suoi giochi preferiti da mordicchiare e quello parve calmarlo, alleviando apparentemente il rumore nelle sue orecchie. Il bambino dormì per gran parte del viaggio, che si rivelò tranquillo, svegliandosi per mangiare e per gorgogliare in direzione della hostess. "Ha buon occhio per le belle donne già da piccolo," disse Quinn, sorridendo.

Susanna gli diede un buffetto sulla spalla. Venne loro servito filetto e champagne. "Brindiamo al successo del tuo nuovo film," disse lei e unirono i calici.

"Che ne dici di un brindisi alla Mamma che permette al Papà di avvicinarsi un po'?" Quinn rideva sotto i baffi.

"Se fossi più vicino di così, *Paparino,* mi saresti seduto in grembo."

"Dici che dovremmo fare una prova?"

Susanna ridacchiò. "Non credo proprio. E poi, quello è il posto del bambino."

"Sciocchezze. Junior vuole un fratellino o una sorellina. E come può averne uno se la Mamma non lascia avvicinare Papà?"

"Adozione?!" rispose lei con un sorrisetto che provocò la risata di Quinn e fece agitare Junior.

L'assistente di volo cominciò a lanciare delle occhiatacce a Susanna. Quinn le sussurrò all'orecchio, "Pensano che dica davvero. Credono che tu non voglia venire a letto con me. Facciamogliela vedere, okay? Stai al gioco."

Lei annuì, del tutto ignara di quale fosse il suo piano. Quinn si piegò verso di lei e posò le labbra sulle sue, poi rese il bacio più profondo. Intrappolata dal desiderio, Susanna si adagiò sul sedile e lo lasciò continuare. Non trascorse molto tempo prima che il calore le pervadesse il petto, rendendo il suo respiro irregolare e facendo inturgidire i suoi capezzoli. Posò la mano sul collo di lui.

Accidenti! Mi sta facendo eccitare. Tutti i pensieri negativi defluirono dalla sua mente, permettendole di godere del sapore di lui, della sensazione della sua lingua che l'accarezzava, del contatto con il suo mento ispido e del suo respiro contro la guancia. La mano di Quinn si posò a coppa sul suo viso, il pollice tracciava una linea lungo la sua guancia. Susanna avvertiva un formicolio in ogni punto in cui lui la toccava. Il suo corpo rispondeva a quello di lui. Le loro lingue danzavano e lei fece scorrere la mano verso il basso, fermandola sul suo petto. Voleva di più.

Infine, lui tornò ad adagiarsi sul suo sedile, voltandosi a guardarla negli occhi. Ricambiando lo sguardo, Susanna cercò di riprendere fiato.

"Wow! Alla faccia di chi dice che non puoi interpretare una scena d'amore," gli sussurrò.

"Chi dice che stavo recitando?" ribatté lui, la scintilla del desiderio nei suoi occhi.

Junior gorgogliò nel sonno, facendoli scoppiare a ridere. Susanna allungò una mano a sfiorare teneramente il viso ispido di Quinn. Lui a catturò, e le baciò il palmo. Dopo un altro bicchiere di champagne, si addormentarono entrambi con le teste una contro l'altra e le mani che si sfioravano, finché il capitano li svegliò, informando tutti i passeggeri che sarebbero atterrati a breve.

Quando la pressione nella cabina cambiò di nuovo, Junior cominciò a piangere. Quinn si alternò a Susanna nel cercare di calmarlo. Spostarono il bambino dal grembo di lei a quello di lui e poi di nuovo a quello di lei, ma il bambino sembrava inconsolabile.

Una volta a terra, la coppia era impaziente di dileguarsi ed evitare così le occhiate irritate degli altri passeggeri, il cui volo era stato disturbato dal pianto di Junior. Trovarono un autista ad aspettarli al ritiro bagagli. "Signor Roberts?"

Quinn annuì. Susanna lo raggiunse con Junior in braccio. "Ecco, porti intanto loro. Io recupererò i bagagli."

L'autista sollevò le sopracciglia. "Non ho un seggiolino per bambini, signore."

Esasperato oltre ogni limite da quell'ammissione, Quinn sbottò. "Allora mandi qui qualcuno che ce l'ha!"

La vita per Quinn e Susanna si trasformò in un circo mentre cercavano di tenere occupato Junior, poi dargli da mangiare e cambiarlo, il tutto tenendo d'occhio i bagagli. Cercarono di non litigare, ma nell'attesa che arrivasse un'altra limousine divennero entrambi facilmente suscettibili.

Quinn chiamò il suo produttore. "Josh, questo è inaccettabile! Lasciamo perdere. Mandaci una macchina. Adesso! Junior è in preda ad una crisi di nervi. Dobbiamo portarlo a casa," urlò nel telefono.

Non potendo nascondersi, Quinn trascorse l'ora successiva a firmare autografi e intrattenere conversazioni con persone che non conosceva. Susanna lo vide serrare la mascella, ma sorridere comunque per tutto il tempo. Ne dedusse che doveva essere difficile per una persona riservata come lui, specialmente in un momento in cui aveva già i nervi a fior di pelle. Quando i fan si avvicinarono a lui, Susanna rimase in disparate, così nessuno avrebbe saputo che erano insieme.

Finalmente, arrivò una limousine dotata di seggiolini per bambini. L'autista e Quinn caricarono tutti i bagagli nel veicolo. Susanna mise il bambino sul seggiolino e s'affrettò a salire sull'auto di fianco a lui, in modo che nessuno la notasse. Junior, esausto per il tanto piangere, s'addormentò immediatamente. Quinn prese qualcosa da bere per entrambi dal frigobar della macchina. Si adagiarono contro i sedili, stretti l'uno accanto all'altra, dato che il seggiolino di Junior occupava tantissimo spazio.

"Non sono mai stata a Los Angeles prima," disse lei, prendendo un grosso sorso della sua vodka e tonic.

"Dubito che avremo il tempo di andare in giro a vedere la città durante questo viaggio. Ma torneremo e magari la prossima volta potremo andare a fare un giro."

Susanna abbassò il finestrino e fu sorpresa di sentire quanto fosse piacevole l'aria. "Mi aspettavo aria calda e umida, visto che siamo agli inizi di giugno, ma fuori è bellissimo."

"Aspetta di arrivare sulla spiaggia." Quinn si rilassò sul sedile e sorseggiò la sua vodka e tonic.

"La spiaggia?"

"Possiamo andarci a piedi dall'appartamento. È un po' una sorta di escursione, ma è piacevole. E dal terrazzo si respira l'aria salmastra."

"Staresti mai in un posto senza terrazzo?" lo stuzzicò lei.

"Non se posso evitarlo. Sono il tipo d'uomo a cui piace l'aria aperta," Quinn le sorrise, avvolgendo le lunghe dita intorno a quelle di lei.

Trascorsero il resto del viaggio seduti vicini, mano nella mano. Un senso di tranquillità sembrò pervaderla, mentre si rilassava contro di lui. *È quasi come se fossimo sposati con un bambino.* Una volta arrivati, gli uomini scaricarono le valigie, mentre Susanna portò Junior al piano di sopra. Quinn aprì la porta. Appena oltre la soglia, c'era una culla portatile piegata, un seggiolone, un passeggino e una sedia a dondolo in legno. Susanna gli rivolse uno sguardo interrogativo, mentre un grosso sorriso le si dipingeva in volto.

"Hai detto che avevi bisogno di una sedia a dondolo."

"È così. È fantastica!" Quinn trasportò la culla e la sedia a dondolo al piano di sopra nella stanza degli ospiti, mentre lei tirava fuori dalla valigia il cibo di Junior e gli dava un omogeneizzato di frutta e cereali.

Il pavimento del soggiorno, della sala da pranzo e della cucina era in splendida ceramica italiana beige e arancione chiaro. Nel soggiorno le pareti erano beige. Vi erano un divano componibile e due poltrone di tela color acqua. Le linee del divano erano ammorbidite da cuscini beige e bianchi. Appesi alla parete alcuni quadri originali ritraevano scene di spiagge e barche.

Le superfici della cucina erano di granito a macchie beige e nere e le pareti erano dello stesso beige del soggiorno, ma i mobili e gli elettrodomestici erano neri. Il terrazzo si estendeva per una lunghezza pari a quella della cucina e del soggiorno insieme. Le finestre a tutta altezza del soggiorno e della sala da pranzo erano decorate con sottili tende color bianco sporco, che assicuravano la privacy. Le lampade erano cromate e vi era un ampio tavolino rettangolare in cromo e vetro situato proprio davanti al divano.

"Questo posto è bellissimo. L'hai arredato tu?"

"No, è stata Maggie."

"Ha un ottimo gusto per i colori."

Lui annuì prima di portare i loro bagagli su per la breve rampa di scale che conduceva alle camere da letto. Il bambino era pieno di energia e muoveva le braccia e le gambe, così Susanna lo mise nel nuovo passeggino.

"Portaci a fare un giro," disse lei, tendendo la mano verso Quinn, mentre questi scendeva le scale. L'uomo sollevò il passeggino con Junior ben assicurato al suo interno, portandolo oltre i tre gradini che conducevano al piano terra, poi li guidò verso la Pacific Coast Highway. "C'è un attraversamento pedonale da questa parte."

Susanna lo affiancò e cercò la sua mano.

"Non in pubblico," mormorò lui.

Anche se la sua voce fu appena un sussurro, le sue parole la colpirono come un pugno in faccia. *Giusto. Non vuole che qualcuno pensi che siamo una coppia, o che questo sia suo figlio. No. Nossignore. Io sono solo l'aiutante che ha assunto. Niente di più.* Punta nel vivo dalle parole di lui, Susanna distolse lo sguardo mentre ricacciava indietro le lacrime.

"La prossima volta faremo un picnic sulla spiaggia con Junior. Scommetto che adorerà la sabbia."

Lei annuì, l'emozione la soffocava. *Stupida idiota. Pensavi davvero che lui volesse te? Tu sei un diversivo, un giocattolo di convenienza. Ricordati chi è. Può avere qualsiasi donna desideri.*

Quinn non notò subito la sua freddezza. Susanna si mantenne a distanza mentre passeggiavano di fronte all'oceano. Mentre aspettavano che il semaforo cambiasse colore, lui commentò, "Troppo stanca per parlare?" Lei rispose con una scrollata di spalle. Continuarono a camminare per un po'. Lo sguardo di lui le bruciava la pelle, ma Susanna continuò imperterrita a rifiutarsi di guardarlo. Infine, Quinn si allungò e le prese il braccio, costringendola a voltarsi per guardarlo. "Che cosa c'è?"

"Niente," mentì lei.

"Non sono stupido. Ho conosciuto abbastanza donne da saper riconoscere quando una mi tratta con freddezza."

"Non in pubblico," disse lei rigidamente.

"Oh." Quinn annuì. "Capisco." Susanna alzò lo sguardo ad incontrare i suoi occhi. "Sei arrabbiata perché non voglio essere visto dai fotografi mano nella mano con te. Non voglio trascinarti un qualche scandalo su un figlio illegittimo."

"Certo, certo."

"Sorprendermi a tenerti la mano mentre spingo Junior nel passeggino sarebbe sufficiente a far piombare i media su di noi come avvoltoi, dipingendoti come l'amante che ho messo incinta. O magari come la mia *sposa segreta* o una dozzina di altri scenari, nessuno dei quali lusinghiero. Specialmente per te."

Susanna si girò nuovamente a guardare il mare.

"Non mi credi? Non posso lasciare che accada solo per convincerti. Fidati di me. Non si tratta di quanto abbia voglia di tenerti per mano o baciarti. Mi piacerebbe molto. Ma non sono un ragazzo qualunque. Baciarmi fa notizia. Non voglio che tu finisca per farti del male. Sei figlia di una celebrità. Pensavo avresti capito."

Susanna lo ascoltò, cercando di mantenere una mente aperta, ma era difficile. Le sue parole avevano un senso, da una parte, ma lui l'aveva comunque rifiutata. *Sì, lui è famoso e se gli sto troppo vicina diventerò anch'io oggetto di scrutinio. Sarebbe così tremendo? Non sto facendo niente di male. Con papà la celebrità non è stata una sentenza di morte. Non c'è neanche mai stato uno scandalo sessuale di mezzo però.*

Prima che potesse rispondergli, sopraggiunse una macchina dall'altro lato della strada e si fermò.

"Guarda! Quinn Roberts! Ciao, Quinn!" L'uomo dietro al volante agitò la mano, mentre qualcuno, dal sedile posteriore, abbassava il finestrino e cominciava a scattare foto. "È tuo figlio?"

Prima che Quinn potesse urlargli una risposta, la donna nella macchina dietro cominciò a suonare il clacson. L'altro automobilista tirò su il finestrino e ripartì.

Quinn girò il passeggino. "Torniamo indietro."

"Capisco cosa vuoi dire." Susanna si fermò.

"Non è per quel cretino. Era solo uno stupido turista. È perché voglio baciarti e non posso farlo qui."

"E se io non volessi baciarti?"

"Oh? E sull'aereo allora? Un bacio non mente," disse Quinn, guardandola con un sopracciglio inarcato.

"Hai una bella faccia tosta. Pensare che perché sei…sei famoso…"

"Non ha niente a che fare con quello. Io ti piaccio. Per come sono davvero."

"Si?"

Lui smise di spingere il passeggino. "Si. E anche tu mi piaci."

"Arrogante. Troppo sicuro di te. Pieno di te. Innamorato di te stesso," mormorò lei sottovoce.

"Cosa?" chiese lui.

"Niente." Susanna continuò a camminare, mantenendo lo sguardo fisso davanti a sé. Quando giunsero all'appartamento, Junior stava dormendo. Susanna cercò di cambiarlo e metterlo a letto senza svegliarlo. Lui aprì gli occhietti una o due volte, ma si riaddormentò immediatamente. Lei scese le scale in punta di piedi, raggiungendo Quinn nel soggiorno al primo piano.

"Spero ti piaccia il cibo messicano," disse lui, mettendo giù il telefono.

"Perché?"

"Ho ordinato delle enchilada e dei tacos da Casa Mexico. Fanno dell'ottimo cibo."

"Adoro la cucina messicana," rispose lei, posandosi una mano sullo stomaco che, al pensiero del cibo, emise un brontolio.

"Bene. Siamo molto compatibili in cucina. Ora vieni qui." Quinn si mosse verso di lei.

Susanna scosse la testa.

"Ho detto vieni qui." La sua espressione di finta rabbia, accompagnata da un sorriso, le fece girare la testa. Susanna scosse di nuovo la testa, ma lasciò che un sorriso le affiorasse sulle labbra.

"Mi farai venire da te, non è vero? Giochi a farti desiderare?" Quinn cominciò ad avanzare. Lei indietreggiò, andando a finire contro lo schienale del divano. Con movimenti eleganti, Quinn saltò sul divano, bloccando così la sua fuga.

"Che cosa vuoi?" Susanna sollevò il mento, tremando per l'anticipazione.

"Te," disse lui, avvolgendola tra le sue braccia e premendo le labbra sulle sue.

Quinn si prese tutto il tempo per esplorarla e assaporarla. Come fasce d'acciaio, le sue braccia si strinsero intorno a lei, inchiodandola contro di lui. Le dita di Susanna premettero sulle sue spalle muscolose e la sensazione del suo corpo le provocò un fremito. I suoi seni si schiacciarono contro il petto di lui, quando questi rese il bacio più profondo. Inalò il suo invitante profumo mascolino mischiato ad una nota di dopobarba. Il suo seno cominciò ad alzarsi e abbassarsi rapidamente, mentre il desiderio si accendeva dentro di lei. *Di più.*

Quinn abbassò le mani, facendole scivolare lungo la sua schiena e poi più giù, oltre i suoi fianchi. L'attirò ancora più vicina a sé, finché lei poté sentire la sua erezione crescente. Il suo corpo si ammorbidì, plasmandosi contro quello di lui, mentre un piccolo gemito le sfuggiva dalle labbra. Lui spostò la bocca sul suo collo. Sentire il suo respiro affannoso mentre le sue labbra la stuzzicavano trasformò la scintilla del suo desiderio in un fuoco incandescente. *Toccami, prendimi. Qui. Ora.* La voce nella sua testa gridava per lui, finché non fu interrotta dal campanello.

Quinn si staccò di colpo da lei. "Merda!"

Lei lo guardò con una domanda negli occhi.

"È arrivato la cena. Dannazione." Quinn scosse la testa, mentre estraeva il portafoglio dalla tasca posteriore dei pantaloni. Lanciò un'occhiata al davanti dei suoi pantaloni e borbottò, "Accidenti. Tieni. Dagli una buona mancia."

Le porse il portafoglio e premette il pulsante per far entrare il fattorino. Lo sguardo di Susanna si spostò lungo la sua figura, notando la sua palese erezione. Soffocò una risatina, sistemandosi i capelli con le dita e passandosi la lingua sulle labbra gonfie, poi andò ad aprire la porta. Quando prese il cibo, sentì lo sferragliare dei piatti provenire dalla cucina. Si sistemarono sul tavolino della sala da pranzo, poiché non era abbastanza caldo per cenare sul terrazzo.

Quinn tirò fuori il cibo dalla sportina di plastica, elencandole ogni pietanza mentre l'estraeva. "Guacamole. Salsa. Patatine. Enchillada al formaggio. Tacos morbidi di manzo. Birra."

"Un banchetto!" Lo stomaco di Susanna brontolò.

"Come interrompere un banchetto per iniziarne un altro..." mugugnò lui, la sua faccia ancora cupa.

"Niente insalata?"

"Sono stanco delle insalate. Maledette insalate. Ho bisogno di cibo vero."

"Così sarai carico per quelle interviste *estenuanti*?" Susanna si coprì la bocca con la mano per nascondere il risolino beffardo.

"Avanti, ridi pure. Tu mangi cibo vero. Non sai cosa vuol dire. Si avvicina un altro Joe Martin. Non posso ingrassare."

Susanna gli diede un colpetto sul braccio. "Hai ragione. Mi dispiace. Non sono proprio comprensiva."

"No, per niente." Quinn si portò alla bocca una patatina piena di guacamole e chiuse gli occhi, mentre suoni di soddisfazioni vibravano nella sua gola.

"Se è così buono, devo provarlo," disse lei, riempiendo una patatina di salsa.

"Raccontami cosa ti è successo. Perché la figlia dell'Allenatore Joe lavora come babysitter?" Quinn prese un'enchilada e la mise nel proprio piatto.

"Da dove cominciare? Papà era andato in pensione. Mi stava portando in città, nel mio nuovo appartamento. Avevo trovato un posto in cui coabitare con altre due donne, vicino all'Empire Art Museum. Il mio nuovo lavoro era lì. Sarei stata assistente curatore nella sezione dedicata alla pittura impressionista."

"Museo d'arte, eh? Interessante."

"Si. La mia formazione è in arte, per la maggior parte in storia dell'arte con qualche cenno di belle arti."

"Quindi che cosa ci fai qui? Non che non mi piaccia averti qui, ma...non ha senso."

"Dopo aver conseguito il Master, ho trascorso alcuni anni a casa a prendermi cura di mia madre, perché papà di sicuro non avrebbe potuto farlo. Lavorava sempre, oppure era in viaggio, alla ricerca di nuovi talenti o in qualche trasferta. Puoi immaginare come funzionano queste cose."

"Non lavoravi per niente?" Quinn prese un sorso di birra.

"Non pensare che occuparmi di mia madre non fosse un lavoro a tempo pieno, perché lo era. Ma lei meritava il mio aiuto. Era una brava mamma...e anche papà lo era, la maggior parte del tempo, dato che non c'era quasi mai. Io trascorrevo il tempo libero a disegnare."

"E poi cos'è successo?" Quinn si mise due tacos nel suo piatto e ne offrì uno a lei.

"Sull'autostrada per New York un autista ubriaco perse il controllo del proprio veicolo, oltrepassò la carreggiata e si schiantò su di noi. Papà mori ed io rimasi in ospedale per tre settimane." Susanna sospirò prima di prendere la sua bibita.

"Wow. Mi dispiace," disse lui, scuotendo la testa.

"Il momento non avrebbe potuto essere peggiore. Ora che papà era in pensione, avremmo trascorso del tempo insieme. Avevamo progettato un viaggio...una vacanza...tutti insieme. Ma troppo tardi." I suoi occhi si riempirono di lacrime.

Quinn si protese verso di lei, le strinse un braccio e le diede un bacio sui capelli. "E ora sei rimasta senza un soldo? Com'è possibile che un uomo del genere non avesse del denaro?"

"Oh, ce l'aveva. Ma finché il testamento non sarà autenticato, non posso toccarlo."

"E un'assicurazione sulla vita?"

"Papà smise di allenare. E l'assicurazione sulla vita cessò la sua validità il giorno in cui lui lasciò il suo impiego. Non si era preoccupato di stipularne un'altra. Era molto occupato nel cercare di capire cosa volesse fare della sua vita."

"E il tuo lavoro? È andato in fumo?"

"Cavolo, non hanno avuto mie notizie per tre settimane. Quindi hanno dato il lavoro alla loro seconda scelta. Non posso biasimarli." Un lieve sospiro tremante le uscì dalle labbra.

Quinn continuò a guardarla, mentre masticava il cibo. "Una bella batosta."

"Sopravvivrò." Susanna abbassò gli occhi sul suo piatto e posò la forchetta per nascondere il leggero tremore della sua mano. L'appetito sembrò abbandonarla.

"Sono felice che tu sia venuta a lavorare qui." Quinn fece scorrere il dito sulla sua guancia.

Al suo tocco delicato, lei sollevò lo sguardo e riuscì a fare un piccolo sorriso. "Anche io." Finirono il resto della cena in silenzio. Susanna sparecchiò e mise via il cibo che era avanzato, mentre Quinn raggiungeva il lavandino per lavare i piatti.

"Grazie. Era fantastico." Susanna prese in mano un asciugamano per asciugare i piatti. "Qual è il programma?"

"Domani sera ci sarà la premiere e il party. Domenica ho un'intervista con l'*Entertainment News*. Lunedì pomeriggio, devo registrare una puntata di *Meade Rivers* e ho un'altra intervista, questa volta con l'editorialista del *Who's News*..."

"Allie Peterson?"

"Sì."

"Ho sentito dire che sia molto bella."

"Non saprei. Si tratta di lavoro. Lunedì pomeriggio ho un'altra registrazione, questa volta con Wyman Joseph, per il suo programma. Poi martedì un po' di relax sulla spiaggia al mattino, prima di prendere il volo delle quattro."

"E tu riesci a ricordarti tutto? Senza un'agenda o un telefono o qualcosa?"

"Sì, diamine. Il mio agente ha una PR che si occupa di tutto e poi mi manda il programma."

"Sono colpita che tu l'abbia memorizzato. Tutto ciò che devi fare è sederti e parlare?"

"Devo essere lì in orario," disse lui, sciacquando un piatto prima di porgerglielo. "E sembrare intelligente."

"Non male. Sembra divertente."

"Non lo è. La gente cerca sempre di farti cadere in fallo. Soprattutto i media. I talk show sono un po' meglio, almeno quelli condotti dai comici. I giornalisti veri, come Peterson, vogliono del gossip—qualcosa di succulento—e ti fanno pressione, cercano di portarti a rivelare qualcosa che pensano tutto il mondo voglia sapere...e che tu non vuoi dire."

"È tosto."

"È il loro lavoro, vendere giornali."

"Devi stare attento a non farti cogliere in fallo, giusto?"

Lui annuì. "Mai fare un'intervista da ubriachi."

Susanna sbuffò. "Hai imparato la lezione sbattendoci la faccia?"

Lui ridacchiò. "Chaz ed io ci presentammo per un'intervista insieme, entrambi ubriachi. Le cose sono un po' degenerate. Penso che abbiano dovuto bippare più di quanto avessero registrato."

Susanna rise mentre riponeva l'ultimo piatto.

"Avanti, finiamo queste birre." Quinn stappò l'ultima bottiglia e la porse a lei, poi si allungò sul divano, appoggiando i piedi sul tavolino. Susanna si sedette accanto a lui, una gamba piegata sotto di sé.

"Domani sera porterò Jaden Benedict alla premiere," disse lui, portandosi la birra alle labbra.

Lei sollevò le sopracciglia. "È la tua ragazza?"

"Non ho una ragazza. Jaden vorrebbe cambiare questo mio status...e proporsi per il ruolo."

"Quindi le farai da cavaliere nella speranza che questo la soddisfi abbastanza da venderti i diritti?"

"Qualcosa del genere," rispose lui incrociando le caviglie.

"Pensi che funzionerà? Non capirà le tue vere intenzioni?"

"Non è che lei non mi piaccia. Semplicemente non è il mio tipo." Quinn scrollò le spalle.

"Ah. E qual è il tuo tipo?" Susanna sollevò le sopracciglia.

Lui si spostò sul fianco per guardarla negli occhi. "Tu."

Un calore improvviso le infiammò le guance. "Eh?"

"Si." Lui si avvicinò di più a lei.

"È una delle tue battute? Se lo è, non funziona," disse lei, allontanandosi.

"Non è una battuta. Direi piuttosto che stavamo andando a fuoco."

"Intendi quel bacio?" Lei si spostò ancora un po' più lontano.

"Tesoro, quello era più di un bacio."

"Davvero? Le star famose come te probabilmente baciano sempre così."

Quinn le afferrò il gomito, attirandola a sé e tenendola stretta contro il suo petto. "È da molto che non bacio qualcuno in quel modo. Solo perché sono un attore non significa che sia uno sciupafemmine." Poi le sue labbra scesero su quelle di Susanna.

Il fuoco che si accese tra di loro sciolse momentaneamente la sua resistenza, finché i pensieri razionali non s'impadronirono nuovamente della sua mente. *Ha un bambino. Probabilmente è sposato. Fermati prima di farti del male.* Con l'ultimo barlume di dignità che le era rimasta, Susanna si allontanò lentamente da Quinn.

"Io…Io…penso sia ora di andare a letto," incespicò, sperando che le fiamme dentro di lei si placassero.

"Esattamente ciò che pensavo." La scintilla del desiderio brillò negli occhi di Quinn. Il suo sguardo cadde sui suoi seni, prima di tornare a posarsi sulla sua bocca.

"Voglio dire, io. Da sola. È ora di dormire." Susanna lanciò un'occhiata al suo orologio. "Sono già le dieci e mezza e Junior si sveglierà prima delle sei." Si alzò in piedi, ravviandosi i capelli, che le arrivavano alle spalle, con le dita.

Quinn rimase seduto. "Niente che possa fare per farti cambiare idea?" le chiese, sollevando le sopracciglia.

Lei scosse la testa.

"Era quello che temevo."

"Buonanotte," disse lei, voltandosi verso le scale. "Oh, e grazie per la magnifica cena."

"Di nulla. Grazie per il magnifico bacio." Susanna lo guardò alzarsi e camminare lentamente fino al terrazzo, finché arrivò al secondo piano e lo perse di vista. Dopo essere scivolata silenziosamente nel letto, Susanna giacque sveglia per un po'. *È così sexy. Quei capelli. Quegli occhi. Quel corpo. E bacia così bene. E tuttavia, ci sono ancora troppe domande senza risposta. Chi è davvero? Non so quanto ancora potrò resistere. Quando lui accende il fuoco in me… io vengo spazzata via.*

Capitolo Cinque

Puntuale come un orologio svizzero, Junior si svegliò alle sei meno un quarto. Il suo pianto svegliò Susanna, che si alzò, lo cambiò, si gettò addosso la vestaglia in seersucker e scese le scale a piedi nudi, tenendo il bambino stretto a sé.

Rimase sbalordita nel trovare Quinn seduto al bancone della cucina intento a bere il caffè con indosso soltanto un paio di jeans. "Non è un po' presto per te?"

"Te l'ho detto che mi alzo presto per andare sul set. Un'abitudine dura a morire. A parte quello, ho ricevuto un messaggio. Diamine, mi ha svegliato alle cinque."

"Un messaggio?"

"Jaden Benedict. Virus gastrointestinale. Non potrà venire alla premiere stasera."

"Che peccato." Susanna cercò di nascondere un sorriso mentre sistemava Junior sul seggiolone e preparava un biberon di latte.

"Vorrà dire che tocca a te." Si adagio allo schienale, sorridendole.

"Cosa?" Susanna si voltò di colpo per guardarlo.

Un pigro sorriso affiorò sulle labbra di lui. "Mi hai sentito. Ho bisogno che tu prenda il suo posto."

"Perché?" chiese lei, prendendo una confezione di latte in polvere dalla dispensa.

"Perché non vado alle premiere da solo. Nuoce alla mia immagine."

"Quale immagine? Quella di playboy o di attore?" commentò lei, mescolando il latte in polvere e mettendo il bavaglino a Junior.

"Non sono un playboy. Preferisco apparire come un ragazzo che può avere delle tipe. Delle donne. Delle belle donne. Anche se non è vero. Non significa che debba andarci a letto..."

"Pensi di fare la figura dello sfigato se non hai una donna al tuo fianco?" Lo sguardo di Susanna si soffermò sul suo petto nudo. Sentì le dita formicolare al pensiero di toccare la sua pelle. Il bambino fece un gorgoglio rivolto a Quinn, il quale avvicinò un dito al piccolo. "Sei davvero così superficiale? Non pensavo."

"Ehi, se si trattasse di qualsiasi altro evento, non me ne importerebbe nulla. Ma questo si basa tutto sull'apparenza. Cosa molto importante a Hollywood."

"Chi resterà con Junior?"

"Dannazione! Me n'ero dimenticato. Il mio produttore. Chiamerò Josh. Troverà una babysitter."

"E io non ho alcun vestito da cerimonia."

"Aha! Giusto. Hmm. Fammi pensare." Quinn si alzò dalla sedia e cominciò a camminare avanti e indietro. "Penny! La cognata di Chaz."

"Chi?"

"Penny...lei è molto... *fashion*, penso sia quello il termine. Una vera esperta di moda. Prima viveva qui e conosce i migliori negozi in Rodeo Drive. Non perderemo tempo. Chiamerò Chaz e mi farò dare il suo numero."

Susanna rimase seduta in tranquillità, dando da mangiare a Junior e parlandogli a voce bassa, mentre il telefono di Quinn si surriscaldava telefonata dopo telefonata. Udì alcuni frammenti delle sue conversazioni e la più divertente fu quella in cui lui cercò di trovarle un vestito. Aveva dovuto descrivere il corpo di Susanna.

"I suoi seni sono...bè...si, una specie."

Lei si spostò per sbirciare e lo vide con una mano chiusa a coppa davanti a suo petto. Incapace di trattenere una risatina, si coprì la bocca con una mano.

"Ti sento lì dentro...che ridi," disse lui a voce alta.

"Vuoi la mia taglia?" chiese lei.

"Forse renderebbe tutto più facile."

Lasciò che il bambino si gustasse la sua purea di frutta per mimare con la bocca a Quinn "taglia quarantaquattro." Terminata la telefonata, Quinn tornò in cucina.

"Ha detto che dovremmo riuscire a trovare il vestito giusto della tua taglia da La Maria, Jean Louis Designs, oppure in Rossini Boulevard o Rodeo Drive." Con un'espressione soddisfatta sulla faccia, l'attore appoggiò un piede su una sedia e puntò un dito verso l'alto. "Shopping per il vestito a mezzogiorno. La babysitter arriva alle cinque." Aggiunse un altro dito, uno per ciascuno dei punti che elencava. "Arrivo della limousine alle cinque e trenta. Red carpet alle sei e trenta. Breve intervista. Film alle sette. Tonnellate d'imbarazzo quando mi vedo sul grande schermo. Rinfresco dopo la proiezione alle nove e trenta. A casa per mezzanotte."

"E tutto questo l'hai programmato adesso?"

Lui annuì. "Ho avuto degli aiuti. Josh, Penny, Fran...tutti hanno dei contatti qui."

"Immagino che dovrò venire alla premiere allora. Ma cosa mi dici del fatto di essere vista in pubblico con te? Del tenersi la mano e così via?" Susanna posò il cucchiaio del bambino.

"Questo è un appuntamento. Un'uscita formale. Tenersi per mano è okay. Essere visto per strada mentre spingo un passeggino mano nella mano con qualcuno no."

"Immagino tu abbia le tue ragioni," rispose lei, aggiungendo un po' di frutta alla pappa di Junior.

"Fidati di me."

Perché mi riesce così difficile? "Sto prendendo il posto di Jaden?"

"Tu verrai con me perché ti voglio come mia accompagnatrice. Lei me l'aveva chiesto...prendendomi alla sprovvista. E io non avevo una scusa valida per rifiutare."

Susanna si fermò con il cucchiaio a mezz'aria. *Vuole portare me, vuole uscire con me?*

"Non va bene?" Per la prima volta, un'ombra di preoccupazione gli fece corrugare la bella fronte.

"Va molto più che bene," rispose lei con un sorriso. "Non sei sposato, vero?"

Quinn scoppiò a ridere. "No. Perché me lo chiedi?"

"Hai un bambino, la cui madre sta per tornare, e per quel che posso vedere non frequenti nessuno."

"Sono single. Credimi."

"Se scopro che è una bugia, sei un uomo morto." Susanna gli lanciò un'occhiata di ammonimento.

Lui ridacchiò. "Non ne dubito."

Susanna pulì Junior e lo sistemò nel passeggino. "Forse dovremmo uscire per una passeggiata senza di te. Non si può mai sapere che non ci sia qualcuno pronto a sbucare fuori con una macchina fotografica."

"Hai ragione. Mi dispiace." Quinn lavò la scodella di Junior prima di tornare nel soggiorno.

"Fa tutto parte del lavoro, no?"

"Si, purtroppo," rispose lui, mentre si lasciava cadere sul divano e accendeva il televisore quarantotto pollici a schermo piatto. "Non cacciatevi nei guai."

"In che guai potremmo mai cacciarci?" disse Susanna con un'alzata di spalle.

Quinn si voltò a guardarla. "Una donna col tuo aspetto, con una bocca come la tua...potresti trovarti in un mare di guai." Un sorriso sbilenco s'impadronì delle sue labbra.

Susanna si lasciò sfuggire un piccolo verso, mentre lo congedava con la mano, prima di aprire la porta d'ingresso. Mentre passeggiava, l'aria era piacevolmente fresca. Junior guardava il cielo enorme, poi spostava lo sguardo su di lei. Susanna gli parlava e lui le rispondeva con i suoi gorgoglii. Dopo circa un'ora, il bambino dormiva come un sasso, quindi Susanna tornò verso l'appartamento. *Torniamo a casa. Casa? No. È casa di Quinn.*

Il bellissimo appartamento era ampio e accogliente. A Susanna piacevano l'aria salmastra e i pavimenti di ceramica. Le piaceva tutto di quell'appartamento. Naturalmente, il fatto che oltre agli arredi eleganti ci fosse un uomo alto, bello e sexy non nuoceva di certo. *E cosa farei se fosse single...libero da legami. Cosa farei in quel caso? E se volesse me e anche Junior? Cosa direbbe la madre del bambino?*

Purtroppo, non aveva risposta alle sue domande. Il pensiero di una guerra con la madre del bambino la fece rabbrividire. *Quinn è fonte di guai. Stai lontana da lui. Sì, certo, proprio mentre viviamo sotto lo stesso tetto.*

* * * *

Susanna decise di prepararsi prima che arrivasse la babysitter. Fece un lungo bagno mentre Junior faceva il suo sonnellino pomeridiano. Quinn era nella sua camera. Susanna aveva preparato tutto, dai sandali argentati al piccolo girocollo di diamanti che aveva preso a noleggio da Castle and Cohen.

Seduta sul letto nuda, si ripassò lo smalto sulle unghie delle mani e dei piedi, canticchiando tra sé e sé. Dopo pochi minuti, Junior si svegliò. Soffiò sulle unghie per asciugare lo smalto, s'infilò la vestaglia sottile e andò dal bambino, facendogli dei dolci versetti.

Il bimbo le sorrise. Il suo naso le disse che aveva bisogno di essere cambiato. Quando l'ebbe fatto, lo portò in soggiorno e lo mise a pancia in giù sull'enorme coperta sul pavimento. Versò un po' di succo in una tazza per bambini e s'inginocchiò accanto a Junior. Un click segnalò che la porta della camera da letto sul retro si era aperta.

Sollevò lo sguardo e rimase senza fiato. L'uomo che era così sexy in jeans e maglietta era letteralmente devastante in smoking. I primi due bottoni della sua camicia bianca scintillante erano slacciati e la lunga cravatta nera di seta era sciolta intorno al suo collo

"Sai annodare questa cosa?"

Lei annuì. "Annodavo la cravatta di papà ogni volta che partecipava ad una cena di premiazione."

"Appena prima di uscire, okay? Meno tempo passo costretto in questo abito da pinguino..."

"Puoi badare al bambino mentre mi vesto?" Susanna si alzò in piedi.

"Non è che mi sbava addosso, vero?"

Lei scrollò le spalle. "Non ne ho idea. Stai un po' indietro e guardalo con occhio di falco." Susanna tornò nella sua camera e si vestì in fretta. *Non lasciarlo solo con Junior per troppo tempo. Il bambino potrebbe sbavargli addosso. Che disastro.* Infilare i piedi nei sandali fu facile, ma allacciare la lunga cerniera non lo fu affatto. Indossò gli orecchini abbinati al girocollo e si diresse in soggiorno. "Quinn, potresti aiutarmi con la lampo?"

Lui alzò lo sguardo e per poco non gli uscirono gli occhi dalle orbite. "Wow! Verrai così? Con il vestito sollevato?" Quinn fu in piedi in un baleno.

"Non essere sciocco! Non riesco ad allacciare la cerniera del tutto. Ho bisogno del tuo aiuto," disse, dandogli le spalle.

* * * *

Quinn inalò il suo delicato profumo di lillà, mentre le sue dita trovavano la lampo. Con una mano, tenne ferma l'estremità della cerniera e con l'altra prese il tiralampo. Con un piccolo movimento, le posò la mano sul posteriore. La tentazione di lasciar scorrere le mani sulla pelle nuda di fronte a sé fu troppo forte.

Lasciò andare la zip e fece scivolare la mano al centro della schiena nuda di Susanna, godendo della sensazione della sua pelle di seta. *È calda e morbida.* Lei rimase ferma, mentre lui la toccava teneramente, le dita aperte a ventaglio che si muovevano su e giù lungo la sua schiena. Un lieve gemito le sfuggì dalle labbra e quel suono lo fece sorridere.

Afferrò nuovamente la lampo e la fece salire lentamente, allacciando il vestito senza spalline intorno alla pelle invitante di lei. Piegandosi, le posò un lieve bacio sulla spalla, facendo scorrere le labbra sulla sua pelle fino a carezzarle il collo. Susanna gettò la testa all'indietro, offrendogli un migliore accesso alla colonna sensibile.

"Dio, è bellissimo," sospirò lei.

Quinn ridacchiò e continuò a toccarla, facendole scivolare un braccio intorno alla vita. Il suo sguardo si spinse oltre la spalla di Susanna e sempre più in basso, fino al rigonfiamento dei suoi seni, che facevano capolino dal corpetto dell'abito. *Gran bel davanzale.* Il girocollo di diamanti pendeva dalla mano che Susanna sollevò verso il volto di lui. "E ora, questo. Per favore," mormorò, chiudendo gli occhi.

Lui le spostò i capelli. Ancora una volta, fece scorrere le dita su di lei mentre le sistemava la collana intorno al collo, allacciandola molto lentamente così da poter tenere le mani su di lei più a lungo. Quando si chinò e le baciò la nuca, lei sospirò, poi fece qualche passo avanti. Lui temette che il ritmo spezzato del suo respiro avesse tradito i suoi pensieri. *È bellissima, incredibilmente bellissima.*

"Sei favolosa. Stupenda." L'argento scintillante del vestito accendeva il grigio dei suoi occhi, facendoli risplendere. Il trucco leggero esaltava la sua pelle di pesca e gli occhi intriganti. I suoi capelli, quasi neri, erano lucenti e riflettevano la luce che si spostava leggermente intorno alle sue spalle. La sua scollatura, che sembrava invitarlo, catturò il suo sguardo, poi questi si spostò verso il basso a guardare lo smalto rosa sulle unghie dei suoi piedi. Il taglio dell'abito faceva risaltare le sue curve invitanti. Sembrava una sexy diva del cinema.

Il rosa carne del rossetto sulle sue labbra voluttuose attirò l'attenzione di Quinn. *Tutte da baciare.* Senza rendersene conto, l'uomo si leccò le labbra, mentre lei ridacchiava. Quinn disse, "Potrei passare la serata qui con te...se..."

"Lo so. Avanti, lascia che ti annodi quella cravatta."

Una dolce fragranza delicata gli pervase i sensi. Trovandosi così vicino a lei, riusciva a sentire il profumo fresco dei suoi capelli mischiato al suo odore. Moriva dalla voglia di far scorrere le dita tra le ciocche lucenti che le cadevano all'altezza degli occhi. Appoggiare le mani sulle spalle nude di lei non lo aiutò a calmarsi. Incapace di resistere ad una carezza sulla sua pelle levigata, Susanna si sentì percorrere da un brivido al tocco di lui.

"Se continui così, non riuscirò mai ad annodare questa cravatta." Sollevò lo sguardo per incontrare gli occhi di lui, che provò la tentazione di baciarla.

"Non è facile."

"Che cosa non è facile?" Susanna prese le estremità della cravatta tra le mani.

"Non toccarti...sei così vicina. E io...bè..."

Lei rise. "Ti stai eccitando, eh?" Le sue dita indugiarono sul collo di lui.

"Forse," mentì lui. *Assolutamente. Continua a toccarmi.*

"Ricomponiti, o staremo qui tutta la notte." Susanna spostò lo sguardo da quello di lui e si concentrò sulla cravatta.

"Che bella idea!" disse lui, sollevando e abbassando velocemente le sopracciglia. Susanna fece un risolino e gli diede un buffetto sulla spalla. Quinn si sforzò di mantenere il proprio autocontrollo, fermando le mani e costringendosi ad allontanare il pensiero di fare l'amore con lei. Rimase immobile mentre lei faceva girare il pezzo di stoffa, creando un nodo perfetto. Lui si guardò nello specchio dell'ingresso e annuì. "Come una professionista," mormorò.

"Te l'avevo detto!" esclamò lei, rivolgendogli un sorriso abbagliante.

Il campanello suonò e Quinn fece entrare la babysitter, la signora Evans. Susanna impiegò venti minuti per spiegarle tutto. La signora Evans cambiò Junior e gli preparò la cena. Il bambino spostò lo sguardo da Susanna alla babysitter, e poi di nuovo verso Susanna. Cominciò a tremargli il mento.

"Sarà meglio che usciamo di qua prima che Junior cominci a dare di matto," le sussurrò Quinn. La prese per il gomito e la guidò verso la porta. Susanna afferrò una stola di ermellino che aveva preso in prestito e che si accompagnava al vestito, poi uscirono. Mentre chiudevano la porta, udirono la signora Evans parlare dolcemente a Junior.

La limousine li stava aspettando. Quinn aprì la portiera e Susanna si accomodò all'interno. "Vuoi un drink?" chiese lui.

"No, grazie."

"Aspettati un sacco di flash, ci sarà tutta la stampa."

"Ho già provato l'esperienza, ricordi? Mio padre teneva una breve conferenza stampa dopo quasi ogni partita."

"E tu eri lì?"

"All'inizio era eccitante. Durante l'adolescenza, ero troppo impegnata per preoccuparmene. Ne ho viste abbastanza da sapere cosa c'è da aspettarsi."

"Bene. Così non devo preoccuparmi che ti possa spaventare." Le rivolse un caldo sorriso.

"Passerò inosservata. Nessuno mi noterà, sei tu la star."

"Vuoi scherzare? Con quel vestito?" Quinn sollevò le sopracciglia.

"Con tutte le star che ci saranno?" replicò lei, inarcando a sua volta un sopracciglio.

"Nessuna può competere con te." Le prese la mano e gliela baciò. *È diventata rossa. C'è ancora qualche donna che lo fa?* Quinn intrecciò le dita a quelle di Susanna e le si avvicinò di più. Lei si adagiò contro il sedile e chiuse gli occhi. "Riposati. Ci vorranno almeno quarantacinque minuti per arrivare."

"Sono emozionata di vedere il film," mormorò lei, prima di zittirsi.

"Anche io." *Spero che la fotografia sia buona.* Il sudore gli imperlò la fronte per l'agitazione. Come succedeva ogni volta che usciva un nuovo film, Quinn cominciò a sentire le farfalle nello stomaco e una lieve oppressione al petto. E, come ogni volta, cominciò a farsi le stesse domande. *La gente andrà a vederlo? Piacerà alla critica? Sarà un flop?* Poi fece quello che faceva ogni volta per calmarsi. *Ora è troppo tardi. Quel che è fatto, è fatto. Se la mia carriera finirà, Gavin mi riprenderà con sé e completerò la mia formazione come falegname.*

Anche lui si adagiò contro il sedile e chiuse gli occhi, le sue dita che stringevano più forte quelle di lei. *Ho Susanna.* Sapere di averla al suo fianco lo calmò. Il calore di lei l'aiutò a rilassarsi. *Lei non mi deluderà.* Il sonno lo colse velocemente.

* * * *

Susanna pensava di essere preparata, ma quando fu svegliata dalle urla dei fan attutite dai finestrini chiusi e dalle luci abbaglianti che sembravano provenire da centinaia di flash e che le bruciavano gli occhi, rimase allibita.

"Siamo qui," disse Quinn, sfiorandole la spalla.

Lei si stropicciò gli occhi, represse uno sbadiglio e si guardò intorno.

"Non aver paura. Sarà divertente. Davvero. Pronta?" Le baciò il palmo della mano.

Susanna gli sorrise, mentre l'autista li raggiungeva e apriva la portiera. Quinn uscì per primo, sfoggiando un grosso sorriso e si protese verso di lei per aiutarla. Lei afferrò la mano che lui le tendeva, fece scivolare le gambe fuori dall'auto e si alzò in piedi. Dietro le barricate, alcune persone agitavano le mani urlando, "Joe, Joe, Joe Martin."

Quinn alzò lo sguardo con calma e salutò con una mano, mentre le dita dell'altra stringevano ancora quelle di Susanna.

Dopo essersi sistemata l'estremità del vestito, Susanna gli strinse la mano e lui si voltò a guardarla. Quinn notò il piccolo cenno del capo che lei gli rivolse e si mosse in avanti, avanzando lungo il tappeto rosso.

Non passò molto tempo prima che venisse fermato da un uomo con un microfono. Susanna non ascoltò le parole, il suo sguardo intento a scrutare quella folla immensa. Convivere con la celebrità di Quinn a New York era stato facile. New York può essere una città molto anonima. L'aveva conosciuto come uomo, datore di lavoro, amico, padre occasionale e amante potenziale. Ora la sua celebrità si abbatteva su di lei, assordandola, colpendola dritta in faccia. Vedere quante persone lo idolatravano la lasciava attonita.

Il calore degli sguardi curiosi la fece avvampare. *Non sono mai stata sotto i riflettori prima d'ora.* Quando suo padre rispondeva alle domande della stampa e firmava autografi, lei era sempre rimasta in disparte. Nessuno la guardava o parlava con lei. Era un'osservatrice invisibile. Ma non in quel momento. Sguardi interrogativi si concentrarono su di lei. *Vogliono sapere chi sono. Non sono nessuno, gente. Nessuno.* Tuttavia, percepì che ciò non avrebbe soddisfatto l'orda di giornalisti che la squadrava da capo a piedi mentre parlava con Quinn.

"Nuova ragazza?" chiese l'uomo a Quinn, avvicinando il microfono alla bocca dell'attore.

"Un'amica. Susanna?" Quinn l'avvicinò a sé e le circondò le spalle con un braccio.

Con la telecamera che lo seguiva, l'uomo si avvicinò a lei, ma indirizzò le domande a Quinn. "Vorrei avere io un'amica così. Un'amica di letto?"

L'attore ridacchiò. "Siamo solo amici, Tony."

"Congratulazioni per il tuo nuovo film e per essere con questa bellissima signora. Ehi, chi vedo laggiù? Sembra che ci sia la sua co-protagonista, Margo Fredericks."

L'uomo col microfono proseguì lungo il tappeto rosso. Tirandola dolcemente per la mano, Quinn sussurrò, "Andiamocene di qua." Susanna lo affiancò e camminarono con disinvoltura lungo il red carpet, salutando la folla prima di entrare nel cinema. Quando girarono l'angolo, Susanna lasciò andare un respiro di sollievo.

"Non è stato poi così brutto, no?"

Lei scosse la testa. "Nessun problema. Ma non mi sono mai trovata in questa situazione."

"Pensavo che tuo padre fosse sempre in mezzo a questo tipo di cose."

"Lui sì, ma io no. Io stavo sempre dietro le quinte."

"Non più," ridacchiò lui.

"Questa è una cosa una tantum, vero?"

"Forse. Entriamo e andiamo a prendere dei posti buoni. Il vero stress comincia quando si spengono le luci." Si sedettero nella fila sei, vicino al corridoio. Un usciere chiese loro se volessero popcorn e bevande, ma rifiutarono. Sono troppo nervoso per mangiare durante una prima."

Susanna notò alcune goccioline di sudore sulla sua fronte. Quinn estrasse un fazzoletto e si tamponò sopra le sopracciglia. Intrecciarono le dita e rimasero tranquillamente seduti, finché le luci si spensero. Lui si portò la mano di Susanna alle labbra. "Perché mi porti fortuna," mormorò. Lei gli sorrise e gli accarezzò la guancia prima di stringergli la mano. Quinn si appoggiò le loro mani unite sul ginocchio. Susanna scivolò più in basso sul seggiolino, per trovare una posizione più comoda.

Quando Quinn apparve sullo schermo, il cuore di lei accelerò i battiti. *Così bello, così sexy, così pieno di talento. Ed è qui con me. Datemi un pizzicotto...non succederà mai più.* Ogni tanto Susanna gli lanciava delle occhiate, poi tornava a guardare lo schermo. *Sì, quell'uomo stupendo è seduto proprio di fianco a me e mi tiene la mano.* Riusciva a malapena a respirare.

La tensione sul volto di Quinn si dissipò non appena udì lo scroscio di applausi al termine della proiezione. I pezzi grossi della casa di produzione si fermarono per congratularsi con lui mentre uscivano dal cinema e avevano un'espressione sollevata. Susanna sospirò e sorrise, mimando con la bocca, "Un altro successo."

"Lo spero!" esclamò lui con entusiasmo. "E ora la festa."

"Ci sarà del cibo?"

"Un po' di *hors d'oeuvres* di classe, una montagna d'alcol." La prese di nuovo per mano e lasciarono il cinema. Mentre aspettavano la loro limousine, Quinn si fermò a firmare autografi. Non ci volle molto prima che la loro macchina arrivasse e Quinn salutò con la mano i fan radunati lì per vederlo andar via.

Si fermarono davanti ad un grande ristorante che cercava di apparire elegante. Quinn e Susanna fecero il loro ingresso e furono scortati in un'ampia stanza sul retro. Ad accoglierli trovarono Josh, il produttore.

"Allora è questa la signora che ha avuto il tuo bambino e che aveva bisogno di tutta quella roba?" Lo sguardo dell'uomo la percorse da capo a piedi, soffermandosi su ogni curva.

"No, no. È una storia lunga, Josh."

"Adesso accogli gli orfani?"

"Credimi, quando potrò parlartene, lo farò. Dov'è il cibo?"

Josh indicò il fondo della stanza, "Vicino al bar."

"Ho bisogno di un drink," disse Quinn rivolto a lei, mentre la scortava attraverso la folla.

* * * *

Quinn si sentì pervadere dal sollievo. *Non so ancora se sarà un successo, ma dubito che sarà un fiasco. Grazie a Dio.* Il bicchiere in mano, un sorriso affiorò sulle sue labbra, mentre ad uno ad uno, tutti i membri del cast e della produzione lo cercavano per congratularsi con lui. Tenne Susanna vicina a sé, preoccupato che qualche squalo dalla bella parlantina potesse rubargliela. *Si sta comportando come una professionista.* Quinn notò come Susanna intrattenesse conversazioni allo stesso modo con persone importanti e meno importanti.

"Sto morendo di fame. Tu?" gli domandò lei.

Il pensiero del cibo fu una tentazione per il suo stomaco vuoto. "Si."

"Riempirò un piatto da dividere." Prima che potesse fermarla, Susanna si stava già insinuando tra la folla.

Josh lo costrinse a distogliere l'attenzione da lei. "Gran bel film, Quinn. Le riprese del prossimo cominceranno tra un paio di mesi. Sei pronto?"

"Suppongo di si," rispose Quinn, mentre osservava Susanna rispondere ad un membro della produzione che stava parlando con lei.

"Supponi? È una cosa importante," ribatté Josh, afferrando il braccio dell'attore.

Quinn spostò lo sguardo verso Josh. "Cosa?"

"Sei pronto? Accidenti, amico. Dove diavolo sei con la testa?" Gli occhi di Josh attraversarono la stanza. "Capisco. Tieni d'occhio la ragazza, eh?"

"Si, si, Josh. Sarò pronto. Lo sono sempre. Sto studiando il copione. Questa è una festa. Rilassati, fratello," Quinn gli diede una pacca sulla spalla, poi riprese a osservare Susanna. Il membro della produzione le aveva circondato la vita con un braccio e la guidava verso il tavolo del buffet. Il battito di Quinn accelerò. Si sentiva ribollire di rabbia.

"Torno subito." Tracannò il resto del suo drink, poi si allontanò da Josh e si aprì un varco tra la folla, fermandosi qualche momento per stringere una mano o firmare un autografo. Ancora sorridente, arrivò alle spalle di Susanna.

"Mi chiedevo cosa ti stesse trattenendo così a lungo," disse, posando una mano sulla spalla di lei con fare possessivo.

"È con te, Quinn?" Il ragazzo indietreggiò leggermente, lasciando scivolare il braccio che le cingeva la vita.

"Si, Eddie. È con me."

"Mi dispiace. Non ne avevo idea." L'uomo si allontanò e sparì tra la folla.

Susanna si voltò verso Quinn. "Geloso?"

"Ci stava provando con te."

"Posso cavarmela da sola," disse lei, arricciando il naso.

"Mi stavo solo assicurando che stessi bene..."

"E che fossi ancora tutta tua, giusto?" Susanna lo guardò con un sopracciglio inarcato mentre raggiungevano il buffet.

Un sorriso imbarazzato increspò le labbra di lui. "Colpevole, Vostro Onore"

"Trenta giorni di carcere. Prossimo caso," esclamò lei, facendolo ridere. Susanna prese un piatto e lo riempì con varie prelibatezze—gamberoni freddi, un piccolo pezzo di Quiche Lorraine, funghi ripieni, fichi caldi arrotolati nel bacon e polpettine di carne. La fame di Quinn aumentò, mentre la guardava.

Quando Susanna ebbe finito, lui la prese per mano e la condusse verso una finestra ed un piccolo tavolo rotondo con una tovaglia bianca. Quinn prese due forchette. Si sedettero e Susanna mise il piatto tra di loro sul tavolo. E iniziarono a mangiare.

"Ho ancora un paio di strette di mano da dare, poi possiamo andare."

Lei annuì. "Non pensavi davvero che me ne sarei andata con quel ragazzo, vero?"

"Eddie ci sa fare." Quinn si mise una polpetta in bocca.

"Ma non mi sarei lasciata incantare da quello...per poi scaricare te? È assurdo." Susanna prese un pezzetto di torta salata.

"Davvero? Mi ha soffiato delle ragazze in passato."

"Eh?" Susanna sollevò le sopracciglia.

"Bè, forse solo una o due. Però..." Quinn morse l'estremità di un gambero.

"Abbi un po' di fiducia in me. Non sono una ragazzetta stupida in cerca di una notte di divertimento e giochini."

Lui le lanciò uno sguardo carico di desiderio. "Che peccato. Era proprio quello che speravo."

Lei rise, prese l'ultimo gamberetto rimasto e glielo mise in bocca. Lui mantenne il contatto tra i loro occhi mentre masticava, poi si piegò e la baciò.

"Finisci quella polpetta e andiamocene di qua." Susanna mise in bocca l'*hors d'oeuvre* mentre altre tre persone si fermarono a congratularsi con Quinn. Lui la prese per mano e la guidò verso l'uscita. La loro macchina arrivò e furono sulla via di casa.

Tenere le mani a posto stanotte? Impossibile. Lei è troppo...troppo. Quinn fece scivolare un braccio intorno a lei, che si accoccolò contro la sua spalla. Le luci provenienti dalle case brillavano nell'oscurità, mentre il tranquillo viaggio verso casa lo calmava. *Sopravvissuto ad un'altra premiere. Yuppi.* Le sue dita accarezzarono pigramente il braccio di lei. *Morbida.* Susanna chiuse gli occhi e sospirò. *Potrei portarla in braccio dritta al mio letto.*

La limousine si fermò e loro uscirono. "Aspetta qui. Puoi accompagnare a casa la signora Evans."

Si tennero per mano mentre raggiungevano l'interno. Quinn pagò la babysitter, mentre Susanna andò a controllare Junior.

"Dorme, ma il suo respiro sembra un po' affannoso. La babysitter non ha riferito di alcun problema. Forse è solo la mia immaginazione," disse lei, mentre rientrava in soggiorno.

"Vuoi del tè?" chiese a Quinn, mentre si dirigeva verso la cucina.

"Tutto quel che voglio sei tu," rispose lui, attirandola nel suo abbraccio prima di abbassare la bocca sulla sua. Il corpo di Susanna si sciolse contro il suo. Le mani di Quinn si mossero lentamente lungo la sua schiena, dove sentì che il respiro di lei si faceva più veloce, poi si fermarono, a coppa, sul suo sedere. Lo strinse, attirandola più vicino a sé e sentì il desiderio scorrergli nelle vene.

La desiderava come non aveva mai desiderato nessun'altra donna. Spostò le labbra sul suo collo. Susanna allentò la stretta delle braccia intorno a lui, così lui poté baciarle la spalla. Le mani di lei si persero tra i capelli di Quinn e la sua bocca prese a stuzzicargli l'orecchio.

Quinn sollevò una mano a toccare i suoi seni. Il gemito che uscì dalla bocca di Susanna gli diede il permesso di continuare. *Anche lei mi vuole.* Chiuse il palmo intorno a quel morbido colle e lo strinse dolcemente, mentre le dita scivolavano verso l'orlo del suo vestito per tirarlo giù. Tracciò una linea di baci fino al suo seno. Poi lo udì. Dapprima era lieve, ma divenne presto forte. Il pianto di un bambino. Quinn sollevò la testa, lanciandole uno sguardo interrogativo.

"Junior?" chiese.

Susanna annuì. "Vado a controllarlo e torno subito. Non perdere il filo del discorso."

Lui ridacchiò prima di togliersi la cravatta e sbottonarsi la camicia.

"Quinn!"

L'uomo alzò la testa di scatto al suono del panico nella voce di Susanna. Si precipitò in camera e la trovò lì con in braccio Junior, la cui faccia era rossa per il tanto urlare.

Capitolo Sei

"Veloce, slacciamelo. Non posso sporcare questo vestito." L'abito scivolò a terra silenziosamente, rivelando che Susanna non indossava nulla sotto di esso. Lo sguardo di Quinn le bruciava la pelle. Incapace di nascondere il proprio imbarazzo nel trovarsi nuda di fronte a lui, Susanna concentrò l'attenzione sul bambino che urlava a squarciagola, mentre usciva dall'abito e afferrava la sua vestaglia. Dopo aver fatto stendere Junior supino sul suo letto, allacciò velocemente le estremità, mentre il bambino urlava ancora più forte.

"È bollente," disse lei, prendendo in braccio il piccolo e stringendoselo al petto.

"Cosa posso fare?" Quinn rivolse l'attenzione al bambino.

"Nella sua valigia. C'è una borsa di plastica con dentro tutto il materiale per le emergenze. Prendi un termometro." Susanna uscì dalla camera ed entrò in cucina.

Quinn fece il suo ingresso qualche momento più tardi, con in mano la borsa di plastica. "Qual è il termometro?"

Susanna spinse il bambino in braccio a Quinn e gli fece cenno di sedersi sulla sedia a dondolo. Gli porse un biberon che aveva riempito con acqua fresca e lo aiutò a sistemare Junior in una posizione comoda. Il piccolo bevve avidamente. Mentre lui continuava a succhiare silenziosamente il biberon, Susanna rovistò nella borsa. C'erano diversi aggeggi che potevano essere termometri, ma non ne era sicura.

"Dannazione! Non c'è un termometro rettale. Non so che cavolo siano questi." Continuò a frugare nella borsa, trovandone finalmente uno. "Credo che questo vada nell'orecchio."

"Si, troppo corto per il sedere," intervenne Quinn.

Lei lo fulminò con lo sguardo e lui sorrise. Susanna mise il termometro nell'orecchio del bambino. Il risultato fu presto pronto e diceva 39.5. "Porca miseria. Questo bambino sta male." Sprofondando sul divano, Susanna si prese la testa tra le mani.

"Che cosa facciamo?" chiese lui, dondolandosi sulla sedia, mentre il bambino continuava a bere l'acqua.

"Non lo so."

"Cosa?" Le sopracciglia di Quinn di sollevarono di scatto.

"Non lo so. Annie subentrava sempre quando i bambini si ammalavano."

"Chiamala."

"Sono le quattro del mattino lì...ma questa è un'emergenza." Susanna prese il suo telefono e compose il numero di sua sorella. Ci volle un po' prima che Annie rispondesse. Susanna camminava avanti e indietro mentre parlava con sua sorella.

"Scotta, Annie. È oltre i trentanove e mezzo."

"Quanto ha?"

"Cinque mesi, più o meno."

"Ti serve del paracetamolo. Manda Quinn a prenderlo. Ma prima di darlo al bambino, devi fargli un bagno."

"Fargli un bagno?"

"Mettilo in una vasca—"

"Qui non c'è una vasca per bambini."

"Usa il lavello della cucina. Assicurati prima che sia pulito."

"Fatto."

"Riempilo per metà con acqua tiepida. L'acqua calda alzerà la temperatura corporea, mentre l'acqua fredda lo farà raffreddare."

"Il freddo gli farà male?"

"Fidati di me, okay? Prendi una salvietta, bagnala nell'acqua e passagliela delicatamente sul petto, le braccia e la schiena. Lievemente."

"Perché?"

"Quando l'acqua evapora, fa raffreddare la pelle. Un piccolo massaggio fa affluire il sangue alla pelle e, quando questa si raffredda, lo fa anche il sangue di conseguenza. Questo gli farà abbassare la febbre e la medicina aiuterà a non farla risalire."

"E se non funziona?"

"Funzionerà. Procurati del *Pedialyte*, nel caso cominci a disidratarsi. Quello può essere pericoloso. Ha bisogno di assumere molti liquidi e quello è uno dei migliori."

"*Pedialyte.* Ricevuto."

"Chiamami tra due ore."

"Grazie mille, Annie. Torna a dormire." Susanna riattaccò il telefono e si voltò a guardare Quinn. "Questa cosa richiede due persone. Devi trovare una farmacia notturna."

"Ce l'ho. McGinty's."

"Conosci tutte le farmacie notturne del quartiere?"

"Tornando a casa ubriaco, di tanto in tanto, sapevo che avrei avuto bisogno di qualcosa...," rispose lui imbarazzato.

"Okay, okay. Come non detto. Vai lì. Prendi del *Tylenol* per bambini. E del *Pedialyte*. Una *grande* bottiglia di *Pedialyte*."

"Che accidenti è?"

"Serve a prevenire la disidratazione. È necessario, è tutto ciò che ti serve sapere."

"Capito." Quinn restituì il bambino a Susanna e tirò fuori una penna e un pezzo di carta dal taschino, poi annotò la lista delle cose da prendere.

"Come ci andrai?"

"Ho un SUV qui che tengo in garage."

"Perfetto," disse lei, visibilmente sollevata.

Quinn afferrò le chiavi e si precipitò fuori dalla porta. Susanna pulì il lavello e fece scorrere l'acqua tiepida, mentre teneva in braccio il bambino. Junior aveva finito di bere l'acqua e aveva ricominciato a piangere. Susanna camminava avanti e indietro, stringendosi il bimbo al petto, mentre il lavello si riempiva lentamente. *Dio, sembra che scotti ancora di più!* Il sudore cominciò ad imperlarle la fronte.

Nello svestire il bambino, notò che il pannolino era più asciutto del normale. *Disidratazione?* Lo immerse cautamente nell'acqua tiepida. Appena l'ebbe fatto sedere, il piccolo cominciò a piangere. Il cuore di Susanna cominciò a battere all'impazzata. Le tremava la mano quando prese la salvietta, la bagnò nell'acqua strizzandola appena e la passò delicatamente sul petto e sulle braccia di Junior. *Dove sei, Quinn? Ho bisogno di te!* Susanna continuò con quei gesti, nonostante il bambino non smettesse di piangere. *Piangere lo farà disidratare!*

Mentre si apprestava a terminare quel bagno, si rese conto di aver dimenticato di portare un asciugamano in cucina. Non poteva lasciare lì Junior da solo, nemmeno per un secondo, poiché sarebbe potuto scivolare sott'acqua. Era costretta ad aspettare il ritorno di Quinn. Con voce tremante, cominciò a cantare la canzone di Raffi al bambino, mentre lo posizionava di nuovo a sedere nel lavandino. Lui piagnucolò, ma era distratto dalla voce di lei.

Dopo aver imbevuto nuovamente la salvietta, gliela premette delicatamente sulla pelle e strinse. L'acqua scorreva in rivoli lungo il suo braccio, facendolo piangere ancora più forte. Susanna continuò a fargli il bagno teneramente.

Finalmente, Quinn arrivò, precipitandosi attraverso la soglia. "Come sta?" chiese, capovolgendo la borsa e scaravoltandone il contenuto sul bancone.

"Sono così felice che tu sia tornato," disse lei, ricacciando indietro le lacrime. "Dagli un'occhiata. Tienilo in posizione eretta mentre prendo un asciugamano." Quando Susanna lasciò la stanza, Junior ricominciò a strillare.

"Cosa faccio? Cosa faccio?" urlò Quinn.

"Aspetta! Sto arrivando." Susanna si sistemò un asciugamano sulla spalla e sollevò il bambino bagnato. "Leggi le istruzioni sulla confezione del *Tylenol*. Dagli metà dose." Mentre lo avvolgeva nell'asciugamano, Susanna gli diede un leggero colpetto sulla pancia. Le viscere del piccolo si ribellarono. Lasciò una lunga scia di liquido marrone addosso a Susanna. Disgustata, ma preoccupata che il bambino potesse cadere, la donna si paralizzò mentre il piccolo si liberava.

Susanna aprì l'acqua calda nel lavandino e lo pulì. Poi si sfilò la vestaglia e la lasciò sul pavimento della cucina. Usando della carta assorbente, si ripulì, non riuscendo a trattenere i conati di vomito per l'odore.

"Cos'è questo odore?" gridò Quinn dalla stanza accanto.

"Tra un minuto sarà sparito."

Infilò tutta la carta assorbente e la sua vestaglia in una borsa di plastica. *Addio vestaglia.* Nuda, Susanna attraversò il soggiorno con Junior in braccio, diretta verso la camera.

"Ma che?" mormorò Quinn, mentre lei passava in punta di piedi.

"Non guardare. Okay? Non guardare." Susanna si affrettò, sentendosi avvampare per l'imbarazzo.

Mise il pannolino a Junior, prese una tutina e s'infilò una maglietta extralarge prima di riportare il bambino in soggiorno.

Quinn misurò la dose di medicinale, mentre Susanna metteva la tutina al piccolo. Quinn le allungò il contagocce e Susanna diede la medicina a Junior.

"C'è ancora puzza. Cos'è successo?" Quinn arricciò il naso.

"Junior ha avuto un piccolo incidente in cucina. Ho pulito tutto. Ecco, riempi il suo biberon con il *Pedialyte*. Ti aspetto sulla sedia a dondolo." Detto ciò, Susanna si sistemò Junior sul fianco, prese un pannolino di stoffa e si sedette delicatamente sulla sedia a dondolo. Fece accoccolare Junior nella piega del suo braccio e cominciò a cullarlo. Mentre gli cantava un'altra canzone dolce, lui la guardava in faccia.

Quinn le mise in mano il biberon pieno di *Pedialyte*. Lei lo offrì a Junior, ma il bambino si voltò dall'altra parte. Non voleva saperne di berlo. Susanna sentì il panico invaderle il petto. "Ha bisogno di berlo! La disidratazione è pericolosa."

"Dobbiamo portarlo all'ospedale?"

"Se non riusciamo a fargli bere questo…allora sì."

"Fallo dondolare per un po'. Vedrai che lo prenderà, quando sarete entrambi più calmi," la consigliò Quinn, mettendole una mano sulla spalla e stringendogliela. Lei gli rivolse un flebile sorriso e fece un respiro profondo.

"Ho aperto la finestra in cucina," le sussurrò. Lei annuì.

Junior voltò lo sguardo verso Quinn e piagnucolò. Susanna riprese a cantare sottovoce per lui.

"È meglio che vada a buttare quella borsa nella spazzatura." Quinn sparì attraverso la porta con la borsa di plastica puzzolente.

Junior si guardava intorno, per poi riportare sempre lo sguardo verso Susanna ogni volta che cominciava una nuova strofa della canzone. Al terzo tentativo, accettò il biberon, prendendone in bocca la punta. Bevve per un po', poi sembrò afflosciarsi tra le sue braccia e lei provò un terrore assoluto. Le si seccò la gola e la canzone che stava cantando divenne quasi un sibilo, mentre lottava contro il panico.

Susanna si alzò in piedi e fece cenno a Quinn di sedersi sulla sedia a dondolo. Quando lui si fu sistemato, Susanna gli mise il bambino tra le braccia. "Vado a prendere il termometro."

Gli misurò la febbre e vide che ora era a 38.5. "Sta scendendo!" Riuscì a fare un piccolo sorriso. Junior si svegliò e cominciò nuovamente a strillare. Camminarono avanti e indietro con lui in braccio. Finché restava in movimento, il suo pianto si riduceva ad un piagnucolio. Prima fu Quinn a camminare avanti e indietro con il bambino in braccio, poi fu il turno di Susanna e poi toccò di nuovo a Quinn.

Continuarono così per un'ora. Susanna aveva i nervi a fior di pelle, era spaventata. Quinn non lasciò mai il suo fianco.

"Chiamo Annie." Susanna prese il cellulare. Confermò alla sorella che la febbre di Junior si stava abbassando. Quinn continuò a camminare con il bambino. Finalmente, la medicina cominciò a fare effetto.

"Il piccolino sta sudando. Ma i bambini sudano?"

"Certo che sudano. Sono esseri umani, Quinn." Susanna gli prese Junior dalle braccia. Gli tamponò la fronte con una salvietta per bambini, poi se lo appoggiò contro la spalla e lui sembrò addormentarsi. "Hai un'intervista domani. Devi dormire un po'. Vai pure, ora posso cavarmela da sola."

Il legno era freddo contro le sue gambe nude, ma cullò Junior con il biberon finché non si accorse che aveva di nuovo sporcato il pannolino. Allora tornò in camera da letto, lo pulì, lo mise a letto e poi scivolò sotto la doccia.

Quando uscì, notò una grande maglietta di Quinn stesa sul suo letto. *Grazie, Quinn.* La indossò. Raggiungendo a piedi nudi la cucina, diede un'ulteriore passata al pavimento e al bancone, assicurandosi che la puzza fosse sparita e che la stanza fosse impeccabile.

Ritornata in camera, posò delicatamente una mano sulla fronte di Junior. *Sembra più fresco! La medicina o il bagno? Grazie, Annie!* Il bambino gorgogliò nel sonno, ma non si svegliò. Erano ormai le tre del mattino.

Esausta, e dopo aver passato una paura tremenda, Susanna uscì in corridoio. Fece un respiro profondo, cercando di calmarsi, ma invece scoppiò in lacrime. Appoggiandosi al muro proprio fuori dalla sua camera, si lasciò scivolare sul pavimento, con le mani a coprirle il volto.

In quel momento, comparve Quinn. "Ti senti bene?"

"La febbre si è abbassata. Credo che starà bene," rispose lei, annuendo in direzione di Quinn. Ma non smise di piangere. Quinn la prese in braccio e la portò sul suo letto. Tirò giù la coperta e s'infilò nel letto, facendo scivolare Susanna di fianco a lui. "Ma io..."

Appoggiandole un dito sulle labbra, le fece segno di non parlare prima di avvolgerla tra le sue braccia. Tirò su le coperte e le strinse la mano prima di sussurrarle, "Ottimo lavoro." Il respiro regolare del bambino, unito alle braccia forti di Quinn e al suo corpo caldo, la calmarono. Si addormentò prima di riuscire a rispondere all'uomo.

* * * *

I raggi del sole s'infiltrarono nella stanza molto presto, ma il bambino continuò a dormire. Susanna si rannicchiò contro Quinn, poi aprì gli occhi. Ancora esausta per via di quanto accaduto la notte precedente, si sentiva disorientata. *A letto con Quinn, con addosso solo una T-shirt? Cos'è successo?* Lui si stiracchiò, avvolgendole le braccia intorno alla vita, abbracciandola così da dietro. Le labbra di lui le sfiorarono il collo.

Per un attimo, Susanna si dimenticò di sé stessa, persa nella sicurezza che lui le offriva. Si accoccolò contro di lui, posando le mani sui suoi bicipiti. *Se solo le cose fossero diverse. Coccolarsi nel letto con lui potrebbe portare a...così tante meravigliose possibilità.* Chiuse gli occhi per un momento, lasciandosi andare a sogni di loro due insieme.

Un gemito dolce le uscì dalle labbra, quando lui trovò il punto sensibile sulla sua spalla. Le dita di Quinn le sfiorarono la pelle mentre si aprivano all'altezza del suo stomaco. Il suo cuore prese a battere all'impazzata, quando lui le toccò il seno con una mano.

Nonostante lo desiderasse tantissimo, non voleva che accadesse in quel modo. *Voglio che si renda conto che è qui con me, e non con una qualsiasi donna nel suo letto. Con me, Susanna Barnes. Oddio, lo voglio. È così seducente.* Quinn chiuse le dita intorno alla sua carne e lei provò un fremito. Chiudendo forte gli occhi, Susanna lottò con sé stessa per mantenere il controllo. *In questo momento. Potrebbe prendermi in questo momento. No! Abbi un po' d'orgoglio!*

"Quinn?"

"Hmm?" mormorò lui, mentre continuava ad accarezzarla con la mano.

"Sai che sono io, Susanna? E non una delle tue amichette sexy."

"Naturalmente. Non sei un'amichetta sexy?" La vibrazione della sua voce baritonale contro la sua schiena le provocò un brivido.

"Sono la bambinaia," disse lei, abbassando le coperte e gettando le gambe fuori dal letto.

"Ti adoro con addosso solo una T-shirt." Susanna sentiva gli occhi di lui sul suo corpo, il suo sguardo la scaldava. Quinn si massaggiò la faccia ispida e soffocò uno sbadiglio.

La foschia che le annebbiava la mente si stava lentamente dissipando. Susanna trasse un profondo respiro per mantenere la voce ferma e replicò, "È stata una notte traumatica." Si avvicinò alla culla nel momento in cui il bambino aprì gli occhi. Lui le rivolse un debole sorriso. Susanna gli posò una mano sulla fronte. "È più fresco, ma ha ancora qualche linea di febbre."

Quinn abbassò del tutto le coperte e si alzò in piedi. Mentre se ne stava lì con indosso solo i boxer, bello come un adone, Susanna provò l'impulso di far scorrere le mani sul suo petto e baciargli il collo. Ma un sorriso beffardo stampato sul suo volto la distrasse. Con lo sguardo fisso sulle labbra di lui, le labbra di Susanna s'incresparono involontariamente, come se stesse per baciarlo.

"Lascia che prenda il piccolo mentre te ne torni a letto."

"È il mio lavoro prendermi cura di lui. Ed è malato. Non posso abbandonarlo ora."

"Non lo stai abbandonando. Ti stai solo riposando così potrai continuare a farlo."

La stanchezza le penetrò nelle ossa. "Ma tu non sai cosa devi fare con lui."

"Sono così stupido che non potrei arrivarci da solo, dopo aver visto te?"

"Bè, non stupido, solo...disinformato?"

"Non più. Continua a dormire, almeno per un'oretta." Quinn la spinse delicatamente e lei cadde a sedere sul letto, per poi collassare sulla schiena.

Quinn prese Junior e lo portò sulla cassettiera per cambiarlo. Una volta che il bimbo fu sistemato con un pannolino pulito, Quinn lo prese in braccio. "*Pedialyte*?"

"Sì," gli rispose lei, mentre soccombeva al sonno. Susanna si girò e si spostò verso l'alto per mettere la testa sul cuscino. L'ultima cosa che vide fu Quinn che teneva il bambino stretto al petto con una delle sue grandi mani, mentre con l'altra le rimboccava le coperte. Lei bofonchiò un "grazie."

"Forza, ometto, è ora di riprendersi." Quinn lasciò la stanza, mentre lei scivolava nell'oblio.

* * * *

Alle tre del pomeriggio, la febbre di Junior si era abbassata fino a trentasette e due. Quinn era fuori per alcune interviste e Susanna era sola nell'appartamento. Mentre il bambino schiacciava un pisolino, tirò fuori il suo piccolo block-notes e la matita e cominciò a fare qualche schizzo. Prima disegnò Junior, poi le palme che si vedevano dal terrazzo. Era così persa nella sua arte, che non sentì Quinn rientrare verso le cinque.

"Sei un'artista?"

Susanna sobbalzò, lasciando cadere carta e matita. Lui si piegò e li raccolse. Il loro vociare svegliò Junior, che cominciò a piangere. Con un'espressione preoccupata in volto, Susanna si precipitò in camera da letto e, come prima cosa, gli appoggiò una mano sulla fronte. Il piccolo era un po' caldo, ma non scottava.

"Un altro po' di medicina," mormorò lei, stringendosi il bambino al petto. "Coraggio, piccolo J. Adesso ti cambiamo e facciamo merenda." Susanna tornò in soggiorno in tempo per vedere Quinn che metteva la sua giacca sportiva su una sedia e si strappava la cravatta dal collo. Poi si lasciava cadere sul divano e guardava fuori dalla finestra.

Susanna fu subito indaffarata in cucina, sistemando Junior sul seggiolone, mentre gli preparava un biberon di *Pedialyte*. Iniettò l'antipiretico nel liquido, poi aprì il succo di mela del bambino. Quinn fece il suo ingresso mentre lei stava imboccando il piccolo con un po' di frutta.

"Com'è andata l'intervista?"

"Quale?" Quinn si passò una mano tra i capelli.

"Ne hai fatta più di una?"

"Si. L'intervista è andata bene. Ho incontrato due produttori per parlare del libro."

"E com'è andata?" Susanna diede il biberon al bambino e lui cominciò a poppare avidamente, avvolgendo le piccole dita intorno ad una delle dita di lei.

"Male. Con entrambi." La voce di lui sembrava stanca, sconfitta.

"Qual è il problema? Sei famoso. Sei una sorta di attrazione. La gente verrà a vedere il film semplicemente perché ci sei tu. Dovrebbe essere una passeggiata, secondo me." Susanna tornò a rivolgere l'attenzione a Junior.

"Pensano che non potrei farcela. Per via dell'immagine di Joe Martin e tutto il resto." Quinn lanciò la sua cravatta sul tavolo della cucina e si sedette a cavalcioni su una sedia, appoggiando il mento sullo schienale e restando a guardarla mentre dava da mangiare al bambino. "Come sta oggi?"

"Meglio. Ha ancora lo stomaco un po'...bè, hai capito. Ma la febbre si è abbassata e non piange più così tanto."

"La scorsa notte sei stata straordinaria. Sapevi esattamente che cosa fare," disse Quinn, stringendole una mano.

"Chi, io? Hah! Non sapevo un bel niente. È Annie quella che ci ha fatto evitare una corsa al pronto soccorso."

"Mandiamole dei fiori, okay?"

Lei gli rivolse un grande sorriso. "Perfetto!" *Accidenti, è così carino!*

"Dammi l'indirizzo. Chiamo subito il fioraio." Quinn si alzò in piedi e tirò fuori il telefono.

Susanna scrisse velocemente l'indirizzo su un tovagliolo di carta, mentre Junior cominciava a fare i capricci. "Arrivo, piccolino. Dammi un secondo." Gli occhi del bambino seguivano i suoi movimenti mentre piagnucolava sommessamente.

"Rose..." udì Quinn dire al telefono, mentre lei tornava a rivolgere l'attenzione al bambino agitato. Un colpetto sulla spalla attirò la sua attenzione.

"Rosse?" Quinn la guardò.

"Color pesca o rosa," lo corresse lei.

Lui annuì. "Color pesca, se le ha disponibili, altrimenti rosa. Si. Giusto. Due dozzine. Si, in un vaso." Quinn riattaccò e ritornò alla sua sedia.

"In un vaso? Non era necessario."

"Ha due bambini, no? Non ha di certo tempo per sistemare i fiori," ridacchiò lui.

"E tu come lo sai?" Susanna sollevò lo sguardo verso di lui, mentre toglieva il cucchiaio vuoto dalla bocca del bambino.

"Occuparsi di Junior è un lavoro a tempo pieno."

"Significa che non vuoi avere altri bambini?" chiese lei, imboccando il piccolo con un cucchiaio colmo di frutta.

"Altri?"

"Si, voglio dire, oltre a Junior." Susanna inarcò un sopracciglio.

"Cosa c'è per cena?" chiese lui.

"Stai cambiando argomento?"

"Hai indovinato." Quinn sospirò. "Non sono così cattivo come pensi," disse, alzandosi in piedi.

Quando lei non si disse d'accordo, lui lasciò la stanza. Il silenzio divenne assordante. "Credo di aver fatto un casino, Junior." Il bambino la guardava con i suoi grandi occhi marroni. Un rivolo di bava gli fuoriuscì dalla bocca, mentre faceva uno dei suoi gorgoglii. "Forse dovrei dargli un'altra possibilità. Cosa ne pensi?" Il piccolo le sorrise, fece un piccolo verso, poi rigurgitò tutto quello che aveva mangiato. "Accidenti!"

Quinn si affacciò in cucina. "Qualche suggerimento per la cena...santo cielo!"

"Non preoccuparti, non preoccuparti. Lo sto pulendo." Susanna sollevò una mano, mentre puliva il pavimento con la carta assorbente. Junior sorrise sul suo seggiolone.

"Che ne dici se ordino della pizza?"

Lei fece un respiro, soffiandosi via i capelli dagli occhi. "Sarebbe fantastico. Grazie."

* * * *

Susanna sistemò il baby monitor sul tavolo della sala da pranzo, mentre Quinn distribuiva le fette di pizza con salsiccia e peperoni. Il profumo le fece brontolare lo stomaco.

"Due?" chiese lui.

Lei annuì. "Sto morendo di fame. Mi sono dimenticata di pranzare. Oggi il mio orologio biologico non era sincronizzato."

"Forse perché sei stata in piedi quasi tutta la notte con Junior. Come sta?"

"Sembra che stia meglio. È ancora un po' febbricitante. Quando gli ho provato la febbre mezz'ora fa era a 38...molto meglio della scorsa notte."

Quinn stappò la sua birra e aprì una bottiglia di tè freddo per Susanna. Mentre mangiavano, Susanna notò lo sguardo di lui vagare sulla sua canottiera scollata e sui jeans attillati. Un sorriso d'apprezzamento gli illuminò il volto.

"Io e Junior abbiamo fatto una chiacchierata su di te..."

"Oh?" lui sollevò le sopracciglia. "E lui cos'aveva da dire?" Un sorriso gli increspò le labbra.

"Ha detto che forse...dovrei darti una possibilità."

"E non giungere a conclusioni affrettate?"

Lei prese un boccone e annuì nella direzione di lui.

"Cos'è che ti spaventa tanto?" Quinn si fece più vicino. "Che potrei piacerti? Pensi ancora che io sia il grande divo mascalzone che va in giro tutte le notti a deflorare vergini?"

Il rossore si diffuse lentamente sulle guance di lei. *Esatto, dannazione!* Non le venne in mente alcuna buona risposta, quindi continuò a masticare a testa bassa.

"Il gatto...no, aspetta...il bambino ti ha morso la lingua?"

Si udì un vagito provenire dal monitor. Lentamente, si trasformò in un pianto. *Junior viene in mio soccorso.* Susanna finì di masticare, deglutì e si alzò dal tavolo. "Junior chiama."

"Non pensare di cavartela così," le urlò dietro Quinn.

Susanna entrò nella stanza in punta di piedi, preoccupata di non svegliare il bambino nel caso si fosse riaddormentato. Notò che aveva i capelli appiccicati sulla piccola testa sudata e gli occhi aperti. Quando la vide, fece un urletto. "Capisco. Vuoi uscire. Okay." Lo prese in braccio e lo portò in cucina, dove gli preparò un altro biberon di *Pedialyte*.

Susanna lo tenne in braccio al tavolo della sala da pranzo, mentre Quinn mangiava e beveva. Junior poppava contento dal suo biberon. Lei gli accarezzò la testa. "Ha la testa bagnata. Mi prendi il termometro da orecchio, per favore?"

Quinn ritornò con quanto lei aveva richiesto. Risultò che la temperatura del bambino era nella norma. Lo sguardo di Susanna captò quello di Quinn. "Niente febbre," sospirò lei, sorridendo. Gli occhi di Junior cominciarono a chiudersi, mentre rallentava il ritmo delle poppate. Susanna si alzò in piedi lentamente e attraversò la stanza il più velocemente possibile. Quando ritornò, si lasciò cadere sul divano, accavallò le gambe e sospirò.

"Wow. Sta bene." Calde lacrime le si formarono agli angoli degli occhi.

"Cosa c'è che non va?" Quinn prese il suo bicchiere e la raggiunse.

"Non ho mai avuto così tanta paura in tutta la mia vita," mormorò lei.

Quando lui la prese tra le braccia, Susanna appoggiò la testa sulla sua spalla. Chiuse gli occhi, inalando il profumo mascolino di lui mischiato ad una nota leggera di birra e dopobarba. "Sei stata straordinaria. Metterei mio figlio nelle tue mani in qualunque momento," le sussurrò all'orecchio.

"Lo fai già."

"Accidenti!" esclamò lui, afferrandola per le braccia e allontanandola da sé.

"Scherzavo." Susanna sbatté le palpebre, cercando di sfoggiare un sorriso convincente.

"Scherzavi?" Una scintilla gli balenò negli occhi, mentre l'afferrava all'improvviso e, gettandosela sulle ginocchia, la sculacciava delicatamente con il palmo della mano. "Che ne dici di questo come scherzo?"

Susanna strillò e scalciò, dimenandosi per liberarsi. "Te ne pentirai! Questa è guerra!" Cercando di non sorridere, riuscì a liberarsi, gli saltò addosso e lo afferrò ai lati, punzecchiandolo e facendogli il solletico.

Quinn lottò con lei, ma Susanna fu implacabile. Lui alternava risate e urla, mentre si azzuffavano sul divano e cadevano di lato. Quinn approfittò di quel vantaggio per bloccarle i polsi con le mani, portandoglieli ai lati del corpo. Glieli sollevò sopra la testa, mentre si abbassava sopra di lei. La sua bocca reclamò quella di lei in un bacio violento, appassionato.

Quando la lasciò andare, Susanna gli avvolse le braccia intorno al collo. Lui infilò le dita tra i suoi capelli, facendole scivolare verso il basso per accarezzarle la guancia. Il suo tenero tocco la fece sciogliere. Susanna si rilassò contro di lui, aprendo le gambe per accoglierlo. Lui spostò il peso sulle cosce e le ginocchia per evitare di schiacciarla. Il desiderio di lui la percorse incontrollabile per tutto il corpo. Cattivo padre o meno, lei lo voleva con ogni fibra del suo essere.

Quinn sollevò la testa e i loro occhi s'incontrarono. Le scostò i capelli dalla fronte e la baciò sulla punta del naso, prima di tornare nuovamente all'assalto della sua bocca. Gliela fece schiudere per insinuarvi la lingua per qualche istante. Le mordicchiò il labbro inferiore e le posò le mani alla base del collo. "Oh, piccola. Ti voglio da morire," sussurrò.

"Tu? Chi? La star del cinema?"

"C'è la star del cinema, c'è Joe Martin e poi ci sono io...semplicemente un uomo."

"E chi è che mi vuole?"

"L'uomo." Quinn strofinò il naso sul collo di lei, posandovi tanti piccoli baci. Le abbassò leggermente la larga spallina della canottiera, baciando la pelle appena esposta. La sua mano si chiuse sul suo seno, stringendo delicatamente. Il calore cominciò a scorrerle nelle vene alla velocità della luce.

Susanna gemette. *Oddio. Devo averlo.* Conficcò le dita nelle sue spalle muscolose e inarcò la schiena, sbattendo il seno contro di lui. "Toccami," gli sussurrò all'orecchio. Quinn le strinse l'altro seno, mentre cercava il suo capezzolo con il pollice. Susanna si sentiva ardere, il centro del suo piacere era un fuoco e Quinn Roberts era l'unico che poteva estinguerlo.

Susanna premette i fianchi contro di lui e gemette. Fece scorrere le mani lungo la sua schiena, saggiando la sua forza, finché non arrivò al suo sedere. Una strizzatina le disse esattamente ciò che voleva sapere—era sodo, forte e molto carino.

"Se fai così—" Lei lo zittì con la bocca, baciandolo avidamente, affamata di lui e del suo amore. Quinn fece scorrere le dita sotto la sua canottiera e le spostò lentamente verso l'alto. Poi il suo cellulare squillò. Si paralizzarono entrambi.

"Merda!" Quinn scosse la testa. "Voglio sperare che non sia Chaz."

Quinn si mise a sedere e prese il telefono dalla tasca posteriore dei suoi pantaloni. Controllò il numero chiamante e scattò in piedi. "Sì, salve, signor Sumner. No, no, è un momento perfetto per parlare di

AMORE CIECO." Alzò lo sguardo verso di lei, scrollò le spalle e mimò le parole "mi dispiace."

Susanna abbassò la testa, delusa e rassegnata. Le si era seccata la bocca e andò a prendere un bicchiere d'acqua in cucina. Quando ritornò, le parole di Quinn si stavano facendo più animate.

"Ma io sono molto più di quello. So che posso farcela. Ho lavorato tantissimo per una compagnia itinerante durante la stagione estiva...so che non è la stessa cosa, ma...mi dia una possibilità, signor Sumner. So che è un lancio di dadi molto rischioso e molto costoso. Si. Ma la gente verrà a vedermi per via di Joe Martin. Cosa? No. No. Assolutamente no."

Susanna sospirò e si diresse verso la sua camera. Il respiro lieve e regolare di Junior le ricordò quanto fosse stanca. Dopo essersi spogliata, s'infilò nel letto, mentre ascoltava ancora la flessione della voce di Quinn al telefono. Anche se il suo corpo era stanco, i suoi sensi erano ancora in allerta. Scivolò nel sonno, ricordando la sensazione delle mani di Quinn sul suo corpo e delle sue labbra sulla sua pelle.

Capitolo Sette

Il lunedì, Susanna e Junior si alzarono di buon mattino, risvegliati dalla luce brillante del sole mattutino. Il bambino era sfebbrato e molto affamato. Susanna gli diede da mangiare, lo cambiò, accese la macchinetta del caffè e alle sette e trenta fu pronta per una passeggiata. Il suono di una voce profonda la fece arrestare alla porta.

"Ehi, aspetta." Quinn s'affrettò a piedi nudi lungo il corridoio con addosso soltanto i boxer, massaggiandosi la faccia e reprimendo uno sbadiglio.

"Buongiorno. Com'è andata ieri sera?" Junior prese in mano un donut di plastica e se lo mise in bocca.

"La telefonata con Sumner?"

Lei annuì. Il suo sguardo si fermò sul petto di lui e il suo cuore accelerò i battiti.

"Niente da fare," disse lui, grattandosi il mento.

"Sembrava che tu stessi avendo la meglio quando sono andata a dormire." Susanna si costrinse a guardarlo negli occhi.

"Sì, bè...non è uno che ama rischiare. E vede questo progetto come un enorme rischio."

"Mi dispiace. Hai altri produttori a cui devi parlarne, vero?"

"È quello che volevo dirti. Ho una serie di appuntamenti oggi e domani. Poi torneremo a New York, per la premiere che si terrà lì. Verrai con me?"

"Mi stai chiedendo di uscire con te?" Susanna lo guardò con un sopracciglio inarcato e lui arrossì, abbassando subito gli occhi a guardarsi le mani.

"Immagino di sì. Sì."

"Certo. Sarà divertente."

"Dovrai rivedere il film."

"Mi è piaciuto molto. Non c'è problema. Ci sarà un'altra grande festa?"

"Naturalmente. Hollywood viene a New York." Quinn sorrise.

"Junior sta meglio oggi. Ha bisogno di uscire un po', quindi andiamo a prendere una boccata d'aria fresca."

"Sono felice di sentirlo. A proposito...mi dispiace per la notte scorsa." Lui si avvicinò, sfiorandole i capelli. *Controllati!* La tentazione di toccare il suo petto nudo era quasi irrefrenabile. Stringere saldamente le manopole del passeggino fu l'unico modo per assicurarsi di non saltargli addosso in quel preciso istante.

"Anche a me." Sempre più agitate dalla presenza seminuda di lui, Susanna uscì velocemente, aprendo la porta e spingendo fuori Junior. "Devo andare." L'aria fresca e il tempo per pensare l'aiutarono a schiarirsi le idee. Intrattenne una conversazione a senso unico con il bambino sui pro e i contro di un'eventuale relazione con Quinn.

Anche se sembravano esserci molti più contro che pro—il suo essere costantemente in viaggio, il suo lavoro rischioso, il suo essere esposto ad una quantità infinita di donne sexy, il suo rapporto poco chiaro con Junior—Susanna continuava a cercare ulteriori motivi per tuffarsi in quell'avventura. *Potrei semplicemente andarci a letto. Senza coinvolgimenti.* Non era quel tipo di donna. *Chi voglio prendere in giro? Se faccio l'amore con lui, finisce che m'innamoro...sempre che non l'abbia già fatto.*

Un sorriso ironico le increspò le labbra, mentre scrutava quello scenario con gli occhi della mente. Il ronzio delle macchine che passavano sfrecciando si mescolò al suono dell'infrangersi delle onde, creando un rumore di sottofondo che cullò Junior, facendolo addormentare. Susanna indugiò su una panchina per respirare un po' di quella fresca aria salmastra e avvolgere una copertina intorno al bambino. *Resistere a Quinn? Improbabile.*

Quando fece ritorno all'appartamento, Susanna mise Junior a letto per il suo riposino. Aprì il suo libro e si sforzò di scacciare i pensieri su Quinn Roberts dalla sua mente. Si appisolò, incapace di controllare i suoi sogni, che furono incentrati sul bellissimo divo del cinema che condivideva il suo spazio con lei.

Dopo aver servito il pranzo a Junior e Quinn, lei e il bambino uscirono nuovamente in esplorazione del vicinato, passeggiando tra complessi residenziali e parcheggi deserti. Quinn uscì per degli appuntamenti e delle interviste.

Mentre il bambino faceva il suo sonnellino pomeridiano, Susanna raggiunse a piedi nudi la cucina per mettersi avanti con la cena. Quinn era rientrato una mezz'ora prima e ora era al telefono nel soggiorno e camminava avanti e indietro. Susanna riuscì a captare alcuni frammenti della sua conversazione animata, ma non riuscì a decifrare se il tono fosse negativo o positivo. Quella sera aveva in programma scaloppine saltate e un'insalata di barbabietole, formaggio di capra, noci e mirtilli rossi essiccati.

Mentre le scaloppine cuocevano, chiamò sua sorella.

"Hai fatto un miracolo. Junior sta bene."

"Te l'avevo detto. Ehi, dopo averne fatti tre, certe cose le devo sapere, no? Grazie per i fiori."

"È stata un'idea di Quinn."

"Uomo di classe."

Susanna sorrise. "Ho bisogno del tuo aiuto con qualcos'altro."

"Cosa?"

"Quinn mi porterà alla prima del nuovo film a New York. Ho bisogno di un vestito lungo e sexy. Qualche idea?"

"Hai un appuntamento col tuo datore di lavoro? Non c'è una qualche regola scritta in merito a questo genere di cose?"

"Non è così. Non è come in un ufficio." Susanna abbassò il fuoco dei fornelli.

"Oh, capisco." Sua sorella cercò inutilmente di reprimere una risatina.

"Non lo è!" L'indignazione fece alzare la voce di Susanna.

"Ti credo. Ora cerca di convincere anche te stessa. Quindi...uscirai con quel gran fusto di Quinn Roberts, eh?"

"Sono anche andata alla prima premiere qui a Los Angeles," rispose Susanna.

"Sono colpita, sorellina. Ma abbiamo bisogno di un vestito favoloso per te. Darò un'occhiata da Bergdorf."

"Non posso permettermi la roba di Bergdorf."

"Pagherò io. E tu potrai restituirmi il denaro dopo che avremo sistemato la questione della proprietà. A quel punto avrai i soldi."

"Non esagerare, Annie. Niente tette al vento o roba simile."

Sua sorella scoppiò a ridere al telefono. "Una cosa di buon gusto e dignitosa...ma sexy come il peccato, Susie. Uscirai con Quinn Roberts, non con uno sciattone di periferia qualunque. Devi calarti nella parte."

"Vero. Aggiudicato." Susanna mescolò delicatamente le scaloppine.

"Vai a letto con lui? Tu e Quinn vivete insieme?"

"Certo che no! Annie!" Susanna lasciò cadere il cucchiaio di legno.

"Non so davvero come fai a resistergli. Sotto lo stesso tetto e così via."

Susanna si affacciò oltre l'angolo e sbirciò Quinn, che era immerso in una conversazione. "Non è facile," ridacchiò. Annie scoppiò a ridere.

"Sapevo che c'era qualcosa. Non m'importa che sia un divo del cinema. Non può stare vicino ad una donna come te a lungo senza fare una mossa."

"Annie, quest'argomento è chiuso." Spense i fornelli.

"Ti voglio bene, sorella."

"Anche io." Susanna mise giù il telefono e portò in tavola l'insalata.

"Questo profumo che sento è la cena?" Quinn apparve dal passaggio a volta.

"Sì. Vieni a sederti."

Dopo aver distribuito il cibo e avergli passato una fettina di limone, gli diede una bottiglia di Chablis. Lui la stappò e versò il vino in due bicchieri. Susanna non poté fare a meno di notare quanto lui fosse distratto, con un'espressione sempre più corrucciata sul viso e le spalle curvate in avanti. *Nessuna buona notizia sul libro.* Lei tenne lo sguardo sul suo piatto e mangiò in silenzio.

"Buono," mormorò lui dopo aver ingoiato un boccone.

Lei sollevò lo sguardo e sorrise. Lui annuì e continuò a mangiare. Il sorriso di Susanna scomparve e il suo cuore mancò un battito. *L'uomo che ha tutto, ma che non riesce a vendere quella storia.* All'improvviso, lui le sembrò come qualunque altro uomo, un uomo che aveva avuto una brutta giornata in ufficio o che non aveva ricevuto la promozione o l'aumento di stipendio che si aspettava. Star del cinema o meno, Quinn era frustrato e depresso dal fatto di essere intrappolato in un ruolo dai pezzi grossi di Hollywood. Il suo dolore penetrava anche la psiche di lei e la pungeva nel vivo.

"Magari domani andrà meglio," disse lei, allungandosi e stringendogli una mano.

Per un attimo, gli occhi di lui parvero farsi più grandi, mentre l'accarezzava con lo sguardo. "Magari."

* * * *

Quinn si alzò presto. Susanna stava dando da mangiare a Junior.

"Dimmi qualcosa quando è vestito. Ho bisogno di fare una corsa. Lo porterò con me."

"Ma tu con un bambino?"

"Tosto. E allora? Vado a correre, nessuno mi riconoscerà. E se qualcuno lo facesse?" Quinn scomparve nella sua camera. Un quarto d'ora dopo, ricomparve con indosso dei pantaloncini da corsa e una canottiera. Sprigionava energia da tutti i pori. *Correre mi aiuterà a schiarirmi le idee.* Si scaldò con dei piegamenti e qualche esercizio di stretching. Con la coda dell'occhio, vide che Susanna lo stava osservando. "Starò attento. E tu hai bisogno di un po' di tempo libero."

"Sei sicuro?"

"Sì," rispose lui mentre si afferrava le caviglie, allungando i muscoli della gamba.

Susanna assicurò Junior al passeggino e Quinn lo spinse fuori dalla porta. Alle sette, l'aria era fresca, frizzante e rinvigorente. Quinn si guardò intorno, poi si diresse a sud, verso l'attraversamento pedonale.

"La tua prima corsa, piccolino." Quinn cominciò lentamente, tenendo un passo regolare, in modo da non agitare troppo il passeggino. Trovò il proprio ritmo e cominciò a pensare alla prossima mossa che doveva fare per trovare un produttore per il libro. Dopo che un produttore si era tirato indietro quando aveva saputo che Quinn non aveva ancora acquistato i diritti, l'attore sapeva di dover raggiungere un accordo a Jaden prima di poterne concludere uno con una casa di produzione.

"Okay. Cinquantamila per i diritti." Il bambino emise un verso, attirando l'attenzione di Quinn. "Dunque, pensi che sia troppo, Junior? Anche io. Ma mi trovo con le spalle al muro. Pagare o lasciar perdere." Il bambino gli rivolse uno dei suoi gorgoglii. Quinn rallentò leggermente in ritmo.

"Sì. Ma non andrò a letto con lei. Ho i miei standard. In più, è Susanna la mia ragazza," disse. Junior si profuse in una serie di risolini e i due maschietti ridacchiarono e risero lungo tutto l'isolato successivo.

Il battito regolare del suo cuore calmò Quinn. *Pazienza. Perseveranza. Mai arrendersi.* Mentre l'adrenalina scorreva nel suo corpo e la dopamina gli inondava la mente, si sentì pervaso dalla calma sensazione di avere uno scopo. Terminò la sua corsa, continuando la conversazione con Junior, finché non raggiunsero l'appartamento.

Trovò Susanna rannicchiata sul divano a leggere. Le stoviglie della colazione erano state lavate. Lo sguardo di Quinn percorse lentamente le curve di lei e un sorriso si dipinse sulle sue labbra. *Adoro tornare a casa da lei.*

"Com'è andata?"

"Bene." Slegò il bambino e lo mise sulla coperta sul pavimento. Poi gli mise un giocattolo morbido nella manina.

"Ottimo."

"Non eri preoccupata, vero?" Quinn fece un salto in cucina e tornò con una bottiglia d'acqua.

"Non...troppo."

"Eri preoccupata. Perché?"

"Sei inesperto."

"Che esperienza serve? Basta non andare troppo veloce così da non far ribaltare il bambino. È un ottimo ascoltatore." Prese un grosso sorso d'acqua, poi si diresse nuovamente verso la sua camera. Sotto la doccia bollente, pianificò la sua strategia. Dopo aver indossato un paio di pantaloncini e una maglietta, Quinn si passò le dita tra i capelli bagnati e prese il telefono dalla tasca posteriore dei pantaloni. Susanna era sul terrazzo a leggere.

"Dov'è il piccolino?"

"L'hai steso. Sta dormendo."

"Oh. È una buona cosa, no? Ascolta, oggi sarò molto occupato. Ho solo oggi e domani mattina per cercare di smuovere la situazione, prima che torniamo a New York. Puoi occuparti tu di tutto senza di me?"

"Lo sto già facendo, o no?" Susanna si alzò in piedi, appoggiando una mano sul fianco.

"Immagino di sì," ridacchiò lui. "Augurami buona fortuna."

Lei gli si avvicinò e gli schioccò un bacio sulla guancia. "Certo."

Quinn premette un pulsante e cominciò a camminare avanti e indietro, mentre il telefono componeva il numero. "Jaden? Quinn. Si. Sei a casa? Io sono ancora a Los Angeles."

"Naturalmente. La mia città natale. Pensavo che potremmo recuperare quanto ci siamo persi a Los Angeles. Mi porti?"

"La premiere...oh, intendi quella a New York? Mi dispiace, ma mi sono già organizzato per andarci con qualcuno."

"Un appuntamento?" Quinn percepì una nota di tensione nella voce della donna.

"Una specie." Si sentì pervadere da una sorta di disagio. *Susanna è molto più di un appuntamento. Ma non posso dirlo a Jaden.* "Mi dispiace. Non sapevo che ci saresti voluta andare."

"Certo che ci vorrei andare."

"La prossima volta. Ehi, stavo pensando...cinquantamila non sono troppi per un libro fantastico come il tuo. Cinquantamila per cinque anni. Affare fatto?"

"Eh? Hai cambiato idea?"

"Mi hai convinto."

"Ti piace proprio tanto il libro, eh?"

"Sai che è così." *Mi piace il libro, ma non tu.*

"Fammici *dormire* sopra." Il timbro della voce di Jaden divenne più profondo e sensuale e Quinn fece una smorfia.

"Promettimi solo che non lo venderai a nessun altro."

"Nessuna promessa, tesoro. Mi piace tenere i miei uomini sulla corda," ridacchiò lei.

Io non sono il tuo uomo. Sentì che la rabbia gli riempiva il petto. Odiava essere manipolato. Strinse i pugni e rimase immobile. "Conto su di te."

"Come io contavo su di te per portarmi alla prima?"

Silenzio. Quinn trasse un respiro profondo, mentre la sua mente cercava freneticamente una risposta arguta con cui ribattere. *Non ho alcuna intenzione di scaricare Susanna.*

"Posso fare molto per il tuo libro." Quinn cercò di cambiare argomento.

"Posso fare molto per i tuoi appetiti sessuali." Ancora una volta, la sua voce affannosa lo provocava.

Lui rabbrividì, nessuna replica tagliente in vista. Il suo sguardo scrutò la stanza, cercando disperatamente di trovare qualcosa da dire. Susanna alzò lo sguardo dal suo libro e incontrò il suo. Gli sorrise calorosamente. Gli fece un cenno per indicare di mangiare e sollevò le spalle con fare interrogativo.

"Wow, Jaden...oh mio Dio, è già l'una e sono in ritardo per il pranzo con un produttore," mentì lui.

"Un produttore?" Il suo tono pigro si fece nuovamente affilato come un rasoio.

"Esatto. Potremmo anche parlare del tuo libro."

Di nuovo silenzio. Quinn sorrise a Susanna. *Ora ti ho in pugno, Jaden.*

"Procedi pure. Se è interessato, allora forse ti venderò i diritti per cinquantamila. Ovviamente, se è interessato," il suo tono duro si sciolse, "allora dovrò alzare il prezzo."

"Devo andare, Jaden. Ci sentiamo." Quinn riattaccò, prese un cuscino dal pavimento e lo lanciò contro la parete. Le sue mani si chiusero a pugno e lui si precipitò sul terrazzo.

Susanna si alzò dalla sedia. "Non pensavo fossi così affamato. Preparo subito il pranzo."

Quinn le afferrò il braccio. "Non fa niente. Non è quello."

Lei piegò la testa di lato e lo guardò.

"Si tratta di Jaden Benedict. È una tale stronza, non si decide a vendermi il libro perché cerca di ottenere più soldi. Vuole venire a letto con me..." Quinn si passò una mano tra i capelli.

Susanna gli prese il braccio e lo trascinò all'interno. "Avanti, mangiamo. Puoi raccontarmi tutto."

"Non c'è niente da raccontare. Non vuole concludere l'affare."

"Hai intenzione di andarci a letto insieme?" Susanna si spostò verso la cucina con Quinn che la seguiva.

"No, cazzo!"

"Bene. Stavo già pensando di doverti tirare un pugno," disse lei con un sorriso malizioso.

Lui le scompigliò i capelli. "Sto morendo di fame. Cosa c'è per pranzo?"

"Dato che sono stata promossa a produttore, forse dovresti prepararlo tu il pranzo?"

"Hai sentito?" Quinn sollevò le sopracciglia.

"Era abbastanza difficile non farlo." Susanna aprì il frigorifero. "Che ne dici di un'insalata con le uova?"

"Per me va bene," rispose lui, sedendosi a tavola.

Susanna gli passò una pagnotta di pane. "Ecco, tu puoi preparare i toast." Il suono attutito del pianto di un bambino attirò la loro attenzione. "Sembra che Junior si unirà a noi per pranzo. Torno subito."

Quinn tirò fuori quattro pezzi di pane, poi prese due barattoli di cibo per neonati e la scatola della pappa ai cereali. *Non ho mai fatto un'insalata con le uova prima. Quanto può mai essere difficile?*

* * * *

Quando Susanna tornò con un bambino sorridente e appena cambiato, non riuscì a credere ai suoi occhi. La pappa di Junior era già stata preparata e un barattolo di albicocche a pezzettini era aperto sul tavolo. Una ciotola piena di uova tagliate grossolanamente e mischiate con la maionese era pronta sul bancone, mentre Quinn ne aveva sistemate due grosse porzioni su due fette di pane tostato.

"Hai fatto tutto da solo?"

"Mi ci è voluto un po' per trovare le uova sode. Ne ho rotta una che non era cotta e ho fatto un casino."

"E hai pulito...sono impressionata. Puoi prepararmi il pranzo quando vuoi," disse lei, sistemando il bambino sul seggiolone.

"Immagino che quando Joe Martin arriverà a fine corsa, potrò diventare un cuoco specializzato in piatti veloci."

Susanna voltò la faccia di scatto per guardare Quinn, mentre lui continuava a tagliare i sandwich. "Sei preoccupato...per la tua carriera?"

"Non esattamente. Sono frustrato perché non trovo nessuno che voglia fare questo film. Ma ho diversi appuntamenti nel pomeriggio e anche uno domattina per colazione prima di partire." Le allungò un piatto. "A proposito, spero che non ti dispiaccia, ma stasera ho una cena di lavoro con un produttore."

"Nessun problema. Junior mi terrà compagnia."

Quando si fu cambiato e fu pronto per lasciare l'appartamento, Quinn si fermò per baciarla prima di uscire. "Augurami buona fortuna."

"Certo," rispose lei, posandogli una mano sulla guancia.

Il pomeriggio trascorse tranquillamente. Susanna giocò con Junior, lo portò a fare una passeggiata e, infine, si mise a leggere. Alle sette, il bambino si era addormentato. Allora guardò un po' la televisione, prima di mettersi a letto verso le dieci.

Junior si svegliò alle due, piangendo. Susanna si alzò a sedere, ma la porta si aprì prima che potesse muoversi.

"Resta lì. Ci penso io," Quinn le fece cenno con la mano dalla porta. Indossava l'accappatoio, quindi doveva essere arrivato a casa prima, pensò lei. Lui raggiunse la culla a piedi nudi e prese in braccio il bambino. Gli parlò dolcemente, dandogli piccoli colpetti sulla schiena. Junior appoggiò la testa sulla spalla di Quinn, mentre uscivano lentamente dalla camera.

Susanna tornò a sdraiarsi. Si girò e rigirò per una mezz'ora, aspettandosi di sentire il pianto del bambino o il clic della porta che si apriva, ma ci fu solo silenzio. Non riuscendo a rimanere lì senza sapere nulla, s'infilò una larga T-shirt e sgattaiolò silenziosamente fuori dalla sua stanza.

Raggiugendo il soggiorno in punta di piedi, sentì mormorare sommessamente la canzoncina di *BABY BELUGA*. Quinn era sulla sedia a dondolo e cullava Junior appoggiato alla sua spalla, tenendolo saldamente con le sue mani grandi. La sedia si muoveva lentamente avanti e indietro. Gli occhi del bambino erano chiusi e anche le palpebre di Quinn si stavano abbassando. Susanna si avvicinò silenziosamente e si fermò ad osservalo per un istante.

Si sentì stringere il cuore nel vedere il piccolo neonato accoccolato contro quell'uomo imponente. *Sono così carini!* Quando il braccio che aveva libero fece per cadere, Susanna si lanciò in avanti per afferrare il bimbo addormentato prima che cadesse. Quinn sussultò, gli occhi spalancati e le mani che cercavano il bambino.

"Cosa? Dove?" Si stropicciò gli occhi.

"Shhh. Va tutto bene. È con me." Susanna gli appoggiò la mano su una spalla.

Quinn la osservò e sorrise quando vide che Junior era al sicuro tra le braccia di Susanna. "L'hai preso?"

"Sì. Rilassati"

Lui si alzò in piedi, sbadigliando e sbattendo e palpebre.

"Com'è andata," gli sussurrò lei, mentre s'incamminavano lungo il corridoio.

Lui scosse la testa. "Niente di fatto."

"Mi dispiace tanto," mormorò lei velocemente, prima d'infilarsi nella sua stanza.

"Buonanotte," disse lui.

"Notte."

* * * *

La mattina seguente fu caotica. Dopo che si era svegliato nel bel mezzo della notte, Junior era piuttosto agitato. Quinn si sentiva esausto, perché aveva dormito troppo ed era uscito di casa appena in tempo per l'appuntamento che aveva a colazione. Circondata dai musi lunghi, il buon umore di Susanna non tardò a scomparire. Junior continuò a piangere e frignare mentre lei correva da una parte all'altra dell'appartamento per preparare le valigie con i vestiti del bambino i propri e anche le cose di Quinn.

Quando questi ritornò mezz'ora prima che arrivasse la macchina che li avrebbe portati all'aeroporto, Susanna tirò un sospiro di sollievo. "Avevo paura che non saresti arrivato in tempo."

"Scusa per il grande ritardo. Stamattina va tutto a rilento," rispose lui accigliato.

"Un altro rifiuto?"

Lui annuì, afferrando la sua valigia e sistemandola in soggiorno prima di recuperare quella di lei e di Junior. Viaggiare col bambino comportava troppe valigie, troppe cose da doversi ricordare. Dovettero correre in casa dalla macchina per ben due volte, prima di mettersi finalmente in viaggio.

Anche essere in prima classe non servì a calmare Junior. Il volo fu carico di tensione, con sia Quinn che il bambino di cattivo umore. Susanna cercò di risollevare loro il morale, ma senza riuscirvi. Tre ore dopo, non c'era più traccia del suo buon umore. Il volo fu lungo e noioso.

Quando arrivarono a New York, furono contenti di vedere Bobby, che era venuto a prenderli. L'uomo era molto loquace, ma la sua parlantina e il suo umorismo si smorzarono velocemente, quando vide che loro rispondevano semplicemente con un "sì" o un "no." Junior si addormentò in macchina durante il tragitto verso Manhattan. "Perché non ha potuto farlo in aereo," bofonchiò Susanna in modo seccato.

Stokes li aiutò con i bagagli. Una volta entrati nell'appartamento, Susanna riuscì a portare il bambino nella culla senza che questi si svegliasse del tutto. Poi la donna chiuse la porta della stanza, mentre Quinn scompariva in camera sua.

Susanna si liberò delle scarpe con un calcio e si sciacquò la faccia. C'erano due scatole sul suo letto, una enorme e l'altra piccola. Aprì prima quella più piccola e sorrise nel tirar fuori la versione femminile e in rosa dell'accappatoio blu di Quinn. Poi aprì la scatola più grande, cercando di fare meno rumore possibile. Si udì il leggero frusciare del taffetà turchese, mentre apriva la carta velina. Quello era il vestito che Annie aveva comprato per lei per la premiere. Era senza spalline e attillato, con un'arricciatura discreta lungo il fianco e sul fondo.

Susanna sollevò il vestito, accostandolo al suo corpo e sbirciò nello specchio a figura intera. "È bellissimo," sussurrò, poi controllò Junior per assicurarsi di non averlo svegliato. Il bimbo si dimenò un po' nel sonno, ma poi si calmò.

Appese il vestito nell'armadio e per poco non inciampò su una scatola di scarpe che era caduta sul pavimento. All'interno, c'era un paio di sandali argentati con tacco dodici. Se l'infilò. Erano perfetti. *Che Dio ti benedica, Annie!*

Dopo aver riposto le scarpe, Susanna si sdraiò sul letto. *La Prima di New York. Un'altra sfilata sul red carpet al braccio di Quinn. E la festa dopo il film sarà stupenda.*

Chiuse gli occhi e permise a sé stessa di sognare un po'. La vita era stata dura negli ultimi mesi, dopo l'incidente, ma ora tutto sembrava essere rientrato nel giusto binario. Toccava il cielo con un dito, era felice. *Goditela. Quando la madre di Junior tornerà, dovrai dire addio a tutto questo.* I bei pensieri riuscirono a scacciare i dubbi e le ansie su ciò che sarebbe accaduto. *Principessa per un giorno. Cenerentola. Goditela, prima che scocchi la mezzanotte.*

Sprofondò in un sonno tranquillo, finché Junior non si svegliò e lei dovette tornare al lavoro.

Capitolo Otto

La sera della prima, Annie Asher salì in ascensore fino all'appartamento di Quinn Roberts. Nonostante fosse la maggiore, Annie era più bassa di Susanna, con un'altezza di circa un metro e sessantatré. I capelli biondo-rossicci le cadevano in morbidi ricci sulle spalle e aveva le lentiggini. Indossava un vestitino estivo a sottoveste con sandali bassi e un paio di grossi orecchini ad anella. Con tre figli a cui pensare, non aveva certo il tempo di preoccuparsi delle mode e del proprio abbigliamento. La sua figura era simile a quella di Susanna, con curve attraenti e gambe snelle.

Annie aveva con sé una grande borsa piena di trucchi. *Palazzo di lusso, ascensore mediocre.* Susanna aveva chiesto alla sorella di aiutarla con l'acconciatura e di fare da babysitter a Junior. Jonathan, il marito di Annie, aveva acconsentito a badare ai loro tre figli, così che lei avrebbe potuto aiutare Susanna.

Accogliendola sulla porta, Susanna la travolse con un milione di parole al minuto mentre entravano in casa. Alla fine, Annie alzò una mano. "Alt! Susie. Lascia che mi guardi intorno. Tu potrai anche vivere qui, ma per me è la prima volta." Rallentarono il passo. Lo sguardo di Annie si spostò sulle bellissime ed enormi tele ad olio che decoravano le pareti del corridoio. Rimase senza fiato quando entrò nel soggiorno, con gli arredi in pelle nei colori del bianco, nero e marrone che gli conferivano un tono molto mascolino.

Quinn le andò incontro. "Tu devi essere Annie," disse lui, tendendole la mano.

Lei annuì. "Sono io. Piacere di conoscerla, signor Roberts. Adoro i suoi film," rispose lei con enfasi.

"Chiamami Quinn, per favore. Grazie. E grazie mille di aver accettato di occuparti di Junior." Le lanciò il suo sorriso più sexy e per poco Annie non svenne.

"Okay, voi due. Basta così. Vieni, Annie, Junior è in camera." Susanna prese la sorella per un braccio e la trascinò via da Quinn.

"E questo è Junior." Susanna lo prese in braccio e lo tenne in modo che il bambino potesse vedere Annie. L'espressione circospetta sul suo visino la preoccupò un poco. "Spero che tu gli piaccia."

"I bambini mi adorano. Sono una mamma, ricordi," disse Annie, sorridendo a Junior.

Susanna fece per mettere il bambino tra le braccia di Annie, ma quest'ultima la fermò. "Aspetta. Dagli la possibilità di abituarsi a vedermi. Inoltre, abbiamo qualche minuto prima di cominciare ad occuparci della tua acconciatura."

Annie chiacchierò un po' con Junior, che continuò semplicemente a fissarla mentre lei gli parlava. La donna fece un sacco di gesti con le mani e infine, raccolse un giocattolo. Junior si protese immediatamente per prenderlo e quando lei glielo passò, gli toccò delicatamente il faccino. Lui le sorrise.

"Lascia che lo cambi e gli dia la merenda, mentre tu ti fai una doccia, sorella." Susanna passò lentamente il bambino ad Annie, ma lui l'accettò subito con gioia. Susanna sospirò sollevata e si diresse verso il bagno, mentre Junior ed Annie, ormai diventata la nuova migliore amica del bambino, raggiungevano la cucina. Annie si mise subito a preparare la frutta, i *Cheerios* e un biberon di succo di frutta per il piccolo.

Si sedette di fronte al bambino, restando ad ascoltare i suoi versetti e farfuglii, mentre gli dava da mangiare. Quinn entrò in cucina mentre si trovavano lì.

"Così sei la sorella maggiore di Susanna?" chiese, appoggiandosi sotto il passaggio a volta.

"Si. Una specie di protettrice per Susie," rispose lei, versando un po' di *Cheerios* sul vassoio del seggiolone.

"Susie?" Quinn sollevò le sopracciglia.

"L'ho sempre chiamata così." Annie si sentì avvampare, mentre guardava Junior raccogliere tutti i piccoli cereali, uno ad uno.

"Pensi si arrabbierebbe se la chiamassi così?" Quinn tirò fuori una sedia.

"Non lo so. Dipende da quanto siete...ehm...intimi." Annie diede il succo di frutta al bambino.

"Non siamo così intimi...non ancora."

"Ma hai intenzione di diventarlo?" Annie si voltò a guardarlo dritto in faccia, mentre faceva quella domanda. Il suo sguardo sincero lo fece arrossire.

"Non la metterei in questo modo."

"E come la metteresti, Quinn? È di mia sorella, della mia sorella vulnerabile, che stiamo parlando." Annie tenne lo sguardo fisso sul volto di lui, osservando la sua confusione. Sembrava stesse lottando per trovare le parole.

"Susanna è...una...donna eccezionale."

"Puoi dirlo forte." Junior cominciò a piagnucolare, attirando l'attenzione di Annie.

"E anche molto bella." Quinn si dimenò sulla sedia.

"Senza dubbio." Annie porse un po' di mousse di mela al bambino, prima di voltarsi nuovamente verso Quinn con una domanda a bruciapelo. "Stai giocando col suo cuore? Hai intenzione di sedurla e poi scaricarla? Perché se è così, ne dovrai rispondere a me. Nostro padre non c'è più. Tocca a me proteggerla." Quinn sentì la rabbia salirgli in petto e, nonostante lei si fosse sforzata, non era riuscita a mascherare una nota tagliente nella voce.

"Susanna è adulta. Non ha bisogno della tua protezione."

"Oh? Hai intenzione di spezzarle il cuore?"

"Mai. Non le farei mai una cosa simile."

"Posso fidarmi di te...un famoso divo del cinema, uno sciupafemmine?"

"E questa da dove viene?"

"Non sono disinformata, leggo i giornali scandalistici."

Lui scoppiò a ridere. "Allora sei disinformata. Non sono uno sciupafemmine, a prescindere da quanto dicano quei giornaletti. La mia ultima storia è durata oltre due anni e si è conclusa più di un anno fa. Io tengo a Susanna... cavolo, non posso credere che ti stia dicendo tutto questo!" Si passò una mano tra i capelli.

"Perché?"

"Perché non l'ho detto nemmeno a lei." Quinn si alzò in piedi.

"Oops!" Annie ridacchiò, rivolgendo nuovamente l'attenzione a Junior.

"Ti parla mai di me?" Ora Quinn camminava avanti e indietro.

"Mi avvalgo della facoltà di non rispondere." Annie alzò la mano destra.

"Dai, Annie. Le piaccio? Cosa dice di me?"

"Stai perdendo il tuo tempo. Non tradirei mai la sua fiducia." Annie si voltò di nuovo verso il bambino.

Quinn sospirò profondamente e sprofondò nella sedia. "Non è facile, sai."

"Stai scherzando, vero?" Junior farfugliò qualcosa e sbatté la mano sul vassoio per chiedere degli altri Cheerios. Annie mise una mano nella scatola e ne prese una manciata. Ne sparse alcuni sul vassoio per lui.

"Sono serio come la morte."

"Un bellissimo divo del cinema? Tu puoi avere qualunque bambolina desideri." Annie si voltò a guardarlo dritto negli occhi.

"Ma io non voglio una *qualunque bambolina*. Voglio una donna capace di vedere oltre questa stronzata della star."

"Auguri," rispose lei con tono sarcastico.

"Esatto, Annie! Ora hai capito."

"E pensi che Susie possa essere quella donna?"

"Forse. Tu cosa ne pensi?" la incalzò lui.

"Penso che sia meravigliosa, una gemma rara. È intelligente, forte, indipendente. Ma io sono sua sorella."

"Ha passato un momento duro, vero?"

Annie lo guardò brevemente, prima di riportare lo sguardo su Junior. "Quello è un eufemismo. Gli ultimi mesi sono stati un incubo. Povera. Ha perso tutto. Tutto tranne me, Jonathan e i bambini."

"E me," disse lui dolcemente.

"Quindi se le spezzi il cuore, io ti spacco una gamba." Annie chiuse una delle piccole mani a pugno e la sventolò davanti a Quinn.

"Non ho alcuna intenzione di farlo."

"Bene. Allora possiamo essere amici." Annie gli sorrise.

"Mi piacerebbe. Anche io ho una sorella maggiore."

Lei ridacchiò. "Ti rende la vita difficile come ho appena fatto io?"

"Sempre," rise lui.

Susanna entrò in cucina indossando il suo nuovo accappatoio rosa. "I gemelli Bobbsey," bofonchiò Annie.

"I miei capelli sono quasi asciutti. È ora, Annie." La bellezza dai capelli corvini le rivolse un sorriso.

"Cosa?" Quinn lanciò a Susanna uno sguardo confuso.

"Annie mi sistemerà i capelli e mi aiuterà a vestirmi."

"Questa non è un'inaugurazione. È solo una prima."

"Deve essere al meglio...per stare al tuo fianco, giusto?" chiese Annie, guardandolo con un sopracciglio inarcato.

"Sarebbe la più bella anche vestita di stracci," disse lui.

Susanna arrossì e afferrò il braccio di sua sorella. "Finisci con Junior e andiamo. Bobby sarà qui con la macchina tra un'ora."

* * * *

Il vestito sembrava un tantino troppo stretto. Susanna allentò leggermente il corpetto.

"So che sembra stretto, Susie, ma allargalo un altro po' e cadrà per
terra," Annie ridacchiò, mentre le allacciava i sandali. I capelli di Susanna, raccolti ai lati ma sciolti sulla schiena e con qualche fiore estivo in-
trecciato, erano magnifici. Il turchese faceva risaltare in modo perfetto
i suoi capelli scuri e gli occhi grigi.

"Nessuna potrà competere con te," disse Annie, indietreggiando.

"Tu pensi?"

"Assolutamente." Annie prese in braccio Junior.

"Grazie per il vestito. È perfetto. Cosa farei senza di te?" Susanna
abbracciò come poté la sorella, che aveva il bambino in braccio.

Gli occhi di Annie si riempirono di lacrime. "Se Papà potesse vederti…andrebbe fuori di testa!"

"Si…e farebbe il terzo grado a Quinn." Susanna sorrise. "Mi sembra
di sentirlo—'Riportala a casa per mezzanotte o te la vedrai con me.'" Le
due donne risero dell'imitazione di Susanna del loro papà e Annie si asciugò le lacrime.

Un colpo improvviso alla porta fece sussultare le due sorelle. "Ho
bisogno che mi aiuti con la cravatta ed è ora di andare."

"Fammi uscire per prima. Voglio vedere la sua reazione," disse Annie, rafforzando la stretta su Junior mentre apriva la porta. Quando entrò in soggiorno, Quinn, che era in piedi davanti all'enorme finestra, si
voltò verso di lei. Gli occhi di Annie si spalancarono e trattenne il fiato.
"Wow! Sei proprio tirato a lucido."

Lui sorrise. "Ho bisogno che Susanna mi annodi la cravatta."

"Già…annodava sempre quella di Papà. Nessuno riesce a fare un nodo perfetto come Susie." Annie si girò a guardare il corridoio, quando
udì il *click click click* dei tacchi di Susanna sul pavimento di legno.

Quinn alzò lo sguardo e rimase senza fiato. "Wow! Sei…stupenda."
Si piegò leggermente, come se volesse baciarla, ma si fermò. "La mia cravatta…"

"Naturalmente." Susanna si avvicinò a lui e, per un attimo, barcollò sui tacchi alti. Lui le mise una mano in vita per tenere entrambi in equilibrio. Annie sorrise da sotto la mano. *La chimica che sprigionano è come una scarica di fulmini nell'aria. Posso quasi vederla.*

"Hai un profumo fantastico," disse lui. "Forse è quella cosa alla violetta?"

"Uh-uh. Stai fermo." Lo sguardo di Susanna incontrò quello di lui per un istante, poi lei rivolse di nuovo l'attenzione alla sua cravatta. "Ecco. Perfetta." Annie restò a guardare in silenzio, cullando Junior.

Quinn lanciò un'occhiata nello specchio ovale appeso alla parete e annuì, sorridendo. "Perfetta è la parola giusta. Un uomo potrebbe sposarti solo per le tue abilità nell'annodare cravatte," mormorò lui. Gli occhi di Annie si spalancarono nell'udire quel commento.

"Cosa?" chiese Susanna.

"Niente. Sto per portare la donna più bella del mondo alla prima di stasera. La tua carrozza ci aspetta," rispose lui, facendo un ampio gesto con le mani.

"Annie, se c'è qualche problema con Junior, chiamaci."

"Non preoccuparti. Ho esperienza. Divertitevi, voi due. State benissimo!" Annie tenne la manina di Junior in alto e gli fece salutare la bellissima coppia, mentre usciva dalla porta. Prima che questa si chiudesse alle loro spalle, notò che Quinn aveva preso Susanna per mano.

"Papà sarebbe così orgoglioso, Susie," mormorò. Mise Junior sul suo seggiolone. "È ora di cena per noi piccolino," disse, mentre cominciava a prendere il cibo dal frigorifero.

* * * *

Crash aveva appena preso servizio. Sollevò le sopracciglia e rimase ad osservare Susanna mentre si avvicinava alla porta. Quando la vide, Bobby fece un fischio. "Wow! Chaz l'ha vista?" chiese a Quinn.

"La tengo al sicuro. E comunque, non sono ancora tornati dalla luna di miele."

"Tornano domani."

"Non dire una parola. Voglio fargli una sorpresa."

"Dannazione!" esclamò Bobby irritato mentre scorreva attraverso il traffico. Si mise in fila dietro un'altra limousine che aspettava di scaricare alcune persone che partecipavano alla prima. La polizia aveva bloccato al traffico una parte della Columbus Avenue, in modo da permettere ai macchinoni di allinearsi lì prima di svoltare all'angolo tra la Sessantottesima e la Broadway per portare a destinazione le stelle di Hollywood.

Quinn le strinse la mano. "Pronta per rivivere tutto questo ancora una volta?"

"Sarà un gioco da ragazzi. Sono tutti qui per te. Non mi noterà nessuno."

"Come potrebbero non farlo? Sei...faresti cadere in tentazione chiunque. Un dessert da un milione di calorie."

Il calore si diffuse sulle sue guance, mentre un sorriso le increspava le labbra coperte da un rossetto rosa tenue. Quinn si protese verso di lei e le diede un bacio veloce prima che Bobby arrivasse all'inizio della fila e accostasse la macchina.

"Una mossa pericolosa, Quinn." Bobby fece l'occhiolino a Susanna.

L'uomo in uniforme di fronte al teatro aprì la porta. Quinn scese per primo, accolto da uno scroscio di applausi e urla. Salutò la folla con la mano prima di offrirla a Susanna. Lei ebbe qualche difficoltà ad uscire dalla macchina per via del vestito stretto. Alla fine, dovette rassegnarsi all'inevitabile. Alzò il tessuto fino alla coscia, spostò le gambe da un lato fuori dalla macchina e si alzò in piedi. I flash dei fotografi la investirono a dozzine. Lei rise. *Che non si perda una foto sexy!*

Susanna posò la mano sul braccio che Quinn le offriva e sorrise ai fotografi. Alla sua sinistra, ne notò uno che faceva un commento con un collega. Nonostante avesse cercato di bisbigliare, le parole erano state pronunciate a voce abbastanza alta da permetterle di sentire. "Non è la stessa ragazza che ha portato alla prima di Los Angeles?"

"Nah. Quella era vestita d'argento."

"Non il vestito, la ragazza."

"Devo controllare i miei scatti. Sì. Forse."

Il primo uomo fece un passo avanti e scattò diverse foto a Susanna, mentre tutti gli altri tempestavano Quinn di scatti. Un uomo annunciò il loro arrivo, fece due domande a Quinn e annuì in direzione di Susanna prima di lasciarli entrare. Susanna si sentì sollevata di non essere più sotto i riflettori. Lui intrecciò le dita alle sue e la guidò verso l'ascensore.

"Di sopra le daranno indicazioni, signor Roberts," gli disse un usciere, sorridendogli.

"Grazie." Quinn attirò Susanna vicino a sé e salirono insieme. Poco dopo, si stavano tenendo la mano e stavano guardando il film per la seconda volta. Seduta vicino a Quinn, Susanna si sentì riempire d'orgoglio. Mentre guardava il film, notò alcune piccole cose che lui faceva mentre recitava, piccole sfumature che la facevano ridere o che lo facevano sembrare molto più reale. *È un attore magnifico. Deve avere una possibilità con AMORE CIECO.*

A New York le cose si svolsero nello stesso modo in cui si erano svolte a Los Angeles. Tutti i pezzi grossi del cinema si fermarono per congratularsi con Quinn. Vi furono moltissime strette di mano. Susanna aspettò pazientemente, poi uscì insieme a lui, mano nella mano. Alcuni fotografi erano lì per immortalare le star che lasciavano il teatro.

A quel punto, Quinn le circondò le spalle con un braccio. Susanna rimase vicina a lui, con un braccio stretto intorno alla sua vita. Gli obiettivi dei fotografi continuarono a scattare finché Bobby non arrivò con la macchina.

"Dov'è la festa?" chiese lei.

"Al Café Limoges," rispose Bobby.

"Il mio posto preferito." Quinn si allungò sul sedile.

"L'hai organizzata tu?"

Lui sorrise. "Ho inoltrato la mia richiesta."

"Che buono!" Susanna batté le mani eccitata.

C'erano altri fotografi al ristorante, intenti a scattare quante più foto possibili. Quinn sorrise e salutò con la mano come aveva fatto prima, mentre la prendeva per mano e la conduceva all'interno.

Claude, il proprietario del ristorante, basso e magrolino e con i capelli grigi, salutò Quinn con un bacio sulle guance. "E lei chi è?" L'uomo osservò Susanna con sguardo lascivo. Lei si strinse ancora di più a Quinn.

"Susanna, ti presento Claude Vivier."

Claude le prese la mano e gliela baciò. Poi gliela trattenne tra le sue accarezzandola. "È adorabile, Quinn. Un vero gioiello. Mia cara, se mai dovessi stancarti di quest'uomo, puoi sempre venire da me." Fece un inchino, le baciò nuovamente la mano, poi si diresse verso la co-protagonista di Quinn.

"È sempre così viscido?" sussurrò Susanna a Quinn.

"Un gran cascamorto."

"Non mi dire." Gli occhi di Susanna si spalancarono.

"Beviamo qualcosa." Quinn la condusse al bar, dove servirono loro dell'eccellente Chablis. Susanna riconobbe molte delle persone che aveva incontrato a Los Angeles. Questa volta, andarono da lei, si presentarono e parlarono con lei per qualche istante, prima di rivolgere l'attenzione a Quinn. *Hmm. Immagino di non essere più considerata come un'avventura, ora che mi vedono anche a questa premiere.*

I piccoli piatti di *Coquilles St. Jacques*, *Coq Au Vin* e altre delizie francesi erano superbi, cucinati alla perfezione. Quinn riempì un intero piatto con piccole porzioni di ogni specialità presente.

"Che fine ha fatto la tua dieta?" gli chiese lei.

"Non stasera. Questi piatti sono troppo buoni. Farò un giro o due in più del parco domani. Coraggio, mangia."

Susanna afferrò una forchetta e condivisero il cibo che lui aveva messo nel piatto. Ma fu il tavolo dei dolci ad attirare la sua attenzione. Millefoglie, bignè alla crema, crème brulée, fragole giganti affogate nel cioccolato, sorbetti di gusti diversi che comprendevano melograno, cocco, vaniglia, cioccolato e crema di latte. "Io prendo i nostri dessert."

"Pensavo di fare il pieno di te come dessert," le sussurrò dolcemente lui all'orecchio.

Susanna avvampò per l'imbarazzo, mentre gli lanciava un'occhiata.

"Non credo che questo ti sorprenda, no?" gli occhi di Quinn brillavano di desiderio mentre si portava il secondo bicchiere di Chablis alle labbra.

"Conoscendoti? Certo che no. Tieni in serbo quel particolare appetito, torno subito."

* * * *

Sazi e soddisfatti, si rilassarono sui comodi sedili della limousine di Bobby.

"Grazie per la splendida serata," disse Susanna, voltandosi a guardarlo.

Lui le prese il viso tra le mani e la baciò, prima di sussurrarle, "Non è ancora finita."

Prima che lei potesse rispondere, Bobby fermò la macchina di fronte al palazzo di Quinn. Crash aprì la portiera e le offrì la mano. Susanna riuscì a scendere dall'automobile senza strappare il vestito o mostrare troppo e fece un sospiro di sollievo. Salutarono Bobby e salirono all'appartamento.

Annie dormiva sulla sedia a dondolo con una rivista aperta sul petto. Susanna suppose che Junior si trovasse nella sua culla, ma si recò in camera in punta di piedi per assicurarsene. Il suo respiro regolare la rassicurò e raggiunse Quinn nel soggiorno. Scosse delicatamente la spalla di sua sorella. Annie si alzò di scatto quasi subito.

"Che succede? Che succede?" chiese, guardandosi intorno.

"Nulla. Siamo a casa, tutto qui."

"Oh. Com'era la premiere?" Annie si stropicciò gli occhi.

"Fantastica. E Junior come si è comportato?"

"È un bambino adorabile," rispose lei, guardando direttamente Quinn.

"C'è una macchina giù che ti aspetta per portarti a casa. Il nome dell'autista è Bobby. Grazie mille, Annie. Ed è stato un piacere conoscerti." Quinn le strinse la mano.

"Grazie di tutto, sorellona," Susanna abbracciò Annie.

"Stasera i fotografi si sono mostrati molto interessati a Susanna. Domani potresti vedere la sua foto sui giornali."

"Oh mio Dio, un'altra celebrità in famiglia? Non sono sicura di potercela fare," scherzo Annie.

Susanna l'accompagnò alla porta.

"Che ne dici di un buon *Drambuie* in terrazzo?" chiese Quinn.

"Oh sì. La conclusione perfetta..."

"Continui a dire così. Ma chi ha detto che la serata è finita?"

Susanna uscì sul terrazzo in silenzio. *Ecco che arriva. Sta per provarci. Era quello che stavi aspettando. Che cosa hai intenzione di fare?*

Quinn riempì due bicchieri con il liquore e la raggiunse vicino alla ringhiera. Susanna guardava la città dall'alto, con le sue luci sfavillanti, che dimostravano che anche per la maggior parte di Manhattan la serata non era ancora finita. Si sollevò una lieve brezza notturna che le rinfrescò il viso. Alzò in alto il calice. *"All'enorme successo di Joe Martin e l'Avventura sull'Himalaya."*

Quinn fece tintinnare il bicchiere con quello di lei, poi bevvero. "E ora, brindiamo al trovare un produttore per *AMORE CIECO*." Quinn finì ciò che restava del suo drink e si avvicinò a lei. L'avvolse in un abbraccio, circondandole la vita con le braccia e piegandosi a baciarle il collo. "Ti voglio," mormorò. "E non mi fermerò finché non sarai mia." La sua bocca si tuffò su quella di lei, la sua lingua che s'insinuava tra le sue labbra.

Susanna, che si era immaginata un approccio passionale, quasi brutale, rimase sorpresa dalla dolcezza con cui Quinn aveva fatto la sua mossa. Le sue labbra giocavano con quelle di lei, succhiando e mordicchiando, mentre le sue mani risalivano lungo la sua schiena, fino a perdersi tra i suoi capelli.

Poi Quinn tirò indietro la testa per guardarla negli occhi che avevano un'espressione interrogativa. Lentamente, abbassò la testa finché le sue labbra non furono sul collo di Susanna. Scivolando fino alla sua spalla in una tempesta di dolcissimi baci, le labbra di lui lasciarono una scia di calore in ogni punto in cui avevano toccato la sua pelle. Quinn lasciò scivolare le mani lungo la schiena di lei, fino a raggiungere il suo sedere e, afferrandolo, lo strinse, attirandola nel contempo contro di lui.

Il cuore di Susanna batteva all'impazzata, mentre il suo corpo bruciava di desiderio. Si sciolse contro di lui, aderendo alla sua figura. Ne aveva bisogno e decise di prendersi ciò che voleva. *Non posso più combatterlo.* Avvolgendogli il collo con le braccia, Susanna colmò la breve distanza tra di loro, spingendo i seni contro il suo petto. Sentì il respiro di Quinn farsi affannoso, mentre premeva i fianchi contro il bacino di lui.

"Oh, Dio. Se continui a fare così," gemette lui.

"Cosa? Mi prenderai? Farai l'amore con me?" Il tono di Susanna era dolce.

"Sì, diamine."

Lei si spinse nuovamente contro di lui, sentendo la risposta del suo corpo farsi più notevole. "Che cosa stai aspettando?"

Lui alzò la testa e i loro occhi s'incontrarono. Negli occhi di Quinn vi era un bisogno primitivo. Abbassando la corazza che si era costruita per proteggere le proprie emozioni, Susanna lasciò che il suo volto rivelasse tutto ciò che provava. Amore e desiderio si mischiavano nel suo cuore, traboccando attraverso il rossore delle sue guance e il bagliore scuro dei suoi occhi. La sua lingua faceva capolino tra le labbra socchiuse. Notò come lo sguardo di Quinn si abbassò sulla sua bocca, e il desiderio nei suoi occhi si fece più intenso.

Lui abbassò la testa. "Ogni tuo desiderio è un ordine," mormorò, il suo respiro le accarezzò la guancia prima che le sue labbra le sfiorassero appena la bocca.

Le sue dita trovarono la cerniera del vestito e cominciarono a slacciarla molto lentamente, toccandole la pelle delicata, che veniva man mano denudata, ed eccitandola. Lei gli snodò abilmente la cravatta e rimosse le piccole borchie sulla sua camicia, infilandogliele nelle tasche dei pantaloni, sfiorandogli l'inguine con ogni singola borchia. Lui sussultò al primo tocco, ma poi si rilassò. Un piccolo gemito gli sfuggì dalle labbra, quando le dita di lei indugiarono più a lungo in quel punto.

Quando il vestito di Susanna fu slacciato del tutto, lui le accarezzò la schiena con la mano. La sua testa si sollevò di scatto con uno sguardo interrogativo negli occhi. "Niente reggiseno?"

Lei scosse la testa. La mano di Quinn scivolò in basso, fino in fondo alla schiena di lei. Poi indugiò lì, per stringere il suo sedere sodo.

"Nemmeno le mutandine? Sei nuda sotto questo vestito...lo sei stata tutta sera?"

"Si."

A quell'affermazione, Quinn si piegò e se la caricò in spalla, portandola nella sua camera. Quando la rimise giù, le strappò il vestito, abbassandolo, finché non diventò solo un mucchio di stoffa sul pavimento. Lei gli sfilò freneticamente la camicia dalle spalle, gli sbottonò i pantaloni, e abbassò la cerniera. "Via," ordinò, indicando il pavimento. Lui obbedì, spogliandosi velocemente e tenendo lo sguardo fisso sul corpo nudo di lei.

"Sei stupenda," mormorò senza fiato, mentre lasciava cadere i boxer e li allontanava con un calcio.

"Anche tu lo sei," rispose lei, i suoi occhi vagavano bramosi sul suo petto e più in basso. "E anche pronto."

Lui arrossì. "Non c'è fretta." Si avvicinò a lei, circondandole la vita con un braccio, mentre con l'altra mano esplorava i suoi seni. "Queste sono...non ci sono parole. Fantastiche..." sussurrò lui, abbassando la bocca per assaggiare le punte rosee.

Susanna gettò la testa indietro, quasi chiudendo gli occhi, finché qualcosa non attirò la sua attenzione. Si allontanò da Quinn. "Quello cos'è?" chiese, indicando un oggetto che assomigliava a una cassa acustica sul suo comodino.

Quinn aprì gli occhi mezzi chiusi. "Hmm?"

"Quello. Cos'è?"

Il suo sguardo seguì il dito di lei. "Quello? È l'interfono."

"Un baby monitor?"

Lui le si avvicinò. "Sì. Proprio quello." Le accarezzò la pelle con le dita.

"È collegato alla mia stanza?"

"Sì."

"Lo è stato per tutto questo tempo?"

Lui annuì.

"Perché?"

"Così ti avrei sentito se avessi avuto bisogno di me...per essere sicuro che andasse tutto bene...con te e Junior. Mi sono un po' spaventato quando mi sono reso conto di aver dormito senza per un paio di notti."

Lei rimase immobile di fronte a lui, nuda, guardandolo negli occhi. Per un attimo, le lacrime le mozzarono il respiro.

"Che cos'ho fatto?" Quinn alzò le spalle nude.

"Questa è la cosa più dolce del mondo." Susanna lo raggiunse, gettandogli le braccia al collo e costringendolo ad abbassare la testa. Lo baciò con rinnovato desiderio e lui rispose al suo bacio, facendo scorrere le mani lungo la sua schiena. La fece sdraiare sul letto.

Torreggiando su di lei, la baciò dal collo fino al seno, dove si fermò a leccare il capezzolo turgido con la lingua, prendendolo poi in bocca. Lei gemette. Quinn chiuse la mano a coppa sulla sua carne, stringendola e facendola gemere. Alzò la testa e reclamò la bocca di lei con un bacio audace, poi inclinò la testa per rendere il bacio più profondo.

Settimane di desiderio represso accesero un fuoco in Susanna che minacciava di divampare incontrollato molto velocemente. Posò le dita sui muscoli delle spalle di lui, poi lasciò scorrere una mano lungo il suo petto, tra la sottile peluria.

Il tocco delle sue dita che si muovevano lungo i suoi pettorali e poi più in basso lo fece gemere. Le afferrò la coscia con la mano, poi scivolò fino al centro del suo corpo, provocandole un fremito che la scosse in tutto il corpo. Susanna continuò a tremare, mentre lui l'accarezzava, esplorando il suo umido calore.

Poi chiuse le dita intorno a lui.

"Oddio, Susie," mormorò lui.

Lei sorrise nell'udire quel nomignolo, ma non spostò la mano e cominciò a muoverla su e giù. Un verso le uscì dalla bocca quando lui spinse due dita dentro di lei. "Oh! Quinn, ti prego," lo implorò, mentre i suoi occhi si chiudevano, il suo respiro si faceva affannoso e i suoi fianchi si muovevano al ritmo delle dita di lui.

"Sei già pronta?" Quinn spalancò gli occhi, mentre la cercava con lo sguardo.

"Ti prego...si...fallo...," sospirò lei.

Quinn posò una mano sotto il suo ginocchio e le sollevò una gamba mentre le montava sopra. "Sei protetta?" Lei scosse la testa. Allora lui aprì velocemente il cassetto del comodino e ne estrasse un preservativo. Se lo infilò e tornò in posizione. "Mi vuoi adesso?"

"Si!"

Quinn ridacchiò mentre si posizionava fuori di lei, poi la penetrò. I due amanti gemettero entrambi nel momento in cui si unirono. Lui le baciò le labbra, spingendo la lingua dentro la sua bocca accogliente. Le braccia di Susanna lo tenevano stretto, mentre i fianchi di lui raggiungevano un ritmo costante. Quinn girò la testa e le baciò la parte interna del ginocchio.

"Susie, mio Dio, sei...oh...Dio," mormorò, chiudendo gli occhi.

Susanna gli conficcò le unghie nella schiena, mentre l'eccitazione cresceva dentro di lei, percorrendole il corpo come un turbine. Inarcò la schiena e il calore della passione la travolse, portandola al culmine. "Quinn...Io..." Lui aumentò il ritmo.

"Coraggio, piccola. Lasciati andare," sussurrò.

Il fuoco incandescente del suo desiderio esplose in tanti piccoli frammenti, come una miriade di stelle ardenti che la trapassavano, portandole piacere e appagamento. Il suo corpo tremò, mentre si aggrappava a lui con tutte le sue forze. Le sue labbra s'abbatterono sulla spalla di lui.

"Mio Dio," mormorò Quinn, mentre muoveva i fianchi sempre più veloce, dondolandoli avanti e indietro. La sua fronte s'imperlò di sudore, così come la sua schiena. La sua bocca si chiuse su quella di lei per un istante, prima di staccarsi per mormorare versi di pura estasi e appagamento. Gemette forte quando affondò un'ultima volta, poi rimase immobile. Il suono di respiri affannosi accompagnava i deboli rumori provenienti dal baby monitor.

Quinn le posò un bacio dolce sulle labbra, mentre lei gli spostava i capelli dagli occhi con le dita. Le baciò la punta del naso, poi uscì da lei e rotolò via. Alzandosi in piedi, scomparve in bagno per un attimo. Susanna si allungò sul letto, con le mani sopra la testa, mentre un gemito di soddisfazione le sfuggiva dalle labbra. Lui la raggiunse nuovamente, attirandola nel suo abbraccio, prima di darle qualche pacca sul sedere.

"Andiamo a dormire nel tuo letto."

Lei lo guardò attraverso le folte ciglia.

"Così al suo risveglio, Junior non troverà la stanza vuota."

Susanna si piegò per baciargli la guancia. "Mi sbagliavo sul tuo conto."

"Oh?" Lui sollevò le sopracciglia.

"Sei un bravo papà."

Quinn le lanciò uno dei suoi sorrisi sbilenchi. "Pensi che possa restare traumatizzato se quando si sveglia ci trova nudi nel letto?"

Lei ridacchiò. "Non credo proprio. Io dormo nuda."

"Quindi il piccolino ti ha vista nuda prima di me?" Quinn scoppiò a ridere.

Si alzarono in piedi, spensero la luce e raggiunsero a piedi nudi la camera di Susanna. Quinn abbassò le coperte e s'infilarono nel letto. L'abbracciò da dietro, avvolgendole un braccio intorno alla vita e posandole una mano sul seno. Lei si accoccolò contro di lui.

"Sei stata meravigliosa," le sussurrò all'orecchio.

"Anche tu. Il migliore che abbia mai avuto," bofonchiò lei, cercando di stare sveglia.

Quinn le baciò il collo due volte, poi coprì entrambi con le coperte. Il senso di sicurezza che le procuravano le braccia forti e calde di lui, che la stringevano contro il suo corpo, la fece sorridere. Le sue palpebre si fecero pesanti, il suo corpo si rilassò e il sonno la colse.

Capitolo Nove

Il pianto di Junior li svegliò alle sei. Anche se Quinn avrebbe voluto ripetere l'esperienza amorosa della notte precedente, sapeva che ciò non era possibile con il bambino sveglio e bisognoso di attenzioni. *Come fanno i genitori a trovare la privacy per fare un altro bambino?*

Accarezzare la pelle nuda e morbida di Susanna non lo aiutò a placare il suo desiderio, ma lo faceva stare maledettamente bene. Le baciò il collo, le sussurrò "buongiorno," e aprì le braccia per lasciarla andare.

"Junior, non potevi lasciarci dormire un altro po'?" si lamentò Susanna.

"O fare qualcos'altro?"

"Anche." Susanna voltò la testa per sorridergli.

"Ieri notte è stato fantastico," disse lui, piegandosi per baciarle un seno.

"Vorrei che potessimo continuare, ma il piccolo generale chiede la nostra attenzione."

Quinn si tirò indietro. "Davvero. Accidenti." Un triste sorriso sbilenco gli increspò le labbra.

"Prima preparo da mangiare per lui, poi per noi." Susanna gettò le gambe fuori dal letto e si alzò in piedi.

"Vado a prendere il giornale."

"Prima la vestaglia?" disse lei, sollevando le sopracciglia, mentre si avvicinava alla culla.

"Ma va'!" Quinn si alzò in piedi e raggiunse la sua stanza per recuperare la vestaglia.

Quando Susanna arrivò in cucina, la macchina del caffè stava gorgogliando e Quinn era seduto al tavolo con il giornale davanti a sé ed aveva un'espressione accigliata.

"Cosa c'è?" chiese lei, sistemando Junior sul suo seggiolone.

"Niente," mormorò lui, aggiungendo altro latte al suo caffè.

Susanna gironzolò un po' per la cucina, raccogliendo tutte le cose che le servivano per la colazione del bambino, prima di prendere una tazza e riempirla di caffè. Mescolò la pappa di Junior, ne prese un po' con il cucchiaino e imboccò il bambino, che mangiò di gusto.

L'espressione corrucciata di Quinn si accentuò man mano che scorreva il giornale. "Devo uscire per qualche minuto. Abbiamo bisogno di qualcosa?" Lei scosse la testa. Quinn percorse lentamente il corridoio fino al suo bagno privato, aprì l'acqua della doccia e vi s'infilò sotto. Era pervaso da un senso d'inquietudine in tutto il corpo. *Erano solo poche righe. Speriamo.* Si vestì rapidamente, si sistemò il portafoglio e il telefono nelle tasche e si diresse verso la porta.

Entrò in cucina per un secondo e baciò Susanna. "Ti amo," mormorò. Il breve sguardo di sorpresa di lei lo fece sorridere, mentre usciva dall'appartamento e scendeva verso la hall.

"Stia all'occhio, signor Roberts," Crash pronunciò il loro codice, che significava che vi erano reporter in giro. La stampa era là fuori.

"Dove?"

Crash girò gli occhi verso l'esterno. Lo sguardo di Quinn lo seguì e adocchiò un uomo dall'altra parte di Central Park West, macchina fotografica al collo e microfono in mano. Quinn fece segno con il pollice in su al portiere, il quale aprì la porta. S'incamminò verso l'angolo della strada, osservando il giornalista con la coda dell'occhio. L'uomo attraversò la strada, accodandosi dietro Quinn.

Arrivati a metà dell'isolato, lo chiamò. "Signor Roberts? Quinn Roberts?"

Quinn si voltò e sollevò un sopracciglio. "Sì?"

"*Celebs R Us*. Posso parlarle un minuto?"

"Dipende. Di che cosa?"

"Una giovane donna. Susanna Barnes, credo."

"E?" Quinn spostò il peso da una gamba all'altra.

"Voi due siete amanti?"

"Siamo amici. È tutto." Quinn riprese a camminare.

"Avanti! L'ho vista alla prima ieri sera. Nessun uomo vorrebbe essere soltanto amico con quella ragazza."

"Se ha già la risposta, perché fa a me la domanda?"

"Allora conferma che lei e la signorina Barnes..."

"Non sto confermando un bel niente, eccetto che siamo amici e siamo andati insieme alla premiere."

"A entrambe le premiere..."

"È uguale." Quinn continuò per la sua strada. Il reporter continuò a ronzargli intorno, facendogli altre domande, ma fu ignorato. Arrivato in prossimità del negozio di dolciumi, Quinn acquistò un giornale prima di tornare a casa. Si fermò davanti alla porta e scrutò la zona, ma il giornalista sembrava essersene andato.

Quando entrò nell'appartamento, Susanna era seduta sul pavimento con Junior. Mentre il bambino smangiucchiava un giocattolo, lei leggeva il giornale.

"L'hai visto?" chiese lui.

"Vuoi dire il trafiletto su noi due?" Susanna sollevò lo sguardo.

Lui annuì, lasciandosi cadere sul divano.

"Dice che sono la tua ragazza."

"Sì. Diamo un'occhiata a questo." Aprì una copia di *Celebs R Us*. Scorrendo la rivista, Quinn si fermò e grugnì, attirando l'attenzione di Susanna.

"Cosa?"

"Eccolo qui. Dannazione." Le porse la rivista, già aperta su un articolo riguardante la prima. Da un lato c'era una foto di Quinn e Susanna. La pagina a fronte mostrava una foto della co-protagonista di Quinn con il suo ragazzo. Il titolo diceva "Due Nuovi Numeri Uno per Quinn e Margo?"

"Tu e Margo Fredericks stavate insieme?"

"Non esattamente. Volevamo dare quell'impressione per l'ultimo film. Siamo usciti un paio di volte."

"Ci andavi a letto?"

Lui arrossì, evitando lo sguardo di lei. "È storia vecchia. Ha importanza?"

"Non per me. Voglio dire...quello che è successo la notte scorsa è stato...ehm...un err—"

"Un cosa?" Quinn scattò in piedi. "E non dire errore o avventura di una notte."

"Io...uh." *Non era possibile che lei stesse facendo marcia indietro.*

"Allora lo stavi per dire davvero, eh? Dire cosa? Cosa!" La rabbia gli colorò le guance.

"No, no...bè, forse." Susanna si guardò le mani, evitando il suo sguardo.

"Fare l'amore con te non è stato un errore, né la scopata di una sera. Erano già un paio di settimane che stavamo andando in quella direzione. Tu lo volevi. Io lo volevo...e lo voglio ancora. Ti voglio ancora." *Tu non mi vuoi più? Ieri notte mi volevi.*

Quinn si lasciò sprofondare sul pavimento di fianco a lei e le posò una mano sul collo. Le accarezzò delicatamente la pelle con le dita. La baciò, poi spostò la bocca vicino all'orecchio di lei. "Dimmi che non vuoi che ti tocchi, che ti baci, che ti ami...guardami negli occhi e dimmelo," sussurrò.

Susanna si divincolò dalla sua stretta, sollevando lentamente lo sguardo per incontrare quello di lui. Quinn sollevò un sopracciglio e aspettò. Lei allontanò gli occhi da lui e li diresse verso Junior, che gorgogliò e rise. Quinn le prese il mento con la mano, facendole girare il viso, così da costringerla a guardarlo. "Dimmelo."

La rabbia gli riempì il petto. *Calmati. La tua rabbia la spaventa.* Fece un respiro profondo, lasciando che la rabbia defluisse e fosse sostituita dal desiderio per l'amore di Susanna. I suoi occhi si fissarono in quelli di lei. Lei gli accarezzò la guancia con il palmo della mano. Quinn pensò a quanto l'amava, sperando che ciò fosse evidente sul suo volto, che la rassicurasse del fatto che lui non si stava prendendo gioco dei suoi sentimenti. Mormorò molto dolcemente, "Dimmelo. Dimmi che mi ami." Scorse una piccola scintilla d'amore che brillava negli occhi di Susanna. Lei annuì. "Anche io," le sussurrò lui. Le sfiorò teneramente le labbra con le sue.

Junior lanciò l'anello che aveva masticato fino a quel momento, ma Susanna lo lasciò rimbalzare sulla sua gamba, senza distogliere l'attenzione da Quinn. Lo attirò a sé e lo baciò con ardore. Lui le prese il viso tra le mani, baciandola più profondamente. La fitta che avvertì tra le gambe lo avvisò che doveva fermarsi, finché ne era ancora in grado.

Si staccò da lei e tornò sul divano. "Ora siamo nel mirino di *Celebs R Us*. Stai attenta a quello che dici quando parli con i giornalisti."

"Quali giornalisti?"

"Ce n'era uno pronto a farmi domande quando sono andato a prendere il giornale."

"E tu che cos'hai detto?"

"Gli ho detto che siamo solo amici. So che non è vero, ma ciò che siamo l'uno per l'altra non è affare di nessuno."

"Vero." Susanna ridiede il gioco a Junior.

"Non lasciare che t'ingannino o che ti provochino per farti rivelare qualcosa. Perché qualunque cosa tu dica, la gonfieranno, ne faranno un caso nazionale e tu non riuscirai più ad andare nemmeno al negozio all'angolo senza avere persone che t'infastidiscono."

"La fama? Non m'interessa." Susanna scrollò le spalle e tornò sul divano.

"Mi dispiace averti trascinata in tutto questo. Avrei dovuto immaginarlo che non sarebbe stato saggio portati ad entrambe le prime."

"Non possiamo uscire insieme...mai?" Susanna gli rivolse uno sguardo implorante.

"Possiamo. Quel giornalista non starà qui per sempre. Crash e Stokes ci diranno quando abbiamo via libera."

"Il prezzo da pagare per stare con te?"

"Immagino di sì. Mi dispiace." Quinn si riavvicinò silenziosamente a lei.

Lei gli strinse la mano tra le sue. "Ho convissuto con queste cose per tutta la vita. Non è una tragedia. E ne vale la pena." Susanna lanciò un'occhiata al suo orologio. "È ora per me e Junior di uscire."

"Che fretta c'è?" Quinn fece scorrere le dita su e giù lungo il braccio di lei.

"Il mio amico Max mi sta aspettando."

"Max?"

"Un signore attempato che ho conosciuto a Riverside Park. Bada a Junior mentre faccio due tiri. Gli ho dato qualche consiglio per suo figlio. Siamo amici."

"Cosa intendi per attempato?" Una nota di gelosia riverberò nella sua voce.

"Max avrà almeno cinquant'anni. Non preoccuparti. Non è un rivale."

"Allora vai. Incontrati con lui. Gioca un po'"

"Porta sempre i bagel." Susanna compose un numero sul cellulare. "Max?"

Quinn si riempì la tazza di caffè e si diresse verso il terrazzo, raccogliendo il copione per il prossimo film di Joe Martin in cantiere. Susanna sollevò Junior in alto e strofinò il viso nel suo pancino. Lui rise felice e scalciò con le gambine. Mentre Quinn la guardava, una sensazione di calore si diffuse nel suo cuore e sorrise. Susanna assicurò il bambino nel passeggino, lanciò un bacio a Quinn e aprì la porta.

* * * *

Era una bellissima giornata estiva, calda e soleggiata. Susanna si fermò davanti alla grande porta in ferro battuto, lanciando un sorriso a trentadue denti a Stokes. "Abbiamo via libera?" chiese. Lui le diede il segnale con il pollice all'insù, poi aprì la porta.

Il suo corpo sembrava più leggero dell'aria. Susanna fluttuava, il passo molleggiato e lo spirito senza preoccupazioni. Non riusciva a smettere di sorridere. La notte appena passata non avrebbe potuto essere più meravigliosa di così. Quinn era un amante tenero e appassionato e l'aveva soddisfatta in qualunque modo. Dormire di nuovo tra le sue braccia era il paradiso. L'aura di protezione e di amore da cui si era sentita circondata l'aveva cullata fino a farla scivolare nel miglior sonno che avesse avuto da prima dell'incidente.

Il suo sorriso si rifiutava di scomparire e illuminava il suo volto, mentre camminava lungo la via, diretta a Riverside Park. Un suono cantilenante l'avvertì che le era arrivato un messaggio sul telefono. Controllò.

Bagel & caffè presi. Sono nel parco. A presto. Max

Il pensiero di un bagel tostato con formaggio spalmabile le fece venire l'acquolina in bocca. Accelerò il passo, ma dovette fermarsi davanti al semaforo rosso. Una sensazione d'inquietudine che le faceva formicolare la nuca la indusse a voltarsi. Non c'era nessuno vicino a lei, eppure il suo cuore accelerò i battiti e una piccola ondata di adrenalina scorse nelle sue vene.

Quando il semaforo divenne verde, attraversò l'incrocio velocemente, ansiosa di raggiungere Max. Dovendo rallentare per far scendere il passeggino su larghi gradini di pietra, un reporter ebbe la possibilità di raggiungerla. Era lì ad aspettarla quando lei arrivò in fondo. Gli scatti della macchina fotografica che portava appesa al collo le fecero alzare la testa di scatto e Susanna lo guardò negli occhi.

"Tu chi diavolo sei?"

"Sono Richard di *Celebs R Us*. È molto carina oggi. Mi dica…lei è la ragazza di Quinn Roberts?"

"No comment," rispose lei, incamminandosi verso i campi da basket.

"Questo è il figlio di Quinn? Oh mio Dio! Lei e Quinn avete un bambino? Siete sposati?"

"Non sono affari tuoi. E ora levati di mezzo." Il reporter continuò a scattare foto a lei e Junior. Susanna si fermò, bloccandogli la visuale del bambino. "Lascialo fuori da tutto questo. Niente foto del bambino."

"È suo figlio?"

"No comment." Susanna si spostò di lato, bloccandogli nuovamente la vista.

"Dunque è così."

"No!"

"Aha! E allora di chi è? Lei e il piccolino vivete con Quinn Roberts?"

Susanna lo oltrepassò e spinse il passeggino più velocemente di prima. Vide Max ad una cinquantina di metri di distanza e lo salutò con la mano. Prima di proseguire, affrontò il giornalista. "Adesso basta. Da qui in poi ti proibisco di seguirmi"

"Questo è un parco, sono libero di—"

"Se non te ne vai, chiamo la polizia. E dirò loro che mi stai molestando e tormentando e sarai arrestato. Sto raggiungendo il mio amico. Sparisci."

"Sa che—?"

"Vai al diavolo. Dico sul serio. Ti do cinque secondi poi comincerò a urlare."

"Ma questo—"

"Cinque…quattro…tre…due…"

Il reporter alzò le mani e cominciò ad indietreggiare. Lei riprese il sentiero per raggiungere Max.

"Chi diavolo era quello? Non certo Quinn?"

"Un reporter. Sono andata a due premiere con Quinn e ora pensano che siamo una coppia che convive. E pensano che Junior sia nostro figlio!" Susanna scoppiò a ridere.

"Non siete amanti? Se non fisicamente almeno a livello emotivo?" Max estrasse un bagel, lo scartò e lo offrì a Susanna.

Toccandosi la guancia con una mano, riuscì a sentire quanto fosse diventata rossa. "Max!"

"Non siamo bambini, Susanna," rispose lui, sorseggiando il suo caffè.

"Lo so. Tuttavia, sono cose private." Susanna diede un morso al bagel.

"Sento come parli di lui. Non sono un ragazzino. Riconosco una donna innamorata quando ne vedo una," ridacchiò lui.

"Grazie per il bagel."

"Non cambiare discorso."

"Innamorata o no di Quinn…questo non dà ai media il diritto di ficcare il naso e pubblicare tutto quello che ci riguarda."

"Devi farci l'abitudine. Se hai intenzione di amare una star del cinema, farai notizia…almeno per un po'. Naturalmente, se vi sposerete, smetterete di fare notizia, finché non arriverà un bambino o un divorzio."

Susanna rise. "Come mai sai così tante cose sulla fama, Max?"

"Leggo i giornali," Max si leccò via un po' di formaggio dalle labbra. "Ne vale la pena?"

Susanna porse a Junior un nuovo giocattolo e prese un sorso di caffè, ignorando palesemente la domanda.

"Credo che a questo, tu debba dare la risposta a te stessa, non a me."

Lei lanciò un'occhiata al campo da basket deserto. "Non lo so, Max. Penso che lui ne valga la pena, ma questa cosa dell'amore è nuova per me. La fama non è una novità, invece. So quanto può renderti la vita difficile."

"Oh? Dovrei sapere chi è Susanna Barnes?" Max sollevò le sopracciglia, poi prese un pezzo di bagel.

"Mio padre, ricordi?"

"Che effetti aveva su di te?" chiese lui, sorseggiando il suo caffè.

"Eravamo sempre nel mirino della stampa." Susanna masticò un pezzo di bagel.

"E ciò rendeva difficile crescere?"

"Un po'. Ma avere papà sempre lontano era più dura." Spostò lo sguardo a sinistra.

"Nel mio caso, invece, penso che mio figlio sarebbe contento se fossi a casa un po' meno... molto meno!" Sorrise.

"Sei troppo forte, Max," rise lei.

"Allora...vuoi dirmi cosa sta succedendo tra te e Quinn?"

"Vorrei tanto saperlo." Susanna posò il bagel nella carta sulla panchina.

"È amore?"

"Credo di sì," rispose lei, giocherellando con un gadget sul passeggino di Junior. Poi recuperò un biberon di succo di frutta dalla sacca dietro il passeggino.

"Ti è piaciuta Los Angeles?" Max cambiò argomento.

"Siamo stati nella sua casa di Malibu. Favolosa. E adoro l'aria del mare."

"Avete trascorso molto tempo insieme o lui era sempre di corsa, preso da mille impegni?"

"Sempre di corsa. La vita dell'attore, niente pace. Proprio come mio padre. Fai un sacco di domande oggi." Susanna gli lanciò uno sguardo sospettoso.

"Sono solo un vecchio che prova l'ebrezza di essere con una donna giovane e bella," rispose lui con un'alzata di spalle.

"Non s'è concluso niente."

"Tra voi due?" Max addentò l'ultimo pezzo di bagel.

"Questa è una domanda abbastanza personale...no, con la ricerca di un produttore."

"Sta ancora cercando un produttore per quel libro...come si chiama?"

"*AMORE CIECO*. E sì, è ancora in cerca, ma non ha ricevuto altro che rifiuti da tutte le parti. Sono stata male per lui."

"Che peccato. È anche un bravo attore."

"Lo so! È bravo, vero?" Lei si girò a guardarlo. Max le posò una mano sulla spalla.

"Stai su di morale. Vedrai che presto si sbloccherà qualcosa."

"Grazie, Max. Lo spero," rispose lei, leccandosi via il formaggio dal pollice.

"Allora, sei pronta per andare là fuori, Kareem?" Susanna annuì mentre stava ancora masticando. "Posso dare il biberon al piccolo o ha già bevuto abbastanza?"

"Quando ne avrà a sufficienza lo spingerà via," rispose lei, dopo aver inghiottito l'ultimo boccone. Susanna si alzò, prese la palla e raggiunse il campo dribblando. Diventava più forte e sicura di sé ogni giorno che passava. I suoi tiri erano migliorati. Quel giorno, aveva in programma di allenarsi sul tiro da tre punti, ma prima, doveva scaldarsi. Sentì la felicità diffondersi in tutto il corpo. Allenarsi dopo aver fatto l'amore era il massimo. La sua performance fu migliore, il suo corpo più coordinato e lei riuscì a sentire ogni muscolo su cui lavorava.

Alle dieci, si congedò da Max. Junior riusciva a malapena a tenere gli occhi aperti e il ritmo regolare del passeggino lo fece addormentare. Sulla via per tornare a casa, Susanna canticchiò sommessamente tra sé e sé. Junior dormiva nel passeggino, così lei si prese tutto il tempo per guardarsi intorno e respirare l'aria fresca del mattino.

La luce del sole le scaldava la schiena mentre camminava lungo la Settantaquattresima per tornare all'appartamento. Quando girò l'angolo su Central Park West, il suono dei click delle macchine fotografiche fu inconfondibile. Questa volta erano quattro i giornalisti fermi lì in attesa. Le corsero incontro, sommergendola di domande, sbattendole i microfoni in faccia.

"Da quanto è l'amante di Quinn Roberts?"

"È il figlio di Quinn? Siete sposati?"

"È suo figlio illegittimo?"

"Vive insieme a Roberts?"

Susanna cercò di farsi strada tra i giornalisti ficcanaso, ma questi bloccavano l'intero marciapiede. Junior si svegliò e cominciò a piangere; tuttavia, i reporter continuarono a bloccarle il passaggio. Susanna fece l'unica cosa che le venne in mente. "Crash! Aiuto!"

Poco dopo, Crash arrivò correndo lungo la via. Lei agitò la mano e lui sfondò il muro di cronisti, facendosi strada a spintoni e facendone cadere due a terra.

"Ehi, amico, attento a chi spingi," gridò uno.

"Ti denuncio," minacciò un altro dalla sua posizione sdraiata sul marciapiede.

"Lasciate passare la signora!" ruggì Crash.

"Signora? Questa è buona," replicò un altro giornalista. Crash si girò e agitò il pugno davanti alla faccia all'uomo.

"Togliti dai piedi, stronzo," ringhiò, agendo da diversivo mentre Susanna lo seguiva, spingendo il passeggino oltre la porta d'ingresso. Lui continuò a tenerle aperta la via di fuga, mentre le macchine fotografiche dei reporter scattavano altre foto e loro continuavano ad urlarle altre domande.

"È innamorata di Quinn, o è solo la madre di suo figlio?"

"Lo spremerà per avere gli alimenti?"

"È la figlia di Joe Barnes?"

"Cosa direbbe suo padre se sapesse che ha fatto un figlio con Quinn fuori dal vincolo del matrimonio?"

Quell'ultima domanda fu come una pugnalata al cuore. "Lasciate fuori mio padre. È morto. Lasciatelo riposare in pace."

"Quindi pensa che non approverebbe?" La domanda veniva da Richard di *Celebs R Us.*

Susanna sentì le lacrime pungerle gli occhi, ma continuò a camminare dietro a Crash, le labbra serrate in una linea dura. Lui le aprì la porta e bloccò l'entrata ai giornalisti, mentre Susanna si dileguava. Il suo autocontrollo cedette quando si trovò in ascensore. Junior, il cui pianto si era ridotto ad un piagnucolio, alzò gli occhi a guardarla mentre scoppiava in lacrime. Quando aprì la porta dell'appartamento e pronunciò il nome di Quinn tra i singhiozzi, lui arrivò di corsa.

"Cos'è successo?" Le prese il braccio.

"I giornalisti...domande umilianti...sono solo la bambinaia," farfugliò, mentre un brivido le percorreva il corpo.

Quinn la prese tra le braccia, stringendola forte.

"E così è cominciata," disse, estraendo un fazzoletto dalla tasca posteriore dei pantaloni. Susanna seppellì il volto nella stoffa bianca, asciugandosi gli occhi e il naso.

Quinn abbassò lo sguardo.

"Junior, perché non hai fatto niente? Avresti potuto sputare in faccia a qualcuno. E che mi dici delle tue sparate di vomito?" Quel commento la fece ridere. Il bambino gorgogliò, sorrise e sbavò. "Esatto, piccolino. Anche sbavare avrebbe funzionato." Quinn le posò una mano sulla guancia e la baciò. "Va meglio?"

Lei annuì.

"Sono carogne, ma non ti faranno del male fisico. Hai risposto alle loro domande?"

"No. Aspetta. Solo una volta. Ho chiesto loro di lasciar fuori mio padre da tutto questo."

"Tuo padre? Cosa c'entra lui con noi?"

"Non c'entra un bel niente. È morto, non possono lasciarlo in pace?"

"Mi dispiace, tesoro. Questo è il prezzo che paghi per stare con me." Le accarezzò la schiena.

"Non mi lascio intimidire così facilmente." La sua bocca formò una linea severa.

"Spero di no." Quinn l'attirò a sé per un altro bacio. Junior ricominciò a piagnucolare. "È geloso!" scherzò Quinn.

"O affamato." Susanna si sciolse dall'abbraccio di lui e spinse il passeggino in cucina. Preparò da mangiare per il bambino, per Quinn e per sé. Finito di pranzare, adagiò Junior sulla coperta in salotto con alcuni dei suoi giochi preferiti, mentre lei si sedette a gambe incrociate di fianco a lui.

"Ti dispiacerebbe darmi il la?"

"Come?"

"Leggere la battuta appena sopra la mia, così posso esercitarmi ad entrare in scena nel momento giusto."

"Come nel salto della corda che facevo da bambina. Bisognava entrare nel momento giusto. Certo che ti aiuto. Sembra divertente."

Quinn le porse il copione e si unì a lei sul pavimento. Lessero le battute finché Junior non si addormentò. Mentre il bambino dormiva, Susanna lavorò insieme a Quinn, leggendo le parti degli altri personaggi, dandogli il via e ascoltandolo. Andarono a sedersi sul terrazzo per godere di un po' di privacy e di aria più fresca.

Lei se lo immaginò sul set con i costumi di scena. Poi lo visualizzò a petto nudo e poi completamente nudo. Tutte le immagini si accavallavano nella sua mente a ricordarle quanto lui fosse sexy, senza nemmeno rendersene conto. Un piccolo spiraglio di luce s'infiltrò tra i grattacieli, posandosi sui capelli di Quinn. Il bagliore di un riflesso rosso catturò la sua attenzione. Il blu intenso degli occhi di Quinn rubò lo sguardo di Susanna. Quell'uomo era talmente magnetico, che era destinato ad essere un attore. Non vi erano dubbi a riguardo.

Trascorsero la giornata in tranquillità, restando nell'appartamento a lavorare sul copione di Quinn, a giocare con Junior e a preparare la cena. Susanna cucinò le lasagne secondo la ricetta preferita di suo padre.

"Basta insalate, Quinn. Hai bisogno di cibo vero." Gli servì una bella porzione.

"Non devi certo costringermi. Hanno un aspetto delizioso. È tutto il giorno che sento questo profumino e speravo proprio che non mi avresti rifilato un'insalata." Quinn si avvicinò al piatto con il viso.

Junior cominciò a scalciare e a strillare. "Anche il bambino ne vuole un po'. Quando potrà mangiare il cibo che mangia la gente normale?"

"I Cheerios li mangia."

"Cibo vero."

"Probabilmente potrebbe iniziare a mangiare qualcosa ora. Domattina preparerò le uova per noi e gliene daremo un po'. Uova strapazzate. Perfetto."

Quinn si piegò verso il bambino. "Hai sentito, piccolo? Domani comincerai a mangiare con noi." Il bambino gorgogliò, sollevando lo sguardo verso di lui e sorridendo.

Alle sette, Junior era già sistemato nel suo lettino. L'atmosfera in soggiorno era carica di promesse ed esitazione. "Vuoi guardare un film?" chiese Quinn. "Farò i popcorn."

"I popcorn dopo le lasagne? Nooo. Che film hai?"

Quinn aprì un cassetto, rivelando una collezione impressionante di film. "Detraibili ai fini fiscali. Tutto per il mio lavoro."

"Oh?" Susanna lo guardò, inarcando un sopracciglio. "*Cowgirls Impazzite* ti serve per cercare l'ispirazione?"

Lui arrossì. "Cosa? Dove?"

"Hai intenzione di darti al porno?" Susanna cercò di reprimere un sorriso, ma non ci riuscì.

Quinn passò in rassegna i titoli ma non riuscì a trovarlo. "No. Dove lo vedi? Dove?"

"Non c'è. Me lo sono inventata. Ma tu ti sei agitato un bel po'! Tu impazzito lo eri di certo," rise lei, punzecchiandolo con un dito tra le costole.

"Stai cercando di farmi imbarazzare, eh?" La prese per le braccia, poi le fece una pernacchia sul collo. Lei strillò e rise allo stesso tempo. Lottò per liberarsi, ma lui riuscì ad inchiodarla sul divano sotto di sé e le fece un'altra pernacchia sul collo. Lei inarcò la schiena, premendo contro di lui e ridendo fino a rimanere senza fiato. Le mani di Quinn le liberarono le braccia e le presero il viso, poi lui la baciò. Il bacio fu dolce e tenero.

Susanna gli accarezzò i capelli, poi gli circondò il collo con le braccia, attirando le labbra di lui contro le sue. Aprì la bocca, invitandolo ad entrare. Quinn le intrappolò le gambe in mezzo alle sue, baciandola sulla bocca. Lei afferrò i suoi bicipiti, mentre lui rendeva il bacio più intenso, facendola sciogliere. Susanna sentì la sua crescente eccitazione contro di sé e il suo cuore accelerò i battiti.

Ai suoi occhi aveva smesso di essere Quinn Roberts, la star del cinema. Ora era solo Quinn Roberts, il suo fantastico amante, protettore, confidente e amico. L'amore si mescolò al desiderio nelle sue vene. I suoi lombi ardevano per lui, i suoi capezzoli bramavano il suo tocco. Con una mossa repentina, lui spostò abilmente le dita dal suo braccio e le prese un seno. Al suo tocco, un gemito le sfuggì dalle labbra.

Le sue turgide punte rosee attrassero velocemente le mani di lui. Mentre Quinn giocava con il suo corpo, Susanna si sentì invadere dal calore. Cominciò a dimenarsi sotto di lui. Lui abbassò la spallina della sua canottiera con forza e lasciò la sua bocca. Le sue labbra si tuffarono sulle dolci prosperità di lei, che lui assaporò febbrilmente. "Ti voglio, Susie," disse lui in un sussurro roco.

Susanna fece scorrere le mani lungo le sue braccia, poi lungo i suoi fianchi, fino a fermarsi sulla sua vita. Gli sollevò la maglietta e sentì il contatto con la sua pelle. Lui gemette, mentre le mani di lei scivolavano intorno alla sua vita, fino alla cintura dei suoi pantaloni.

Quinn si sollevò sulle mani, poi anche sui piedi. Si strappò la maglietta di dosso, poi armeggiò con la cintura. Susanna si sfilò la canottiera e fece scivolare gli shorts fino alle caviglie. Prima che potesse sfilarsi la biancheria intima, si trovò Quinn nudo di fronte a lei. "Lascia fare a me."

Infilò i pollici nelle sue mutandine e le abbassò completamente. Susanna a malapena se ne accorse, perché il suo sguardo era incollato al petto stupendo di lui. Sollevò la mano per accarezzarglielo attraverso la sottile peluria, mentre gli schioccava un bacio alla base del collo. Lui si paralizzò e chiuse gli occhi, mentre godeva palesemente di quel tocco.

Susanna percorse con le mani la linea dei suoi addominali scolpiti, spostandosi sempre più in basso, finché non lo ebbe in pugno. Abbassando la testa, lo prese in bocca, facendolo sussultare. Le dita di Quinn si persero tra i capelli di lei e un gemito roco proruppe dalle sue labbra. Dopo qualche minuto, le intimò di rallentare. "Fermati...sto per venire. E poi, ora tocca a me..." disse lui, divaricandole le gambe con le mani. S'inginocchiò sul pavimento vicino al divano su cui lei era sdraiata e la fece girare in modo che gli fosse di fronte. Poi affondò la testa tra le sue cosce.

Susanna gettò indietro la testa e gemette. I colpi della sua lingua quasi la stordivano di desiderio. La tensione crebbe dentro di lei, facendosi sempre più intensa, facendole perdere il controllo.

"Quinn!" gridò, ma era troppo tardi. Il suo piacere traboccò, scorrendole come fuoco nelle vene, ma lui non si fermò. Quando lei cominciò a rilassarsi, lui si tirò indietro, posizionandole le gambe intorno a sé. Appoggiò le mani sul suo sedere, sollevandola e penetrandola, mentre l'attirava a sé. Spinse con forza dentro di lei, tenendola per i fianchi. Lei si sollevò a sedere e lo baciò. Quinn s'impadronì della bocca di Susanna con la lingua, mentre possedeva il suo corpo con il suo sesso.

Susanna si sentì come se il suo corpo si stesse sciogliendo, mentre dondolava in sincrono con ogni movimento di lui. Divenne completamente plasmabile nelle sue mani, mentre lui teneva le redini del gioco, facendola muovere al proprio ritmo, i movimenti di lei simili a quelli della vecchia bambola di pezza della sua infanzia. Per un attimo, Susanna sorrise di quel paragone. Era Quinn ad avere il controllo e la faceva muovere a suo piacimento.

Il rossore si diffuse sul suo petto, raggiungendo il collo, mentre il suo respiro si faceva affannoso. Susanna cercò di reggersi forte, appoggiando le mani sulle sue spalle. Lui aumentò il ritmo, spingendo dentro di lei, sempre più forte e sempre più veloce. All'improvviso, la passione cresciuta vertiginosamente dentro di lei raggiunse nuovamente il culmine e il suo corpo fu di nuovo travolto dal piacere dell'orgasmo. Lanciò un forte gemito, attirando l'attenzione di lui.

Un sorriso malizioso s'affacciò sul volto di Quinn quando sentì quel suo nuovo orgasmo. Susanna intrecciò le caviglie dietro la sua schiena e si dondolarono insieme finché lui esclamò, "Oh, cazzo, Susie!" Affondò in lei ancora un paio di volte prima di abbassare la testa, lasciando che alcune gocce di sudore che gli imperlavano la fronte cadessero sul collo di lei. La circondò con le braccia, stringendola forte a sé.

I due amanti restarono avvinghiati, senza fiato, in attesa che i loro cuori smettessero di battere all'impazzata. Susanna chiuse le labbra sulla spalla di lui per un bacio bagnato, mentre faceva scorrere la mano lungo la sua schiena, coperta da un velo di sudore. Lui le sistemò i capelli con le dita.

"È stato..." cominciò lei.

"Incredibile, stupendo..." disse lui.

"La fine del mondo..." replicò lei.

"Esplosivo..." seguì lui, muovendo su e giù le sopracciglia.

"Da non credere..."

"Fantastico..."

"Meraviglioso..." Susanna sospirò.

"Speciale..."

"Speciale?" Susanna si sollevò a sedere e lo guardò. "È il meglio che puoi fare?"

"Aspetta che il sangue torni a circolarmi nel cervello," rispose lui con un risolino.

Lei scoppiò a ridere.

"Susie, tu sei speciale. Molto speciale. Dico sul serio." Quinn la guardò dritto negli occhi.

"Anche tu lo sei."

"Perché sono una star del cinema?"

"Perché sei il mio amico e amante sexy."

Un sorrisino sbilenco gli illuminò il viso.

Susanna si liberò dalla sua stretta. "Okay, e adesso dov'è il film?"

"La Figlia Selvaggia dell'Allenatore?" sogghignò lui, schivando il palmo della mano di lei.

Capitolo Dieci

Il mattino seguente, alle otto, udirono un colpo alla porta. Era Stokes con tre giornali. Quinn li prese e diede la mancia al portiere. Susanna era sul pavimento, intenta a giocare con Junior. Quinn li raggiunse e aprì i giornali, mettendosi a scorrere le pagine finché non trovò ciò che stava cercando.

"Oh-oh. Dannazione. Sapevo che era troppo bello per essere vero."

Susanna lanciò un'occhiata al giornale, poi lasciò cadere il giocattolo che teneva in mano per Junior. Lì, su due pagine affiancate, c'erano le foto di lei e Junior. Un titolo diceva, "Il Figlio Illegittimo di Quinn Roberts?" e sull'altra pagina, "Roberts Fa Centro con la Figlia dell'Allenatore." Susanna rimase a bocca aperta. Afferrò il giornale e si alzò in piedi. Lesse l'articolo ad alta voce, mentre camminava avanti e indietro in soggiorno. Il pezzo insinuava che lei e Quinn avessero un "figlio illegittimo" e che vivessero insieme nel peccato già da un po'.

Lo sdegno crebbe dentro di lei, trasformandosi ben presto in lacrime. "Sono rovinata. Non mi daranno mai un lavoro al museo con tutto questo...tutte queste bugie."

"Non tutto quello che c'è scritto è una bugia."

Susanna si voltò a guardarlo, la rabbia le colorava le guance. "Cosa vuoi dire? Questo non è il figlio illegittimo che ho avuto con te...è il figlio illegittimo che tu hai avuto con qualcun'altra!"

"Non intendevo quello, ovviamente. Ma ora tu vivi con me nel peccato."

"Vivo nel peccato? Io sono la bambinaia..."

"Non più. Non dopo le ultime due notti...a meno che tu non intenda lasciare la mia camera."

"Io...ieri notte...la notte prima è stata...Io...no. Accidenti," balbettò lei, scivolando sul pavimento.

"Ma non è necessario che loro lo sappiano, no?"

Lei scosse la testa. "Sono affari nostri."

"Esatto. Non smetterai di dormire con me per via di questo, vero?" Il volto di Quinn s'incupì preoccupato.

Susanna lo fissò dritto negli occhi. "Non potrei, nemmeno se volessi. E non voglio." Con quelle parole, si lasciò andare tra le braccia di Quinn.

"Grazie a Dio," mormorò lui. "Immagino che questo faccia di te la mia ragazza." Quinn sorrise.

"Immagini?"

"Ne sono onorato." La baciò teneramente.

"Sono felice che ti senta onorato. Io sono rovinata." Susanna chinò la testa. "Papà sarebbe così imbarazzato. Mi ha sempre tenuto lontana dalla squadra. I ragazzi sapevano che se avessero fatto un solo passo verso di me, sarebbero finiti in panchina, o forse peggio. Diceva sempre che se fossi uscita con una stella del basket, mi sarei ritrovata col cuore spezzato." Si coprì gli occhi con una mano per nascondere le lacrime, ma Quinn gliela tirò via.

"Avanti, non essere triste. Stai turbando Junior." Susanna lanciò un'occhiata al bambino, che sembrava aver colto le sue vibrazioni emotive. Il piccolo mento tremava e i suoi occhi sembravano essere ancora più grandi e tondi del solito. "Non vuoi farlo piangere, vero?"

Lei sorrise e lo prese in braccio. Strofinò la faccia nel suo pancino, facendolo ridere e strillare divertito. La gioia contagiosa del bambino li fece sorridere.

"Mi è venuta un'idea." Quinn si alzò in piedi e le prese la mano. "Lasciamo che si rendano ridicoli."

"Cosa vuoi dire?"

"Usciamo. Ogni giorno. Almeno per una passeggiata. Lasciamo che ci fotografino e scrivano ciò che vogliono, ma noi non risponderemo a nessuna domanda. Non confermeremo né negheremo nulla."

"Si, e con ciò? Finiremo per essere lo scandalo della settimana, del mese."

"Giusto. Finché la madre di Junior non tornerà per portarlo a casa."

"Oh, capisco! In quel momento faranno la figura degli stupidi! Avranno scritto tutte quelle cose, creando uno scandalo che in realtà non esiste." Il volto di Susanna s'illuminò.

"Esatto!"

"Ma ci vedranno insieme e quello darà loro la conferma della parte su di noi... che viviamo insieme."

"E allora? Non m'importa. Io ti amo, Susie Q. E non m'importa niente di chi lo sa o meno." Le circondò la schiena con le braccia, attirandola contro il suo petto. "A te dispiacerebbe?"

"Credo che se ne parlassi ad Annie...voglio dire, i miei genitori non ci sono più. A chi potrebbe dare fastidio?" disse lei, mordicchiandosi un'unghia.

"Ehi, io parlo di te. Ti dispiacerebbe se ti associassero a me in quel modo?"

"Non mi piacerebbe essere associata sessualmente a nessun uomo, in modo pubblico. Sono una persona riservata. Con chi decido di andare a letto sono solo affari miei. Ma questo significa che mi faranno allontanare da te? Non penso proprio. Sono io a decider con chi stare."

"E tu vuoi stare con me?"

"E me lo chiedi?" Lo guardò con un sopracciglio inarcato.

"Con le donne è sempre meglio chiedere. Quando do qualcosa per scontato, finisco sempre nei guai."

"Parole sagge." Susanna gli lanciò un sorriso malizioso.

"Smettiamola di nasconderci." Quinn sorrise.

"Okay. Se non pensi che danneggerà la tua carriera," disse lei, corrugando la fronte.

"Diamine, no. I produttori saranno felici di tutta la pubblicità gratuita."

"Non è la ragione per..."

"Shh. Fermati. Certo che no. Faccio questo perché non voglio che ci sentiamo intrappolati come animali in gabbia, con la paura di lasciare l'appartamento ed essere visti insieme."

"Okay, allora. Andiamo!"

Dopo aver cambiato Junior, Quinn e Susanna lo misero nel passeggino e lo portarono fuori, dove i giornalisti erano in attesa. Attraversarono la strada, seguiti dai reporter a breve distanza. Dopo aver superato qualche isolato senza rispondere a nessuna domanda, i giornalisti si stancarono e, ad uno ad uno, si allontanarono. Finalmente, rimasero soltanto loro due. Trovarono un parco giochi poco distante e Quinn spinse Junior su un'altalena per bambini piccoli, mentre Susanna faceva delle facce buffe al piccolo, che rideva di gusto.

I giorni passarono pacificamente—passeggiate nel parco, ignorando i reporter, pomeriggi trascorsi a ripassare la parte per il prossimo film di Quinn e a giocare con Junior. Le notti erano teatro di incontri amorosi appassionati. Finché il telefono non squillò una mattina alle dieci

.

* * * *

"Quinn Roberts?"

"Si?" Quinn prese la sua tazza ed uscì sul terrazzo.

"Parla Tiffany Cowles, editore di—"

"So chi è lei. L'editore di *Celebs R Us*."

"Esatto."

"Cosa vuole, signora Cowles?"

"Tiffany, la prego," disse lei, affabile.

"È qualcosa di cui può occuparsi il mio addetto stam—?"

"Non provi nemmeno a dirottarmi su qualcun altro, Roberts. O se ne pentirà." La sua maschera gradevole si era sgretolata velocemente, rivelando la vipera che vi si nascondeva sotto.

"La ascolto." Quinn si sedette su una poltroncina.

"Voglio sapere perché si rifiuta di parlare con i miei reporter."

"Non ho nulla da dire."

"Ah sì? Io invece penso di sì. Penso che qui ci sia molto di più del semplice fatto che lei vada a letto con la figlia dell'Allenatore Joe. Lo sa, signor Roberts?"

Quinn cominciò a sudare. "Cosa intende dire?"

"Penso che abbiamo preso un granchio. Lei è troppo sotto i riflettori. E non l'ho mai vista ostentare una delle sue fiamme davanti alla stampa, Quinn. Il mio istinto mi dice che c'è qualcos'altro sotto. E voglio sapere cos'è."

"Non ho rilasciato dichiarazioni alla stampa…non avevo niente da confermare o smentire." Fece un respiro profondo, cercando di apparire calmo.

"Oh? Il suo mostrarsi all'improvviso con un bambino e con questa donna a Los Angeles *e* New York non sarebbe una notizia? Non sono d'accordo."

"Lei può non essere d'accordo finché vuole. Non c'è nulla in questa situazione che sia degno di menzione nelle news."

Lei cominciò a ridere. "Chi è il giornalista qui, lei o io? Sono io che decido cosa fa notizia e cosa no. Sento puzza di bruciato. Qualcosa non torna ed io ho intenzione di andare fino in fondo."

"Ficchi il naso quanto vuole. Io non ho nulla da dire, Tiffany." Quinn aveva i palmi delle mani bagnati di sudore e se li fregò sui jeans.

"Forse lei non parlerà, ma scommetto che la sua dolce ragazzetta lo farà. Se facciamo abbastanza pressione. Ci dev'essere qualcosa che non vuole che il mondo venga a sapere, oltre al fatto di aver avuto un figlio illegittimo da lei. Farò in modo di ottenere delle fotografie di voi due, nudi, a letto. Si fidi."

"E io le farò causa…"

"Nessuno mi fa causa e vince. Mi creda quando le dico che farò pressioni sulla ragazza finché non crolla. E non sarà piacevole. Oppure, può dirmi subito cosa bolle in pentola e risparmierà a entrambi un sacco di problemi."

Ci fu silenzio da entrambe le parti. Il panico aveva reso il respiro di Quinn irregolare e il suo cuore aveva cominciato a battere all'impazzata. *Susanna!*

"Quinn? È ancora lì? Non faccia il furbo con me. Se ne pentirebbe."

"Vada al diavolo!" Quinn le chiuse il telefono in faccia. Il suo corpo era madido di sudore. Cominciò a camminare avanti e indietro sul terrazzo, poi compose un numero.

"Maggie? Ho bisogno del tuo aiuto e ne ho bisogno adesso." Quando riattaccò, tirò un sospiro di sollievo. Susanna lo raggiunse con Junior in braccio.

"Di cosa si trattava?"

"Prepara una valigia per te e Junior. E stai pronta a partire in qualunque momento domani mattina dopo le undici."

"Che cosa succede?"

"Fidati di me. È per la tua sicurezza."

"La mia sicurezza? C'è qualcuno che mi minaccia?"

"Una specie. Non posso dirti altro. Sii pronta."

"Non puoi dirmelo?"

"Ti fidi di me?" Quinn rimase di fronte a lei, con una mano sul suo braccio.

"Naturalmente."

"Allora andrà tutto bene." Quinn si allontanò da lei per mandare un messaggio.

Torna presto. La situazione sta degenerando.

Quella notte, a letto, Quinn tirò le tende e chiuse le finestre. Poi spense le luci.

"Sembra di essere in una tomba. Perché hai chiuso tutto? Nessuno può vedere all'interno, siamo in mezzo al giardino, circondati dal parco." Susanna si tolse la canottiera, poi si sbottonò i jeans. Quinn protese la mano per fermarla.

"Hai una camicia da notte?" Lei scosse la testa. "Ecco, prendi questa." Le lanciò una delle sue magliette. "Mettitela per venire a letto."

"Perché?"

"Non mi chiedere perché, fallo e basta. Per favore."

"Se ci tieni così tanto." Susanna si slacciò il reggiseno, lo lasciò cadere sulla sedia e indossò la maglietta.

"Macchine fotografiche ad alta potenza..." mormorò lui.

Un suono di rotori fece precipitare Quinn alla finestra. Aprì le tende in fessura e sbirciò fuori. Sopra Central Park, a metà strada tra la Fifth Avenue e la Central Park West, un elicottero indugiò per qualche istante, prima di risollevarsi e volare via. *Non può essere. Non arriverebbe a tanto.*

Ma Quinn credeva ai suoi occhi. Fece un passo indietro e risistemò la tenda in modo che non vi fosse alcun spiraglio, poi si svestì fino a restare in boxer. S'infilarono entrambi a letto e lui la prese tra le braccia, prima di spegnere la luce. Lei si rannicchiò contro di lui, posando la testa sul suo petto nudo. Quinn era troppo agitato per dormire. Rimase sdraiato sul letto in tensione al buio, finché giurò di aver sentito nuovamente il rumore dei rotori.

Scivolò fuori dal letto e in un secondo fu alla finestra. Si girò verso Susanna. "Non ti muovere!" Lei rimase immobile. Aprì nuovamente le tende in fessura e questa volta l'elicottero era più vicino.

"Questo ha qualcosa a che fare col motivo per cui Junior ed io ce ne andremo domattina?"

Lui annuì. "Ti prometto che appena ci saremo trasferiti, ti spiegherò tutto." Quinn tornò a letto.

"È come in uno dei tuoi film. Tutta questa roba clandestina, come degli agenti segreti."

"Faccio tutto questo per proteggerti, piccola." Le accarezzò la guancia e la baciò. "Dormiamo un po'." Si sdraiarono sotto le coperte abbracciati. Quinn tenne il braccio intorno a lei per tutta la notte, come se temesse che qualcuno l'avrebbe potuta strappare dal suo letto.

* * * *

La mattina seguente, Quinn e Susanna scesero nell'ingresso con Junior. Lei aveva con sé due valigie, più tutte le cose del bambino. Prese in braccio il piccolo, mentre Quinn richiudeva il passeggino e la baciava.

"Tutto questo finirà presto. Te lo prometto." La baciò ancora.

Crash prese i bagagli e il passeggino. Quinn uscì e si ritrovò immediatamente circondato dai giornalisti. Rimase ad ascoltare le loro domande, mentre si spostava lentamente verso la Settantacinquesima Strada, portando con sé il nugolo di reporter. Un SUV nero girò l'angolo e si fermò di fronte all'edificio di sbieco, impedendo la visuale della targa. Quinn fece segno con il pollice alzato a Crash, che uscì e caricò la macchina.

Aprì lo sportello posteriore. Susanna uscì con in braccio Junior, voltando la faccia dalla parte opposta degli avvoltoi che la stavano aspettando. Quinn continuò a procedere lentamente verso una strada laterale, allontanando i giornalisti dalla giovane donna e dal bambino. Lei assicurò Junior sul suo seggiolino più in fretta che poté e chiuse la portiera.

Allo sbattere della portiera, i reporter si voltarono appena in tempo per vedere Susanna salire sul sedile anteriore. Presero a correre verso il veicolo, ma l'autista partì un attimo prima che arrivassero. Un paio di loro tentò di inseguire la macchina, urlando una domanda o due, ma l'autista sterzò bruscamente in mezzo al traffico e girò l'angolo sulla Settantaquattresima, accelerando verso Columbus Avenue, lasciandoli lì a mangiare la polvere. Qualche giornalista imprecò mentre la macchina spariva alla vista.

Un sorriso di soddisfazione s'affacciò sul bel volto di Quinn, mentre si girava verso la folla e scrollava le spalle. "Ora, non è proprio come una donna?" chiese, riuscendo a malapena a contenere la sua gioia.

****

Quando s'immisero sulla West Side Highway, diretti verso nord, l'autista parlò per la prima volta. "Sono Maggie Carter. La sorella di Quinn. Tu devi essere Susanna Barnes?"

Due ore dopo, svoltarono nel viale di una fattoria a Pine Grove, in provincia di New York. Le due donne rimasero sedute in macchina per un po', dato che il bambino stava dormendo.

"È casa tua?"

"È la casa in cui Quinn ed io siamo cresciuti. Nostra madre si è trasferita in un appartamento ad Oak Bend."

"Grazie mille di ospitare me e Junior. Quinn sembra credere che vi sia un qualche pericolo?"

"Lascerò che sia lui a parlartene. Sarà qui nel pomeriggio."

Susanna sorrise. "Allora verrà anche lui?"

"Pensavi forse che avrebbe lasciato la sua ragazza e un bambino in quel modo?"

Susanna arrossì.

"Non Quinn. È un uomo molto responsabile. Vieni, entriamo. Ho bisogno di un caffè dopo quel salvataggio azzardato. Mi sono sentita come Joe Martin," ridacchiò lei.

Junior si svegliò strillando e Susanna lo sollevò dal seggiolino, stringendoselo contro al petto.

"È così carino. Come si chiama?" Maggie fece scorrere un dito sulla guancia di Junior. Il bambino smise di piangere e concentrò l'attenzione su di lei.

"Il suo vero nome? Non lo so. Quinn lo chiama 'Junior', così io faccio lo stesso."

"Tu sei la bambinaia, giusto?" Maggie squadrò Susanna dalla testa ai piedi.

Lei annuì.

"Di sicuro è stato fortunato a trovare te—brava con i bambini e maledettamente carina. Entriamo, Cal ci aspetta con il pranzo pronto."

"Cal?"

"Mio marito."

Susanna annuì e seguì Maggie all'interno. Un uomo alto e magro, con radi capelli castani che cominciavano ad ingrigirsi si alzò in piedi e le tese la mano. "Cal Carter." Lei sistemò Junior in una posizione comoda sul suo fianco. I jeans e gli stivali dell'uomo erano logori, ma la sua maglietta sembrava nuova. Gli prese forte la mano e la strinse. "Hai una stretta di mano come quella di un uomo," ridacchiò Cal. Susanna arrossì. "Avete dei bagagli in macchina?"

Maggie annuì. "Da questa parte, Susanna. Lascia che aiuti te e questo piccolino a sistemarvi."

"È troppo carino. Mi ricorda Jess quando era piccolo." Maggie sorrise al marito e si fermò a dargli un bacio veloce prima di condurre Susanna al piano di sopra.

"Questa stanza è fornita di tutto il necessario per il bambino e di un letto matrimoniale. Quinn sarà dall'altra parte del corridoio. Deciderai tu come organizzarti per dormire. Non sono affari miei." Susanna si sfregò le mani. Cal le seguì e appoggiò le loro cose nella stanza.

"Ci sono dei panini. Dovete essere affamate," disse Cal.

"Da morire!" Maggie scoppiò a ridere.

Hmm, un uomo che cucina. Carino! Dopo aver pranzato, Susanna mise a letto Junior per un pisolino. Maggie le offrì un'altra tazza di caffè e le due donne si sistemarono sulle sedie a dondolo sulla veranda. La casa padronale si trovava ad una ventina di metri dalla strada.

Dall'altra parte della via c'era un campo incolto, costellato di fiori bianchi e blu, e un po' più lontano si intravedeva una casa, fiancheggiata da due enormi aceri. L'aria era la più fresca che Susanna avesse respirato da quando aveva lasciato Willow Falls quel fatidico giorno insieme a suo padre. Gli odori dell'erba appena tagliata e dei fiori d'estate le stuzzicavano il naso.

Le due donne si deliziarono del canto tranquillo delle cince e del ronzio dei bombi, oltre ad assistere alla visita fugace di un colibrì, che planò sulla mangiatoia sistemata all'angolo della veranda. Condivisero il silenzio, non sentendo il bisogno di riempire l'aria con chiacchiere futili.

Dopo essere stata salvata dal mare infinito di reporter che le stava alle calcagna e s'intrufolava nella sua vita, una grande calma scese su Susanna. I suoi muscoli si rilassarono, le spalle si abbassarono e i suoi occhi divennero due fessure. Maggie stese delicatamente un plaid di cotone sulla sua ospite, poi rientrò in casa in punta di piedi. Quella fu l'ultima immagine che la babysitter vide prima che il sonno s'impadronisse di lei.

* * * *

Quinn era stato trattenuto in città fino al giorno dopo. Susanna non si era resa conto di quanto fosse abituata ad averlo intorno finché non si erano dovuti separare. Quando lui finalmente arrivò, la salutò con un lungo abbraccio. Diede anche un bacio sulla testa a Junior. Nonostante Maggie e Cal avessero fatto di tutto per farla sentire a proprio agio, era stato strano per lei essere in quel posto senza l'amore della sua vita.

Cal cucinò carne alla griglia e patate nel giardino sul retro, mentre Maggie e Susanna preparavano l'insalata e apparecchiavano il tavolo. Quando tutti si furono seduti, i loro occhi si puntarono su Quinn, in attesa di una spiegazione. Lui raccontò loro delle minacce di Tiffany.

"La madre di Junior tornerà la prossima settimana e quest'incubo sarà finito."

"Lui non è un incubo," rispose con calma Susanna, giocherellando con la sua insalata.

"No, non lo è." Quinn lanciò un'occhiata al bambino, che sedeva a tavola sul suo seggiolone e guardava gli adulti mangiare mentre giocava con qualche Cheerios. "Ma giocare a nascondino con la stampa mi sta facendo impazzire. Annemarie mi ha assicurato che tornerà per venirlo a prendere tra sei giorni." Quinn tagliò un pezzo di carne.

"Annemarie? Avrei dovuto immaginarlo," Maggie storse il naso.

Susanna drizzò le orecchie. *La sua famiglia conosce la mamma di Junior?* Il sospetto si insinuò dentro di lei. Si dissero tutti d'accordo che quanto prima fossero tornati alla loro vita normale, tanto meglio sarebbe stato per tutti. *Tranne che per me. Sarò disoccupata...e anche senza una casa? Quinn mi sbatterà fuori una volta che Junior se ne sarà andato?* Susanna si chiese cosa avrebbe fatto.

"Maggie, non cominciare." Quinn si voltò verso Susanna. "Ho una sorpresa per te domani." Lei sollevò le sopracciglia. "Annie mi ha chiesto di—"

"Annie? Hai parlato con mia sorella alle mie spalle?"

"Non alle tue spalle. Dovevo dirle dove avevo intenzione di portarti, no?"

"Perché?" Susanna si mise in bocca un pezzo di patata.

"Perché se tu sparissi..." Quinn prese un sorso di birra.

"Esistono i cellulari, ricordi?"

"Oggi eri sui giornali. Spiattellata sulle pagine di *Celebs R Us* mentre scappi su un SUV."

"Bè, mi può chiamare e..." Susanna tagliò un pezzettino di carne e lo infilzò con la forchetta.

"E cosa potresti dirle? Non sai nulla."

'Il tuo ragionamento fila." Susanna ingoiò il cibo aiutandosi con una sorsata di birra.

"Sembra che l'avvocato che ha in cura le proprietà di tuo padre abbia bisogno di farti firmare alcune carte, quindi andremo a Willow Falls. Mi piacerebbe vedere dove sei cresciuta."

"E Junior?"

"Maggie si è resa disponibile a badare a lui."

Il cuore di Susanna cominciò a cantare. *Un appuntamento. Una sorta di uscita. Noi due soli.* Sorrise. "Fantastico."

Quinn intrecciò le dita a quelle di lei. La tavolata si fece silenziosa, mentre Maggie e Cal osservavano i due piccioncini tenersi la mano.

Dopo cena, Susanna mise Junior a letto. Gli adulti fecero qualche partita a carte, dove la competizione tra fratelli si fece feroce e le provocazioni e l'autocompiacimento rendevano divertente l'atmosfera. Alle dieci, Susanna si congedò e andò di sopra da sola. Ignorando lo sguardo interrogativo di Quinn, si diresse al piano superiore e s'infilò nel soffice letto matrimoniale.

La stanza era la camera da letto di una ragazza. Le pareti erano dipinte di rosa e il copriletto in calicot era un'esplosione di rosa, lavanda e bianco. Due coperte di lana e due cuscini sembravano invitarla ad appoggiare la testa esausta e stendersi sul letto. Le tende increspate color caffè davano la giusta privacy. Junior dormiva beatamente sotto la sua copertina nella culla portatile. Susanna fissò il soffitto, che era puntellato di adesivi a forma di unicorni e stelle comete dai colori pastello.

Quinn si fermò da lei un'ora dopo. Scivolò nel letto.

"Sono sveglia," disse lei, girandosi per guardarlo.

"Non vuoi dormire nella mia stanza?"

Lei scosse la testa. "Sto bene qui."

"Ma potremmo fare l'amore o semplicemente tenerci abbracciati, se vuoi."

"No. Mi sembra un approfittarsene. È da maleducati, in un certo senso."

"Ehi, mia sorella non era certo una santa. Potrei raccontarti certe storie—" Susanna gli posò un dito sulle labbra. "Okay, okay. Ho capito. È casa sua e si seguono le sue regole."

"Non ha detto che avrei dovuto dormire qui. Sono io a sentirmi più a mio agio qui."

Quinn si chinò per baciarla. "Buonanotte, tesoro," le sussurrò, rimboccandole le coperte e accarezzandole una guancia.

"Sogni d'oro, Quinn."

Susanna si girò dall'altra parte e chiuse gli occhi. Il pensiero che l'indomani avrebbe passato la giornata da sola con lui la fece sorridere, mentre scivolava nel sonno.

* * * *

Come al solito, Susanna fu in piedi alle sei con Junior e, dopo aver indossato un paio di jeans e una canottiera, scese al piano di sotto. Dopo avergli dato da mangiare, sistemò il bambino nel passeggino e s'incamminò lungo la tranquilla strada di campagna per una passeggiata. Cullata dal canto degli uccellini, cercò di ricordare i nomi di tutti i vari fiori che crescevano tra l'erba incolta. Si fermò vicino ai denti di leone e carote selvatiche. L'aria del mattino era fresca e piacevole mentre le accarezzava la pelle.

Junior faceva tanti piccoli versi, scalciava con i piedini e agitava le mani. Lei si sentì trasportare indietro nel tempo, alla sua infanzia, quando era solita uscire di prima mattina ed avventurarsi nei boschi con la sua migliore amica. Nonostante avessero solo otto anni, le bambine vagavano libere, alla ricerca di segni della presenza di animali selvaggi, tracce di orsetti lavatori, escrementi di cervo, nidi di uccelli e tesori abbandonati.

Quando fecero ritorno a casa, Susanna fu sorpresa di trovare tutti svegli. Quinn stava sbadigliando sopra una tazza di caffè in cucina. Maggie sembrava piena di energia.

"Dammi questo scricciolo," disse, protendendo le braccia in avanti. Susanna le diede Junior.

L'espressione d'incertezza sul suo faccino la fece esitare, ma Maggie cominciò a fare dei versetti al piccolo e a parlargli con voce pacata. Affascinato da Maggie, Junior spostò lo sguardo da Susanna a lei.

"Come ha detto Cal, mi ricorda il nostro Jess da piccolo. Era il bambino più carino del mondo. Poi a tredici anni è diventato uno scalmanato, ma adesso che ne ha sedici si è un po' calmato." Maggie sistemò Junior sul suo seggiolone e gli sparse qualche Cheerios sul vassoio.

"Dove sono i tuoi figli, Maggie?" chiese Susanna, sedendosi accanto a Quinn. Cal s'allungò a prendere un'altra tazza dal mobiletto, la riempì di caffè e gliela pose davanti.

"Al campo estivo. Jess è al campo del rodeo. Julia e Merry sono invece in un campo estivo regolare, dove imparano a fare fotografie e a nuotare."

"Ma voi vivete qui, circondati da tutta questa bella campagna."

"In estate si annoiano e si lamentano perché tutti i loro amici vanno via. All'inizio eravamo un po' riluttanti a lasciarli andare, ma ora Cal ed io non vediamo l'ora che arrivi la nostra luna di miele estiva senza i ragazzi." Maggie arrossì, voltandosi verso Cal.

Lui sogghignò. "Ci puoi scommettere. È bello avere un po' di pace e tranquillità e un po' di...ehm...tempo da trascorrere con la mia bellissima moglie."

Cal aveva ragione Maggie *era* bellissima. A trentanove anni, aveva una figura snella, lucenti capelli castani che scendevano sulle spalle e luminosi occhi blu. *La bellezza è una dote di famiglia.* Susanna notò la somiglianza tra il magnifico Quinn e la sua bellissima sorella, così più grande di lui.

"Avanti, voi due. Vestitevi, fate un salto da Sadie a Oak Bend per provare i suoi waffle alla fragola e mettetevi in strada. Posso gestire questo ometto." Maggie lanciò uno sguardo colmo di adorazione al bambino, che si stava riempiendo la bocca di cereali.

Una mezz'ora dopo, Quinn aveva preso per mano Susanna e la guidava attraverso il sottobosco dietro la casa.

"Dove stiamo andando?"

"Lo vedrai." Giunsero ad una piccola radura, poi attraversarono la strada. Quinn si fermò di fronte ad una casa di legno in costruzione, con un garage che confinava con il lago Cedar. "Allora, cosa ne pensi?"

"Cosa ne penso di cosa?"

"Della casa?"

"Non è finita."

"Lo so, lo so. Ma ti piace?"

Susanna s'incamminò verso destra, girando intorno alla casa. "È incantevole."

Lui sorrise. "L'ho costruita io. Non da solo. Mi ha aiutato Gavin...a dire il vero, mi ha insegnato."

"L'hai costruita tu?" Gli occhi di Susanna si spalancarono.

"Si." Il petto di Quinn si gonfiò d'orgoglio.

"È fantastica. Avanti, mostramela." Lo tirò per la mano finché lui non estrasse un mazzo di chiavi ed aprì la porta d'ingresso.

"Solo un giretto veloce." Quinn guardò l'orologio. "Dobbiamo metterci in marcia."

Camminarono lentamente di stanza in stanza. Quinn le spiegava ciò che doveva essere ancora fatto insieme ad alcuni dettagli speciali che aveva perfezionato. In cucina c'era soltanto un lavandino, con lo spazio per altri elettrodomestici. Il bagno aveva un lavabo e una toilette. C'erano due camere da letto al piano di sopra e una al piano di sotto, con un ampio materasso ad aria in un angolo.

"Hai dormito qui?"

"Si, qualche volta. Quando lavoravo fino a tardi o volevo uscire di casa. Vieni qui. C'è una doccia all'aperto." Quinn la tirò verso un lato della casa. Tre pareti in legno di cedro racchiudevano uno spazio di un metro e mezzo per due contro la casa con un panchetto costruito all'interno e il soffione della doccia.

"Tu fai la doccia qui fuori?"

"La doccia all'interno non è ancora installata. Cosi uso questa. Adoro fare la doccia qui con la brezza e il sole."

"Nudo al sole, eh? Cerca di non ustionare niente di...essenziale," lo prese in giro lei.

Lui l'afferrò e le baciò il collo. "Non ho mai fatto l'amore nella doccia all'aperto...non ancora."

Susanna riconobbe la scintilla di desiderio che brillava negli occhi di lui. "Avanti." Gli strinse la mano. "Mostrami il resto." Camminarono sul molo privato che si estendeva nel lago per una decina di metri. Una piccola imbarcazione era ormeggiata su un lato. Lei osservò il lago e avrebbe voluto trascorrere la giornata lì.

"Questo è il posto dove vengo a pensare."

Susanna annuì. *Un posto tranquillo per stare da solo e contemplare la vita.* Le sfuggì un sospiro, che attirò l'attenzione di lui.

"Tutto okay?"

"Che bello," mormorò lei.

Quinn la condusse nuovamente verso la casa e aprì la porta del garage. All'interno c'era una Mercedes sportiva decapottabile del 1995 rosso fiammante con motore 150 cavalli Susanna vi salì e si allacciò la cintura.

Capitolo Undici

Susanna si adagiò contro il lussuoso sedile di pelle. Trovò un foulard nel vano portaoggetti e lo usò per legarsi i capelli, in modo che non le venissero in faccia. Indossò un paio di grandi occhiali da sole. Il rumore del vento e dell'autostrada rendeva impossibile chiacchierare.

Un appuntamento. Un vero appuntamento. Avrebbe potuto lasciarmi andare dall'avvocato da sola. Colazione fuori. Un sorriso le affiorò sulle labbra e si rifiutò di andarsene. In qualche modo, il tempo che avevano trascorso insieme era stato dedicato a tante altre cose, ma mai a loro due da soli. Non avevano mai avuto un vero e proprio appuntamento. Essersi presi cura di Junior quando si era ammalato era stato come essere genitori insieme. Le due premiere a cui avevano partecipato, nonostante tecnicamente fossero stati degli appuntamenti, erano parte del lavoro per Quinn. Aveva bisogno di una donna carina al suo fianco e lei aveva interpretato quella parte.

Le loro passeggiate, le prove, perfino le cene nell'appartamento di lui erano state cose da amici, coinquilini magari, ma non appuntamenti. E cosa dire del sesso? *Andare a letto con Quinn era qualcosa che era destinato ad accadere.* Non che avrebbe potuto resistergli. La loro energia ed alchimia li attiravano con un desiderio tale da non poter essere negato. Il fuoco della passione che scorreva tra di loro era incandescente, indomabile.

Aveva bisogno di lui, come lui aveva bisogno di lei, e insieme raggiungevano l'estasi, trovando reciproco appagamento. Ma era una cosa puramente fisica o c'era anche amore? Lui le aveva detto di amarla, ma era serio? *Era forse una battuta da divo del cinema per portarla a letto?*

Susanna chiuse gli occhi un istante per scacciare i dubbi. *Questo è un appuntamento. Solo per noi due.*

Voltando lo sguardo verso il paesaggio, non vide la mano di lui che si allungava a prendere la sua. Quinn intrecciò le dita alle sue e strinse, prima di riportare la mano sul volante. Lei guardò il suo viso. Le linee sottili intorno ai suoi occhi apparivano meno marcate, non c'era tensione a irrigidire i suoi muscoli e le sue spalle si trovavano al loro posto e non sollevate verso il collo. Sembrava rilassato.

Il viaggio durò un'ora. Si fermarono di fronte allo studio dell'avvocato. Rendendosi conto che tutto questo riguardava la morte di suo padre, Susanna esitò un momento. Il suo cuore sembrava intrappolato in una morsa di ghiaccio. Quinn le circondò la vita con un braccio. Lei aprì la porta e lui la seguì all'interno.

Dopo aver firmato tutti gli incartamenti, Jason Gardner, l'avvocato, affrontò l'argomento della casa. "Suo padre ha lasciato la casa in eredità congiunta a lei e sua sorella Annie. A meno che lei non abbia i soldi per comprare la parte di sua sorella, la cosa migliore da fare è mettere la casa sul mercato, venderla e dividerne i proventi. Che cosa vuole fare?"

"Non posso comprarla. Non ho i soldi."

"Annie si è già detta d'accordo di vendere la casa. Chiamerò l'intermediaria. Magari vi potrà incontrare là. Voi potrete firmare le carte e consegnarle le chiavi."

Susanna sentì un peso scenderle sul cuore e le sue mani divennero fredde. Quando l'avvocato prese in mano il telefono, Quinn si voltò verso di lei. "Non devi per forza farlo ora."

"Sono qui. Perché aspettare? Verrai con me?" Susanna sentiva le farfalle nello stomaco.

"Naturalmente." Le prese la mano tra le sue e gliela accarezzò. "Sei gelata."

"Tutto stabilito. L'intermediaria può incontrarla ora, se va bene. Io devo mettermi al lavoro su queste pratiche, se non le dispiace."

Susanna annuì e si alzò in piedi. Quinn le circondò la vita con un braccio, sostenendola mentre tornavano verso la macchina.

Una volta dentro la vettura, si voltò a guardarla. "Ami così tanto quella casa?"

"È la casa in cui sono cresciuta...ci sono affezionata. Ma non è neanche tanto quello...è solo che...bè, una volta che sarà venduta, non avrò un posto in cui andare."

"Avrai abbastanza soldi da comprare una casa tutta tua."

"Una volta che tutto sarà sistemato con il testamento. Sì, immagino di sì." Annuì.

"Puoi stare con me finché...vorrai." Le strinse la mano, ma abbassò gli occhi verso terra.

Lei si protese a dargli un bacio sulla guancia, sussurrando, "Grazie."

L'avvocato uscì dal suo ufficio per consegnarle alcune istruzioni e copie di documenti e poi per farsi fare l'autografo da Quinn.

Girovagare per le strade alberate di quella piccola città calmò Susanna. La casa bianca all'angolo, rivestita in legno con le persiane blu cielo e circondata da siepi molto curate, era ancora lì. La stazione di polizia in mattoni con due automobili parcheggiate di fronte non era cambiata. E la chiesa metodista, con le guglie più alte di tutte, brillava ancora, bianca e pulita, ai raggi del sole. Willow Falls era rimasta la stessa e questo dava a Susanna un senso di conforto.

Mentre si avvicinavano alla grande casa beige con le persiane nere, Susanna salutò con la mano i Conklins, che abitavano dall'altro lato della strada, e i Fitzpatricks, che abitavano proprio lì accanto ed erano stati i suoi vicini per vent'anni. Un sorriso le increspò le labbra. *Anche senza papà, questa rimane la mia città natale.* Le chiavi tintinnarono, mentre Susanna maneggiava il portachiavi per trovare quella giusta per aprire la porta. Quinn parcheggiò nel vialetto e salirono i gradini verso l'entrata. Quando Susanna toccò la maniglia, la porta si spostò leggermente.

Un'ondata di paura le attraversò il corpo mentre apriva la porta senza dover usare le chiavi. Quinn la fece spostare di lato. "Stai indietro. Qualcuno si è introdotto in casa. Potrebbero essere ancora qui." Oltrepassò lentamente la soglia, voltando la testa da un lato e poi dall'altro, mentre scrutava l'interno dell'abitazione. Susanna rimase alla sua destra a sbirciare nel pannello di vetro di fianco alla porta.

"Qui non c'è niente, Susie. Chiama la polizia."

"Cosa?"

"Qui sono venuti i ladri. Non c'è mobilio. È vuota," disse Quinn, indietreggiando fino ad uscire dalla porta, prima di voltarsi a guardarla. "Non hai portato via nulla, giusto?" Susanna scosse la testa. "Potrebbe averlo fatto Annie?"

"Non credo. Se l'ha fatto, non me l'ha detto." Il sangue defluì dal viso di Susanna. La testa prese a girarle e si sentì improvvisamente debole. Quinn le circondò la vita con un braccio e compose il 911. Lei si appoggiò a lui, cercando di schiarirsi le idee.

Una volta riacquistata la lucidità necessaria, Susanna chiamò l'avvocato. Poco dopo, udirono il suono di una sirena che s'avvicinava. La polizia arrivò poco prima di Jason Gardner. I vicini si fermarono per fare domande.

"Pensavo che tu ed Annie aveste deciso di trasferirvi," disse Mary Fitzpatrick a Susanna. "Si, agente, ho visto un grosso camion per traslochi. No, non ho fatto domande. Forse avrei dovuto," continuò la donna, rispondendo alle domande della polizia.

Dave Williams, il capo della polizia, arrivò sulla scena. Non capita spesso che venga svaligiata la casa disabitata di una celebrità locale. Inoltre, gli era già giunta voce che Quinn Roberts si trovasse lì. Il capitano Williams non permise a Susanna di entrare in casa finché i suoi uomini non ebbero perlustrato ogni stanza e dichiarato la casa sicura.

Ma mentre il tempo sembrava passare lentissimamente, Susanna si ricordò che nella casa c'erano anche tutti i trofei di suo padre. Si lanciò verso l'entrata, solo per essere fermata alla porta. "Ma i trofei di papà! Devo vedere se ci sono ancora!"

Una volta che la polizia ebbe dichiarato il posto sicuro, porsero a Susanna un paio di guanti e le permisero di entrare insieme a Quinn, che promise di non toccare nulla. Lei attraversò di corsa la grande stanza al primo piano per arrivare sul retro. Lì c'era una porta di legno che era stata pitturata con lo stesso colore della parete, in modo da risultare quasi invisibile. La superficie era stata parzialmente scheggiata. Era ovvio che fosse stato usato un oggetto pesante per tentare di sfondarla, ma i ladri non erano riusciti nell'impresa.

Con mano tremante, cercò la chiave giusta nel mazzo. *La chiave piccola, quella buffa con una forma strana, diceva Papi.* Quando la trovò, la sua mano tremava così tanto che le risultò impossibile infilare la chiave nella serratura. Quinn gliela prese dalle mani con delicatezza, la infilò nella serratura e la girò. La vecchia porta si aprì. All'interno, c'era una piccola stanza che puzzava di muffa ed era grande quanto un guardaroba.

Susanna girò intorno a Quinn e premette l'interruttore. La luce si riversò nello spazio angusto da alcuni faretti sul soffitto e illuminò dozzine di coppe d'oro e trofei allineati su alcuni scaffali. Lo splendore era tale quasi da richiedere gli occhiali da sole. Susanna si riparò gli occhi con la mano e rimase ad osservare. Cominciò ad elencare velocemente i titoli.

"Millenovecentonovanta, New York... Millenovecentonovantuno, Costa Est, Millenovecentonovantadue—Campionato First Division..."

"Li ha vinti tutti tuo padre?" chiese Quinn.

Lei annuì. "Grazie a Dio ci sono ancora." Susanna sospirò e sorrise, mentre apriva un cassette nascosto. "Anche le foto di famiglia sono ancora qui. I mobili si possono sostituire, ma queste no."

"Signorina Barnes, ha trovato ciò che cercava. Ora la prego di uscire per permettere agli addetti alla scena del crimine di dare un'occhiata," disse un poliziotto in abiti civili.

Le due ore successive furono impiegate per chiamare il fabbro, sua sorella e Maggie, per sentire come andava con Junior. Quinn andò a prendere un paio di panini all'alimentari locale dopo aver firmato una dozzina di autografi, poi si diressero verso il campus della Kensington State University per un picnic improvvisato.

"Non era così che avevo immaginato la giornata di oggi." Quinn le prese la mano.

"Nemmeno Io," rise lei.

"Non sembri troppo sconvolta," disse lui, spostando il sacchetto di plastica nell'altra mano.

"Sono scioccata. Ad ogni modo, però, sono soltanto oggetti. Finché ho le nostre foto di famiglia e i trofei di papà, sono a posto. Passiamo dall'ufficio del rettore, così posso restituirgli le chiavi della palestra che aveva mio padre."

Si sedettero su una panchina. Quinn aprì il sacchetto e tirò fuori due panini con prosciutto e formaggio svizzero ricoperti di maionese. Le porse un sott'aceto e un tè freddo. Il profumo del cibo aprì una voragine nello stomaco di Susanna. Si tuffò sul suo panino, come se non avesse nemmeno fatto colazione con i waffle alle fragole.

Quinn riuscì a mangiare tra un autografo e l'altro. Quando ebbero finito, gironzolarono per il campus, dirigendosi verso l'edificio in cui vi erano gli uffici amministrativi e quello del rettore.

"Rettore Caldwell? Mac?" chiamò Susanna. Jonesy, la sua segretaria, arrivò trafelata dall'archivio.

"Che mi prenda un colpo...Susanna Barnes!" La donna più anziana, bassa e rotondetta, gettò le braccia al collo di Susanna, abbracciandola forte. Lanciò un'occhiata a Quinn e rimase senza parole. "Mi dispiace così tanto per tuo padre, cara." Jonesy sbirciò Quinn e si sistemò gli occhiali sul naso. "Hai portato con te una star del cinema?"

"Jonesy, lui è Quinn Roberts. Quinn, Jonesy, la mia seconda mamma."

"Oh Signore! Allora è vero quel che si dice in giro! Ho letto qualcosa su di voi ma pensavo fosse un'invenzione dei media...qualcosa creato con Photoshop o uno di quegli affari per le foto. Sei qui per vedere Mac? Entra pure."

Susanna fece cenno a Quinn di seguirla mentre raggiungeva la porta. "Rettore Caldwell?"

Mac Caldwell, un uomo di bell'aspetto alto e magro, con gli occhi di un blu vivace e i capelli scuri corti, alzò gli occhi dalla scrivania e scattò in piedi. "Susanna? Oddio! Entra, entra." Susanna fece le presentazioni e Mac strinse la mano di Quinn. "È la prima volta che abbiamo qui una grande celebrità. Callie sarà così dispiaciuta di non avervi visti. Mi ha addolorato molto sapere di tuo padre, Sue," disse lui, abbracciandola calorosamente.

"Ti ringrazio. Prima che mi dimentichi, siamo qui per restituire le sue chiavi. Ne ha una tonnellata. Molto probabilmente per gli spogliatoi, la palestra e tutto il resto," disse Susanna mentre porgeva il pesante mazzo di chiavi a Mac.

"Grazie. Quanto ti fermerai?" Mac passò in rassegna le chiavi, togliendo quelle che riconosceva appartenere all'università.

"Solo oggi. Devo tornare a casa."

Mac si sedette all'angolo della scrivania. "Io e Callie abbiamo letto gli articoli su di te. Sembra che tu te le stia passando bene."

"Non credete a tutto ciò che leggete."

"Non preoccuparti, sappiamo che quello non è tuo figlio," ridacchiò lui.

"Grazie a Dio papà non è qui a leggere tutta quella robaccia."

Mac diede una lunga occhiata a Quinn. "Penso che approverebbe quest'uomo."

"Lo pensi davvero?" chiese lei. Il rettore annuì, cercando di reprimere una risata.

"Non tutta la pubblicità però."

Quinn spostò il peso del corpo e cambiò posizione. Susanna capì che si sentiva a disagio. "È ora di andare. È stato bello vederti, Mac. Abbraccia Callie da parte mia." Il rettore annuì. Susanna e Quinn si rimisero in strada.

"Conosci tutti qui, eh?" Lui le prese la mano

"Praticamente. Ho vissuto qui tutta la vita. Mio padre ha fatto l'allenatore qui per venticinque anni."

Quinn fischiò. "Questo appuntamento non sta andando proprio come avevo sperato."

"Non tutti gli appuntamenti comprendono un furto enorme." Passeggiarono tranquillamente per le strade deserte di Willow Falls, tornando verso casa di Susanna. La polizia aveva finito per quel giorno. Erano le cinque. Il signor Gardner promise di seguire il resto delle indagini e la vendita della casa.

"Scommetto che un drink ti farebbe bene. C'è un posto qui dove possiamo cenare bene e che serva alcol?"

"Il Bon Appetit. Andiamo."

Susanna ricevette una calorosa accoglienza, compreso un grande abbraccio da Don Rosen, il proprietario del Bon Appetit e da sua moglie. Li fecero sedere in un comodo tavolino in un angolo. Il primo brindisi fu alla casa. Susanna ordinò un Cosmopolitan e Quinn una birra.

"Stai bene?" Quinn le prese la mano, dandole un bacio veloce sul palmo.

"Meglio di quanto pensassi." Gli sorrise.

"Come mai?"

"Credo sia giunto per me il momento di andare avanti. Ora non ci sarà più nulla che mi leghi a questo posto. La casa sarà venduta, Annie ed io ci divideremo i trofei di papà e io troverò lavoro in città. Tornerò esattamente al punto da cui ero partita."

"E che mi dici dei tuoi schizzi?"

"Quello è solo un passatempo. Non è qualcosa che può darmi da vivere. E poi, non sono così brava."

Lui si chinò e la baciò. "Allora lavoraci e diventa più brava."

"Quando avremo venduto la proprietà, dovrei avere abbastanza soldi da fare ciò che voglio per un po'. Ma nel frattempo, dovrò trovare un lavoro." Susanna prese un sorso dal suo cocktail.

"Non farlo." Quinn le posò una mano sul braccio.

"Non fare cosa?"

"Trovare un lavoro o una casa tutta per te. Resta con me." La sua voce era dolce e suadente.

"E dopo che Junior se ne sarà andato?" chiese lei, appoggiando il suo drink.

Lui annuì.

"Io non posso...farlo..."

"Perché no?"

Non c'è una ragione. Non c'è ragione alcuna. "Devo decidere ora?"

"Prenditi il tempo di cui hai bisogno."

Lei sollevò il viso ad incontrare il suo sguardo. Il blu profondo la ipnotizzò per un momento. *Come posso lasciarlo? Non farlo.* Un caldo sorriso gli illuminò gli occhi e lei gli sorrise a sua volta.

"Ehm...vogliano scusarmi..." il cameriere era in piedi davanti a loro, rosso come un peperone, e cercava di appoggiare i piatti sul tavolo. I due piccioncini si rilassarono ai loro posti.

* * * *

Susanna si adagiò contro il sedile di pelle e dormì per buona parte del viaggio di ritorno. Quinn riposizionò il tettuccio sulla macchina e ascoltò musica classica. Quel giorno gli era servito per conoscere meglio Susanna e aveva imparato moltissime cose. *Una ragazza semplice di un piccolo paese, onesta, vera, intelligente e sexy.* La formula perfetta per lui.

Un sorriso di soddisfazione gli incurvò le labbra, mentre guidava la macchina sull'autostrada al crepuscolo. Dato che non c'era traffico a rallentarlo, spinse sull'acceleratore, mentre si perdeva in pensieri sulla propria vita.

Una volta che avrò trovato un produttore per AMORE CIECO, la mia carriera prenderà una nuova direzione. E la mia vita privata la seguirà. Tanti pensieri felici si accavallarono nella sua mente. *Potrebbe essere quella giusta. Non può andare meglio di così.*

Quando arrivarono a casa di Maggie, tutto era tranquillo. Il caldo della giornata si era intensificato. L'aria all'esterno era calda, densa e pesante. I ventilatori a soffitto creavano una leggera brezza, ma anche nella stanza dove Junior dormiva beatamente, la calura era opprimente. Alle dieci, gli adulti si ritirarono nelle loro stanze. Quinn attraversò in punta di piedi il corridoio per aprire di una fessura la porta di Susanna.

"Psst!" chiamò. Poi spalancò completamente la porta, l'afferrò per un braccio e la portò nella propria stanza. Le lanciò un asciugamano. "Coraggio," le sussurrò.

"Non sono vestita." Susanna aveva indosso solo il reggiseno rosa e le mutandine dello stesso colore.

"Nel posto dove stiamo andando, i vestiti sono un optional." Lei si strinse l'asciugamano intorno al petto, prese la mano di lui e lo seguì in silenzio giù per le scale. Strisciarono fuori sommessamente attraverso la porta sul retro. Guidati dalla luce della luna, Quinn li condusse verso la sua casa.

"Facciamo il bagno nudi sotto la luna. L'ultimo che arriva puzza," disse lui, togliendosi i boxer e prendendo la rincorsa per tuffarsi dal molo. Quando la sua testa fece capolino, spezzando la superficie del lago, le fece cenno di raggiungerlo.

"Coraggio! L'acqua è fantastica." L'acqua fredda turbinava intorno a parti del corpo solitamente protette da un costume da bagno. Quinn adorava la sensazione di libertà che sentiva quando era nudo nel lago. Susanna esitava sul molo, ancora con l'asciugamano stretto intorno a sé. Lui si avvicinò nuotando.

"Non c'è nessuno fuori. Nessuno può vederti. Tuffati. È stupendo." La luce della luna si rifletteva sul nero dell'acqua, donandogli un bagliore dorato. Quinn sbatté il palmo della mano contro la superficie dell'acqua nel tentativo di schizzarla, ma fallì.

"Niente schizzi."

"Dai, non fare la fifona." Raggi lucenti brillavano sul corpo di Susanna, evidenziando le sue curve e conferendo alla sua pelle una calda luminosità. I lineamenti del suo viso erano in ombra e ciò non faceva che renderla ancora più misteriosa. Guardare il suo corpo quasi nudo, la cui discreta radiosità lasciava intravedere un sottile velo di sudore sui suoi seni e sul suo addome, lo eccitò.

La osservò mentre si slacciava il reggiseno con movimenti incerti. *Uno spogliarello personale tutto per me.* Una fitta lo colpì in mezzo alle gambe per il piacere che traeva dal semplice guardarla. Susanna si fermò prima di rimuovere completamente il reggiseno. Il suo sguardo si focalizzò su di lui.

"Toglilo, piccola," le disse lui. Lei cominciò a danzare lentamente, abbassando prima il reggiseno da un lato a scoprire un seno, poi tirandolo su nuovamente e abbassando l'altro lato. Quinn lanciò un fischio e si avvicinò nuotando, così poteva aggrapparsi alla scaletta e vedere meglio. La fitta in mezzo alle gambe si era trasformata in una pressione crescente, mentre il top di Susanna finalmente volava via. Lei gli voltò le spalle, ondeggiò il sedere, poi si voltò a mezzo busto così lui poté dare una sbirciatina.

Gli occhi di Quinn erano incollati sul suo corpo e osservavano ogni suo movimento come se non l'avessero mai vista nuda prima d'allora. La timidezza di Susanna fu rimpiazzata da un ritmo lascivo, mentre cominciava a canticchiare una melodia e a dimenare i fianchi. Si piegò in avanti fino a toccare il molo con la punta delle dita, facendo oscillare il proprio peso avanti e indietro, in modo da muovere il sedere su e giù per provocarlo.

Quinn sentì aumentare la pressione in mezzo alle gambe. Susanna continuò a muoversi sinuosamente tenendo ancora indosso le mutandine e con le dita intrecciate dietro la nuca, prima di cominciare a sfilarsi la biancheria intima con una lentezza che lo faceva impazzire. Ora Quinn era duro come una roccia e totalmente pronto per lei.

"Toglitele!" le urlò.

Susanna fece scorrere le mutandine lungo le proprie gambe e se le sfilò con grazia, dandogli le spalle. Quinn batteva le mani sull'acqua sempre più forte, come per applaudirla, mentre si eccitava sempre di più. Lei si voltò verso di lui, spalancando le gambe e piegandosi, in modo da far oscillare i seni. Lui rimase aggrappato alla scaletta in silenzio. Susanna sollevò la testa e i loro occhi s'incontrarono. Un attimo dopo, si tuffò in acqua.

Quando lo raggiunse, lui le circondò la vita con un braccio e l'attirò con forza contro il suo corpo. La bocca di Quinn cercò quella di lei avidamente, mentre il fuoco del suo desiderio diventava insopportabile. La sua mano le strinse un seno rudemente e lei sussultò. "Piano."

"È stato fantastico. Sono duro da impazzire," sussurrò lui.

Susanna sollevò la bocca verso la sua e lui la prese, con foga. Poi si staccò, la sollevò finché il suo seno non si trovò sopra la superficie dell'acqua e abbassò la testa per mordicchiarle un capezzolo. Fece scorrere l'altra mano in basso, fino ad arrivare in mezzo alle sue cosce. Insinuò un dito dentro di lei, scoprendola bagnata e pronta. "Ha eccitato anche te."

"Il mio balletto?"

Lui annuì.

"Si," rispose lei, sorridendo. "Ci avevo preso gusto."

"Su quello non c'è dubbio."

Susanna strinse le dita intorno alla sua erezione e gemette quando lui cominciò a muovere il dito dentro e fuori da lei. Appoggiò la fronte contro la spalla di lui, lasciando che l'acqua colasse dai suoi capelli sul petto di Quinn, mentre lui toglieva il dito e accarezzava il centro del suo piacere con movimenti circolari. "Oddio, Quinn," gemette.

Lui le posò una mano in vita. "Pronta, Susie?"

"Prendimi," sussurrò lei.

Tenendosi stretto alla scaletta con una mano, con l'altra la fece abbassare sulla sua erezione. "Oh, cazzo," mormorò, chiudendo gli occhi per un momento, mentre lei lo guidava dentro di sé. Susanna si aggrappò a lui, le dita conficcate nelle sue spalle, i capezzoli che si strofinavano contro il suo petto, le gambe avvinghiate intorno alla sua vita, mentre lui entrava e usciva da lei.

Poi assunse il controllo, sostenendosi sulle spalle del suo uomo e muovendosi su di lui. Mentre lei aumentava il ritmo, la mano di Quinn scivolò sul suo seno. Lo strinse e le pizzicò dolcemente il capezzolo con le dita. Il gemito che uscì dalla bocca di Susanna mentre lui le dava piacere lo invase di un calore che si diffuse in tutto il suo corpo. Quinn lottò per mantenere il controllo.

Ben consapevole che non avrebbe resistito ancora a lungo, le sussurrò all'orecchio, "Vieni per me, piccola." Come se stesse aspettando un segnale, Susanna serrò le labbra contro la spalla di lui per soffocare le sue grida, mentre il piacere scorreva impetuoso nelle sue vene.

Si contrasse intorno a lui, la carne pulsante e sempre più bagnata. Le sensazioni che Quinn provò dentro di lei disintegrarono il suo autocontrollo e lasciò andare un grugnito quando l'orgasmo si abbatté su di lui come un uragano e un caldo appagamento si diffuse nel suo corpo. Afferrò il corpo di lei, stringendola a sé, mentre le sue mani scorrevano lungo la sua schiena. Sentiva il cuore scoppiargli d'amore mentre le mordicchiava il collo. "Susie...oh...ti amo."

* * * *

Quelle dolci parole l'avvolsero tutta, come una fresca coperta di satin. L'appagamento trasudava dal suo corpo mentre gli sedeva in grembo, ancora giunta a lui. Lui la stringeva forte, coprendole il collo di baci.

Piccoli rivoli d'acqua scorrevano dai suoi capelli lungo la sua schiena, facendole il solletico. Un brivido le attraversò il corpo. Sollevando la testa, Quinn le chiese, "Hai freddo?"

Lei scosse il capo, l'emozione le bloccava le parole in gola.

"Stai bene?" Le accarezzò i capelli con la mano.

Lacrime inspiegabili presero a scorrere dai suoi occhi lungo le sue guance, mentre annuiva per rassicurarlo che stava bene, quando in realtà non era così. *Cosa c'è di sbagliato in me? Gli uomini ti confessano sempre il loro amore dopo il sesso. È solo una reazione istintiva. Non dice sul serio.* L'angolazione della luna non le permetteva di vedere gli occhi di Quinn, ma percepiva il calore del suo sguardo sul proprio corpo. *Davvero mi ama? Vorrei che fosse così, ma io sono innamorata di lui? Ho così tante domande.*

"Avevi mai fatto l'amore in un lago prima?" le chiese.

"Questa è la prima volta. Tu?"

"Bè..."

"Capisco. È una cosa che fai regolarmente, giusto. Porti dozzine di donne qui?" Susanna stava scherzando solo in parte.

"Quante donne pensi io abbia avuto?"

"Centinaia," ridacchiò lei.

"Si, certo! Come no! E nessuna così reattiva come te," le sussurrò tra i capelli.

"Bel modo di evitare la domanda." Onde delicate lambivano la sua pelle nuda.

"Vuoi una lista?"

"Solo una risposta." Allentando la presa con le gambe, si allontanò leggermente da lui.

"Non centinaia, ma...ho avuto la mia parte, immagino. Insomma, abbastanza."

"Tutt'a un tratto sei timido?"

"E tu invece?" Gli occhi di Quinn si fissarono nei suoi.

"Carino. Abile tentativo di rigirare la domanda."

"Io ti ho dato una risposta, una specie." Quinn scrollò le spalle.

"Non è vero. Quante? Sei un ragazzo timido o un Casanova?"

"Nessuno dei due. Solo un ragazzo normale. Forse una dozzina?"

"Come le uova?" Susanna scoppiò a ridere.

"Ora tocca a te. Quanti uomini hai avuto?"

"Nessuno che possa reggere il confronto con te. È abbastanza buona come risposta?" Chiese Susanna stringendo gli occhi.

"Abbastanza." Quinn la baciò teneramente. Lei posò le mani sulle sue spalle, i pollici sul suo collo.

"Con tutte quelle groupie e quelle che vanno a caccia di star...dev'essere una bella tentazione."

"All'inizio sì. Poi capita che vieni scottato e allora impari."

"Io non ti farei del male," sussurrò lei.

"Promesso?" La domanda fu pronunciata così dolcemente, che Susanna non seppe dire se quanto avesse sentito fosse la voce di lui o la brezza notturna tra gli alberi. Lui le accarezzò una guancia, facendole avvicinare il viso. Lei gli posò un tenero bacio sulle labbra, poi rabbrividì. Si era alzato il vento e l'aria si era fatta gelida. Stare seduta per metà fuori dall'acqua e per metà dentro aveva raffreddato il suo corpo più del necessario. Quinn avvertì il suo tremore.

"Stai congelando. Andiamo." Quinn risalì velocemente la scaletta, poi tese la mano verso Susanna. Si strinse un asciugamano in vita e coprì le spalle di lei con un altro. Dopo esserselo avvolto intorno al corpo, Susanna fissò l'asciugamano, annodandolo in mezzo ai seni.

S'infilarono le ciabattine infradito e attraversarono la strada. Una volta all'interno, Quinn la prese tra le braccia per un lungo bacio della buonanotte, poi i due amanti si separarono, ritirandosi nelle rispettive camere. Susanna si sdraiò a letto, per nulla insonnolita ed energizzata dalla nuotata e dal sesso notturni.

Pensieri su Quinn le turbinavano in testa. Presto la madre di Junior sarebbe tornata a reclamarlo e la sua vita sarebbe tornata ad essere un grosso punto interrogativo. Avrebbe reclamato anche Quinn? Se lui era davvero l'uomo che pensava, lasciarlo sarebbe stato doloroso. Sospirò. *Non devo necessariamente avere tutte le risposte ora. Mi godrò tutto il tempo che mi sarà concesso di avere con lui.*

Si accoccolò nel letto, avvolta da una soffice coperta di lana leggera. Il suono del respiro regolare di Junior la calmò. *Presto il piccolino se ne andrà. Mi mancherà.* Il suo respiro prese il ritmo di quello del bambino e Susanna si rilassò. Di lì a pochi istanti dormiva beatamente.

* * * *

Il giorno seguente li vide molto impegnati. Quinn portò Junior e Susanna a fare un giro della città, soffermandosi sui punti di maggior interesse. Junior gorgogliò e rise, prima che il movimento regolare della macchina lo facesse addormentare. La presenza del bambino la faceva avvicinare ancora di più a Quinn. Ogni giorno che passava si univano sempre di più come una famiglia.

Susanna adorava la sensazione di essere loro tre soli, ma allo stesso tempo ne aveva paura. *Non innamorarti del bambino e dell'uomo. Lui non è tuo figlio. E lui non è il tuo uomo. E questa non è la tua famiglia, anche se vorresti che lo fosse.*

La malinconia le invase il cuore, mentre si sforzava di memorizzare ogni parola e ogni momento vissuto. Questo non era solo un lavoro, ma un momento speciale. Fare la mamma per un mese, o due, le aveva cambiato la vita e non aveva alcuna fretta di ritornare alla normalità.

Seduta in veranda, intenta a fare schizzi sul suo quadernino, Susanna studiava gli arbusti e i fiori che circondavano la casa. Junior era sdraiato nel box vicino a lei e masticava un giocattolo di gomma, mentre emetteva dei versetti gioiosi. Sentiva Quinn al telefono, probabilmente con un altro produttore per il libro. Corrugò la fronte nel pensare a quanto i suoi sforzi si stessero rivelando inutili. *Vorrei poterlo aiutare.*

Giunse una chiamata dall'avvocato di Willow Falls. Aveva sistemato tutte le pratiche con la polizia. Aveva trasferito i trofei di suo padre in un magazzino sicuro e la ricerca di un compratore per la casa era cominciata. Anche se il futuro le sembrava tutt'altro che certo, Susanna era fiduciosa che ci fossero un sacco di cose belle ad attenderla.

"Pronta?" La voce di Quinn interruppe le sue fantasticherie.

Lei annuì, riponendo il quaderno nella borsetta e allungando a lui la valigia.

"Ho già caricato la roba del piccolino. Puoi prenderlo?"

Susanna prese in braccio il bambino, poi salutò Maggie e Cal, che uscirono in strada per vederli andare via.

"Grazie di tutto."

"Sei un tesoro. Ti auguro buona fortuna," disse la sorella di Quinn, abbracciando Susanna.

Poco dopo erano tutti sulla macchina di Maggie e sull'autostrada, diretti a New York.

La vita sarà più grigia d'ora in avanti. Susanna sospirò. Non era pronta per il tornado che stava per abbattersi nella sua vita.

Capitolo Dodici

Susanna tirò un sospiro di sollievo nel vedere che non c'era alcun reporter appostato di fronte all'abitazione di Quinn. Crash era lì per aiutarli a scaricare la macchina e fare in modo che raggiungessero l'appartamento in totale tranquillità. Junior si svegliò piangendo perché aveva fame. Susanna gli diede da mangiare, mentre Quinn lasciava cadere le valigie sul pavimento e la raggiungeva.

"Posso farlo io...solo per una volta?"

"Certo," rispose lei, porgendogli il cucchiaio. "Non fare un cucchiaio pieno. Riempilo per metà."

"Ma è un cucchiaino così piccolo?"

"Metà."

Quinn riempì metà cucchiaino con la pappa e lo portò delicatamente alla bocca del bambino. Lui sorrise, facendo cadere un po' di pappa.

"È eccitato. Raccogli la pappa dal viso col cucchiaino e poi imboccalo di nuovo," lo istruì lei.

Quinn seguì le sue istruzioni. Poco dopo, aveva dato al bambino ciò che era rimasto nella scodella. Susanna pulì il piccolo. "Lo porto dentro." Quinn prese in braccio Junior, poi lo fece sdraiare per il suo sonnellino, mentre Susanna preparava dei panini e del tè freddo. Si accomodarono sul terrazzo e pranzarono. Quinn ricevette un messaggio sul suo telefono. Lei piegò leggermente la testa mentre lui leggeva.

"Annemarie arriverà dopodomani."

Susanna sentì le farfalle nello stomaco. *Così presto! Perderò Junior e forse anche Quinn?*

"È un bimbo carino, ma sarà bello avere un po' di tempo per noi."

"Noi? Il mio lavoro sarà finito."

"Ma la nostra relazione no. Resterai con me, vero?"

Il cuore di Susanna si fermò, poi prese a battere all'impazzata e lei non riuscì a reprimere un sorriso. "Sei sicuro?"

"Stai scherzando? Pensavi che tutto questo fosse una sorta di 'seduci la bambinaia'? Non sono quel tipo d'uomo. Ero serio quando ti ho detto quelle cose ieri sera." Quinn avvicinò la sedia a quella di lei.

Susanna si alzò in piedi, gli si sedette in grembo e lo baciò con foga. "Ti amo anch'io."

Prima che potessero spingersi oltre, Quinn ricevette un nuovo messaggio. "È Jaden." I suoi occhi s'illuminarono e Susanna incrociò le dita.

Vediamoci domani a pranzo al Café Limoges.

Quinn rispose che accettava e lanciò un pugno in aria. "Questo deve voler dire che è pronta a vendermi i diritti."

Il resto della giornata trascorse tranquillamente. Susanna raccolse tutti i giocattoli e le cose di Junior, meravigliandosi di quanta roba avesse accumulato in un così breve lasso di tempo. Quando aprì l'armadio, si stupì nel vedere quanta più roba avesse di quando era arrivata.

Junior li aveva accompagnati quando Quinn l'aveva portata a fare shopping in Rodeo Drive a Beverly Hills. Una limousine li aveva portati nei negozi migliori, *La Maria, Jean Louis Designs,* e *Rossini Boulevard.* Lui le aveva comprato vestiti, scarpe, borse e anche alcune magliette eleganti e dei jeans. Susanna passò il dito su quei tessuti pregiati e trattenne il fiato al pensiero di quanto erano costati quei capi favolosi.

Quando Junior se ne andrà, mi trasferirò nella camera di Quinn. Quel pensiero le diede un brivido. Adorava dormire con lui, coccolarsi prima di dormire e al risveglio. *Quando il bimbo se ne sarà andato, non dovrò svegliarmi così presto. Potremo fare l'amore al mattino.* Un sorriso malizioso le si dipinse in faccia.

Il mattino seguente, uscì presto di casa con Junior per incontrarsi con Max Webster. Camminava felice lungo la strada, incurante dell'umidità che si stava intensificando e del caldo sole estivo che cominciava a picchiare. Junior era al riparo, quindi non aveva di che preoccuparsi. Un grosso sorriso illuminò il suo viso quando raggiunse il Riverside Park. Il suono di un messaggio in arrivo la fece fermare.

Casa venduta. Firmeremo il contratto nel pomeriggio. Ho il prezzo richiesto.

Susanna sospirò. *Un pensiero in meno.* Arrivarono alla loro solita panchina per primi. Susanna tirò fuori il suo quadernino e una matita e cominciò a ritrarre Junior, mentre questi sedeva sul passeggino guardandosi intorno. C'erano un paio di ragazzi che tiravano a canestro e lei considerò per un attimo l'idea di sfidarli al gioco del cavallo, ma Max arrivò proprio in quel momento.

L'uomo aprì due sacchetti marroni e ne estrasse due bagel al formaggio e due bicchieri di caffè, che divise con Susanna. "Oggi hai l'aspetto di un gatto che ha appena mangiato un canarino. E che è anche molto felice. Che succede?"

"Junior domani se ne va."

"E questo è un motivo per rallegrarsi? A me piace il piccolino. Pensavo fosse così anche per te."

"No, no. Certo. È quasi come se fosse mio figlio e mi mancherà terribilmente. Ma sono felice che Quinn mi abbia chiesto di restare."

Max sollevò e sopracciglia. "Davvero?"

Lei annuì e il suo sorriso si ampliò. "Immagino sia amore," disse lui, sollevando attentamente il coperchio del suo bicchiere di caffè.

"È quello che dice lui."

"Per quanto tempo? Ho sentito che presto girerà un nuovo film."

"In settembre. Come lo sai?"

"L'ho letto sul giornale. Lui fa notizia." Max arrossì lievemente. "Andrai con lui?"

"Non lo so ancora. Ci penserò a tempo debito...abbiamo un sacco di tempo. Come sta tuo figlio?" Susanna cambiò discorso.

"Mi sono dimenticato di dirtelo. È entrato alla New York Art & Design." Max fece un grosso sorriso.

"È meraviglioso!" Susanna gli toccò il braccio. "Devi essere molto orgoglioso."

"Lo sono. Ora dobbiamo vedere come se la caverà. Poi...troverà un lavoro?"

"Un passo alla volta, Max. Non giudicarlo. Sostienilo."

"Hai ragione, lo so. Ci sto provando. Qualche novità con il libro che Quinn vuole interpretare?"

"Non ancora, ma s'incontrerà con Jaden oggi a pranzo. Tengo le dita incrociate."

Junior fece qualche urletto e gorgoglio, mentre un paio di ragazzi si alzavano per andare a fare due tiri a basket. Erano a corto di un giocatore. "Max, ti dispiace?" Susanna prese la palla e si diresse verso il campo.

"Forza, Kareem," scherzò lui. Mentre lei si scaldava, Max avvicinò a sé il passeggino di Junior e digitò un messaggio sul suo telefono.

* * * *

Bobby fermò la macchina il più vicino possibile al Café Limoges. Quinn uscì e s'incamminò. Si sentiva sicuro di sé mentre raggiungeva a passo lento il ristorante. *Per quale altro motivo dovrebbe volermi incontrare? Il libro è mio!*

Quando entrò, vide che Jean Marc aveva riservato loro il suo tavolo preferito. Jaden era già arrivata. Avevo l'aspetto emaciato di sempre.

Quinn pensò alle rosee guance piene di Susanna, ai suoi seni che gli riempivano completamente le mani, e al suo perfetto fondoschiena rotondo. Il colore giallastro della pelle di Jaden, unito al suo viso smunto, gli faceva venire in mente le persone dei paesi del terzo mondo.

"Non m'importa cosa dici. Oggi mangerai un pasto vero, Jaden," disse Quinn, sedendosi.

"Ciao anche a te."

"Carne rossa. Patate. Magari anche un bicchiere di latte."

Jaden rise. "Cerchi di farmi ingrassare?"

"Di mettere un po' di carne su quelle ossa." Quinn sollevò il suo bicchiere d'acqua.

"Sono troppo magra per te?"

"Non ho detto questo. Voglio che tu stia bene, tutto qui." *Hai l'aspetto di una con un piede nella fossa.*

"Così posso scrivere un altro bestseller per te?" Jaden sollevò un sopracciglio.

Trucco perfetto, labbra carine, ma non c'è paragone con Susanna.

"Stai scrivendo un altro bestseller?" *La conversazione è sempre un duello con lei.*

"Ti piacerebbe saperlo?" Lei gli lanciò uno sguardo malizioso.

"Mi piacerebbe. Ma un bestseller alla volta. Hai deciso di vendermi i diritti di *AMORE CIECO*?"

"Ho pensato che dovremmo uscire per un vero appuntamento, non questi stupidi pranzi. Devo sapere se possiedi...ehm...quel che ci vuole per interpretare il mio eroe."

"Sono un attore qualificato." *Merda, vuole venire a letto con me prima di vendermi il libro. Non c'è dubbio!*

"Non è quello che intendevo." Jaden si avvicinò a lui sulla panca.

"Preferisco non mischiare il lavoro con...uh...la vita privata."

"E io sono lavoro?" Sembrava infuriata.

"Nel migliore dei modi, naturalmente. Questo sarà il ruolo di una vita intera per me."

"Davvero?" Jaden fissò lo sguardo sul volto di lui. Le sue labbra erano increspate in un sorriso divertito.

"Si, se mi vendi i diritti."

"Hai già un produttore e una casa cinematografica disposti a produrlo?"

"Non esattamente, ma ci sto lavorando." Quinn cominciò a sudare.

"È quello che pensavo. Vedremo," rispose lei, prendendo un sorso d'acqua.

La cameriera arrivò.

"La carne sarà pronta *au poivre*."

"Mi porti un'insalata, un'insalata con barbabietole e formaggio di capra," disse Jaden.

* * * *

Quinn era nervoso mentre aspettava Annemarie insieme a Susanna e Junior. Susanna aveva preparato qualche *hors d'oeuvres* e un piatto con cracker e formaggio. Quinn preparò una caraffa di margaritas. *Dannazione, sarà meglio che venga con buone notizie.*

Quinn camminava avanti e indietro, guardando ripetutamente l'orologio. *Non puoi essere puntuale per una volta, Annemarie?* Junior aveva cominciato a fare i capricci. Circa mezz'ora dopo dell'orario in cui Annemarie aveva detto che sarebbe arrivata, ci fu una chiamata da parte di Stokes. Quinn notò l'espressione corrucciata di Susanna. Il suono del campanello li aveva fatti sussultare entrambi. Una rossa molto carina e tutta sorrisi fece irruzione nell'appartamento.

"Ehi, Quinn. Dov'è il mio bambino?" Gli sfiorò la guancia con le labbra e continuò ad avanzare.

Susanna era seduta con Junior in grembo. Quando Annemarie strillò, Junior alzò lo sguardo e cominciò a piangere. La donna si affrettò verso di loro, tolse Junior dalle braccia di Susanna e se lo strinse al petto.

"Ecco, ecco, Tonio. Piccolino mio! Cosa c'è che non va?" Continuò a camminare con il bambino in braccio, cercando di calmarlo.

"Tonio?" chiese Susanna.

"È il suo nome. Come lo chiamavate voi?" chiese la donna con voce fredda.

"Junior."

"Junior?" Annemarie rivolse gli occhi verdi verso Quinn.

"Si...immagino che Tonio non mi piacesse troppo. Un po'...pomposo."

"Pomposo? Vallo a dire ad Antonio," sbuffò lei, baciando il bambino sulla guancia.

Non ci volle molto perché il piccolo riconoscesse sua madre e cominciasse a fare urletti di gioia e a sorridere. Annemarie continuò a camminare con lui per il soggiorno, parlandogli dolcemente e sorridendogli.

"È un bambino fantastico," intervenne Susanna, mentre giocherellava con l'orlo della sua maglia.

"Tu sei la babysitter?" Lo sguardo di Annemarie scrutò la giovane donna. "Una bella fortuna per te, Quinn, avere una ragazza così carina in casa. Cos'è successo?"

Susanna avvampò.

"Cos'è successo a te, Annemarie?" replicò Quinn.

"Vi lascio soli. Credo dobbiate parlare del bambino e del resto." Susanna si alzò in piedi.

"No, no. Torna qui." Quinn le prese il braccio e la costrinse a voltarsi.

"Voglio dire, voi siete i genitori e io sono di troppo."

Una grossa risata esplose dalle labbra di Annemarie, facendo sussultare Junior, che ricominciò a piangere. "Tonio, Tonio...va tutto bene. Tu pensi che Quinn sia il padre del bambino?" chiese, sollevando le sopracciglia.

"È logico supporre—"

"Questa è la cosa più divertente che abbia mai sentito," La interruppe Annemarie.

"Non è così divertente," borbottò Quinn.

Lei lanciò un'occhiata a Quinn. "Oh sì che lo è! Mia cara..."

"Susanna."

"Mia cara Susanna. Di sicuro Quinn *non* è il padre del mio bambino!"

"Sono confusa. Perché Junior...voglio dire Tonio...si trova qui, allora?"

"Per farla breve, il padre di Tonio, Antonio, ed io siamo stati insieme...ehm...tutto l'anno scorso. Quando sono rimasta incinta, lui è salito sul suo piedistallo e ha detto che il bambino non era suo. Abbiamo litigato e abbiamo rotto. Io avevo un impegno per un ruolo secondario in un film e, dopo che lui mi ha lasciata, avevo bisogno dei soldi."

"Ti ha lasciata quando eri incinta?" Susanna si lasciò sprofondare sul divano.

"Carino, vero?"

"Dille il resto," la csortò Quinn.

"Okay. Dopo aver partorito, ho fatto di tutto per convincere Antonio. Ho anche accettato di fare un esame del DNA. Ma sono dovuta andare sul set e recitare quel ruolo. Non avevo nessun posto in cui lasciare il bambino. Dato che non eravamo sposati, lasciarlo con la mia famiglia era impensabile e Antonio non era pronto a prendersi la responsabilità."

"Perché hai scelto Quinn, un uomo single che non sa nulla di bambini?"

"Quinn è stato il mio primo ragazzo. Siamo andati insieme al liceo e siamo amici da sempre. In questo lavoro, vecchi amici come Quinn, veri e affidabili, sono difficili da trovare."

"Dovevi proprio dire *vecchi*?"

"Non hai pensato che fosse un favore molto grande da chiedere?" Susanna ignorò la battuta di Quinn.

Annemarie arrossì. "Hai ragione, naturalmente. In quel momento, non me ne rendevo conto. E lasciare Tonio è stato devastante per me.

Ho sentito la sua mancanza ogni singolo giorno." Abbracciò il bambino poi lo mise sulla coperta sul pavimento.

Quinn spostò il proprio peso da una gamba all'altra.

"Davvero Quinn non è il padre?" chiese Susanna.

Annemarie scoppiò a ridere. "Oddio, no!"

"Perché l'idea ti diverte tanto?" chiese Quinn, stizzito.

"Niente, Quinn, caro, lo sai. Ma tu ed io? Sul serio? Dopo tutti questi anni? Sapevo che Antonio si stava ammorbidendo. Si stava abituando all'idea e forse era anche un po' eccitato all'idea di diventare padre. La foto che gli ho inviato lo ha convinto che le mie parole erano vere. Sapevo che se avessi lavorato su di lui, avrebbe finito col capitolare."

"E l'ha fatto?" chiese Susanna.

"All'inizio, era spaventato. Ma dato che ero sul set in Brasile, è stato facile lavorare su di lui di persona." Annemarie arrossì di nuovo e rivolse a Susanna un sorriso complice. "Una bella ragazza come te sa cosa intendo, eh?" Annemarie prese in braccio Junior.

Ora fu Susanna ad arrossire. Prima che potesse replicare, il campanello suonò di nuovo.

"Deve essere Antonio. A proposito, ci siamo sposati." Annemarie mostrò una fede nuziale di diamanti all'anulare della mano sinistra. Il campanello suonò e Quinn andò ad aprire. Un bell'uomo ispanico entrò nell'appartamento, strinse la mano di Quinn, fece un inchino in direzione di Susanna e si unì alla moglie.

"Cara...allora questo è mio figlio?" Guardò prima la rossa e poi il bambino. Lei annuì.

Antonio prese in braccio il piccolo, che si era sistemato tra le braccia della madre e cominciò a strillare quando venne passato al padre. L'uomo lo ridiede immediatamente alla madre. Lei posò un bacio sulle labbra di Antonio, poi cominciò a muoversi avanti e indietro, cullando Tonio e stringendoselo al petto.

"Lei era la bambinaia di Tonio?" Antonio inarcò un sopracciglio e rivolse uno sguardo lascivo a Susanna. "Quinn, sei un uomo fortunato."

Annemarie gli diede un buffetto sul braccio. "Sei sposato ora. Non dimenticarlo."

"Cara, tu sei l'amore della mia vita, ma i miei occhi ci vedono ancora."

Susanna si dimenò sulla sedia, a disagio. Quinn prese la parola. "Sono stato molto fortunato. Non l'avrei incontrata se non fosse stato per Junior."

"Junior? Chi è Junior?" chiese Antonio.

"Tuo figlio. Come fai a chiamarlo Tonio? Merita un nome tutto suo, Annemarie."

"Lo chiamavate Junior?" Antonio sollevò le sopracciglia. "Dovremo rimediare"

Susanna si voltò a guardare Quinn. "Perché non mi hai detto la verità?"

"Quinn mi aveva promesso di non dirlo a nessuno. L'ho supplicato di non farlo. Mi ha dato il tempo di convincere Antonio che questo è suo figlio. Guardali. Non vedi la somiglianza?" Annemarie avvicinò il bambino a suo padre. Antonio sprizzava orgoglio da tutti i pori.

"Ora che me lo dici, si, la vedo," disse Susanna.

"La stampa ci sarebbe andata a nozze e Antonio e la sua famiglia si sarebbero sentiti imbarazzati pubblicamente. Avevo bisogno di un po' di privacy per risolvere questa cosa."

"Questo bambino ha causato molti problemi a Susanna con la stampa. Non avevo nemmeno preso in considerazione quella possibilità quando sei venuta qui. Il nome di Susanna è stato gettato nel fango."

Annemarie posò la mano sulla spalla di Susanna. "Oh mio Dio! Mi dispiace terribilmente. Non avevo idea. In quel momento non ragionavo. L'ho lasciato qui e sono scappata. Cosa possiamo fare per rimediare?"

"È interessante che tu lo chieda," Quinn lanciò un'occhiata al suo orologio, "perché tra una ventina di minuti la stampa si radunerà nell'ingresso e tu chiarirai questa situazione. Voi due ora siete sposati. Inventatevi quello che volete, ma dite loro che questo non è mio figlio, né il figlio di Susanna."

Annemarie annuì. "Naturalmente. Grazie per esserti presa così buona cura di Tonio, Susanna. Ha un aspetto meraviglioso, paffuto e sano. Mandami il conto di quanto hai dovuto sostenere e Antonio metterà a posto i conti."

"Pago io per mio figlio. Ti prego."

La conversazione si spostò sul film e sulla fattoria di Antonio in Brasile. Susanna rimase seduta ad ascoltare in silenzio, sbocconcellando il formaggio. Quando suonò il campanello, s'infilarono nell'ascensore, portando con sé le cose di Junior, per affrontare la conferenza stampa nell'atrio del palazzo.

Annemarie fu al centro della scena, raccontando la sua storia, tubando con il bambino e suo marito. Susanna si defilò silenziosamente. Nessuno la notò e ne fu sollevata. La stampa stuzzicò Annemarie e Antonio con domande sul dove sarebbero andati a vivere e sul prossimo film di Annemarie. Alcuni giornalisti rivolsero qualche domanda anche a Quinn.

Quando tutto fu finito, Annemarie si fermò ad abbracciare Susanna e le permise di salutare il bambino. Gli occhi della donna si riempirono di lacrime. Si era affezionata a Junior. Gli accarezzò la testolina e gli parlò dolcemente. Il piccolo la guardava con i suoi occhioni e le sorrise. Quando finalmente se ne andarono, Quinn la prese per mano e la condusse verso l'ascensore. Una volta che le porte si furono chiuse, Susanna si lasciò andare al pianto.

"Ti eri legata al piccolino, eh?" Lei riuscì solo ad annuire. "Anch'io." Lei sollevò lo sguardo e per un attimo lo vide triste. "È il motivo per cui ti ho voluta qui, il motivo per cui ho mantenuto le distanze da lui. Odio gli addii."

"Mi dispiace così tanto di aver dubitato di te...ho pensato cose bruttissime di te, quando invece eri un eroe. L'amico migliore del mondo." Gli posò una mano sul braccio.

"Capisci perché non potevo dirtelo? Non era mio il segreto da rivelare."

"Lo capisco. Quello che hai fatto è stata una cosa meravigliosa." Entrarono nell'appartamento.

"Annemarie ha avuto il tempo di mettere a posto le cose con Antonio. Ora sono sposati e sono una famiglia. Chissà cosa sarebbe successo se non si fosse presa quei due mesi."

Susanna si alzò sulle punte dei piedi e lo baciò. "Ti deve molto."

"Forse. Ha fatto molto per me negli anni."

"Dovrei chiederti cosa?" Susanna sollevò un sopracciglio.

"Mi avvalgo della facoltà di non rispondere," rise lui, abbracciandola. "Ora siamo solo io e te. Cosa dovremmo fare come prima cosa?"

Susanna cominciò a sbottonargli la camicia. "Io un'idea l'avrei..."

"Mmm. Si, un'offerta che non posso rifiutare," disse lui, sollevando la parte posteriore della maglietta di lei.

* * * *

Dopo aver fatto l'amore, fecero la doccia insieme nell'enorme box matrimoniale che Quinn aveva fatto installare nel bagno. L'uomo prenotò i servigi di Bobby per quella sera. I due amanti indossarono i loro abiti più eleganti e uscirono per immergersi nella vita notturna della city. Susanna indossava un vestito corto rosa scuro luccicante con sandali in vernice nera col tacco alto. Quinn aveva optato per un paio di pantaloni di lino e una camicia nera aperta sul collo. Il bagliore del vestito scintillante esaltava il grigio freddo degli occhi di Susanna, facendoli risplendere. Un po' di mascara, un tocco di eyeliner e l'ombretto viola la trasformarono in una star.

La loro prima tappa fu l'Harbor Inn, un elegante ristorante di pesce. Dopo aver cenato con un enorme cocktail di gamberi, aragosta al vapore tirata al burro, insalata Caesar e crème caramel, Bobby li accompagnò in centro.

Quinn la portò nei suoi locali preferiti. Prima andarono al Mouline Rouge nel West Village. Dopo aver bevuto un drink e aver ascoltato un po' di jazz, si erano ripresi dalla cena, abbastanza da recarsi al The Red Tail Lounge. Lì la musica era alta e la pista da ballo non troppo grande. Dopo qualche altro margarita e dopo aver ballato un po' si sentivano su di giri ed esausti allo stesso tempo.

I flash delle macchine fotografiche illuminarono il The Red Tail mentre alcuni giornalisti e fan scattavano foto di Quinn e Susanna che ballavano. A lei non importava. Il tempo degli scandali era finito e lei era tornata alla sua vita normale, di basso profilo. Anche se le mancava Junior, era contenta di non doversi più guardare le spalle ogni volta che camminavano per strada.

La musica continuò a suonare e Susanna e Quinn ballarono scatenati fino alle due del mattino. Bobby li riaccompagnò a casa e danzavano ancora mentre percorrevano il corridoio, o almeno Susanna. Una volta nell'appartamento, Quinn andò nella camera degli ospiti e aprì la porta del guardaroba. Prese fuori tutti i vestiti di Susanna e li portò con sé lungo il corridoio, fino alla sua camera.

"Questo è il tuo posto."

Susanna si lasciò cadere all'indietro sul letto, ridacchiando e osservandolo mentre appendeva ogni indumento vicino ai suoi. Quinn non aveva bevuto tanto quanto lei.

"Vieni qui," disse lei, indicando il letto con la mano. "...sexy. Quello che hai fatto per Annemarie è la cosa più sexy del mondo. Voglio baciarti."

Lui appese l'ultimo vestito, poi scivolò sul letto finché non la raggiunse. Lei lo afferrò per la maglietta e lo fece abbassare sopra di lei. Prima gli baciò le labbra, poi il collo. Gli sbottonò la camicia e fece scorrere le mani sul suo petto stupendo. "Adoro il tuo corpo," gli sussurrò.

"E io il tuo." Le mani di Quinn coprirono i seni di lei, mentre strofinava il naso sul suo collo. "Togliamo questo vestito." Facendo scivolare le mani dietro di lei, Quinn abbassò la cerniera dell'abito fino in fondo. Susanna si liberò del vestito come se fosse pelle vecchia di serpente e lo fece scivolare sul fondo del letto prima di spingerlo via.

Quinn trattenne il fiato quando vide il suo completo intimo di seta nera e lei fece una risatina. "Ti piace?"

"Lo adoro. E ora…togliamoli." Le slacciò abilmente il reggiseno con una mano, sfilandoglielo con l'altra. Susanna gli sbottonò i pantaloni e li fece scorrere verso il basso.

"Toglili," gli ordinò, riflettendo le parole che aveva usato lui. Quinn scivolò giù dal letto e rimosse velocemente i pantaloni e i boxer, tenendo indosso solo la camicia. "Ooohh, molto sexy. Tieni la camicia aperta. Proprio così. Facciamo l'amore con te vestito in questo modo."

L'attenzione di Quinn fu attirata dai seni nudi di lei così vicino alle sue labbra. Affondò il viso tra di loro, abbassandosi sulle ginocchia e sostenendosi con le braccia. Susanna sollevò il mento e chiuse gli occhi. Con una scia di baci, Quinn scese fino al suo ventre e poi ancora più giù, finché non giunse alle sue mutandine. Infilando i pollici in entrambi i lati, le fece scivolare lungo le gambe di Susanna e poi gliele sfilò. Le afferrò il sedere con le mani e lo strinse, gemendo mentre la sollevava verso la propria erezione.

Susanna si protese verso di lui, ma era troppo lontano. Quinn la sollevò facilmente, poi la sua bocca reclamò il centro del suo piacere. Lei si lasciò sfuggire un gemito e si rilassò e gli permise di eccitarla finché non cominciò a dimenarsi. "Quinn, ti prego. Non ce la faccio…ti prego. Ti voglio…cosi tanto."

Quinn la lasciò andare con dolcezza, poi la fece voltare. Le afferrò i fianchi, sollevandoli, mentre lei si sosteneva sulle ginocchia e sulle spalle. Divaricandole le gambe con le proprie, Quinn entrò dentro di lei e spinse. Susanna gridò, perché non si aspettava che l'avrebbe presa da dietro.

"Stai bene?" domandò lui, fermandosi e accarezzandole i capelli.

"Oddio, sì. È...wow...fantastico!" Susanna voltò la testa di lato, mentre lui ricominciava a spingere dentro di lei. La teneva saldamente per i fianchi, impedendole di muoversi. La mente di Susanna era come liquefatta in un'unica, gigantesca sensazione di piacere, mentre lui si muoveva fuori e dentro di lei. Quando Quinn aumentò il ritmo, la tensione crebbe velocemente dentro di lei, facendosi sempre più intensa e pressante, finché le dita di lui non trovarono il suo capezzolo. Stringerlo dolcemente fu tutto ciò che Quinn dovette fare per farle raggiungere l'orgasmo. Un insieme di suoni gutturali proruppero dalle labbra di Susanna, mentre una gloriosa ondata calda di piacere l'attraversava in tutto il corpo.

All'improvviso, Quinn si fermò e uscì da lei. "Girati," disse. Lei obbedì. Dopo averle sollevato una gamba ed essersela messa sopra una spalla, si abbassò nuovamente tra le sue ginocchia. Affondò dentro di lei e la prese con spinte potenti e veloci, portandola nuovamente al culmine, proprio mentre veniva sopraffatto anche lui da un orgasmo intenso.

Il sudore che colava dal suo viso finì sui seni di Susanna, poi lui collassò contro di lei, baciandole il collo. "Sei fantastica," ansimò tra i suoi capelli. Lei gli circondò il busto con le braccia e si aggrappò a lui.

"Ho sempre desiderato farlo da dietro," mormorò lei.

"Ti è piaciuto?" Quinn le sfiorò la fronte con le labbra.

"Mi è più che piaciuto. È stato fantastico!" Susanna gli riempì il collo di tanti piccoli baci.

"Ti voglio in ogni modo, in qualunque modo possa averti." Quinn l'attirò tra le sue braccia e spense la luce. Lei si accoccolò contro di lui e s'addormentò come una bambina.

Il mattino seguente, Quinn e Susanna dormirono fino a tardi. Quando si alzarono erano già le undici. Quando si svegliò, Susanna si stupì di trovare Quinn sdraiato dalla sua parte, che la fissava con una mano appoggiata sul suo ventre. Lei abbassò lo sguardo, ma il suo corpo pareva essere quello di sempre. Incontrò lo sguardo di lui con un'espressione interrogativa. "Cosa c'è?"

Il sorriso di Quinn era enigmatico.

"Mi stai spaventando. Cosa stai guardando?"

"Te."

"E?" Susanna appoggiò una mano sulla sua spalla.

"Immagino."

"Immagini cosa?" La mano di Quinn si spostò un po' più in alto, per poi riabbassarsi leggermente. "Immagino come sarebbe il tuo aspetto...se."

"Se?" Susanna corrugò la fronte.

"Se fossi incinta."

"Morditi la lingua. Sto prendendo la pillola, quindi è..." Lui la interruppe, sollevando una mano. Lei smise di parlare.

"Se fossi incinta, volutamente, del mio bambino. Cerco d'immaginare il tuo aspetto."

Susanna si sciolse sotto lo sguardo di lui.

"Penso che saresti davvero bellissima," disse lui piano. La sua mano si mosse nuovamente avanti e indietro, diffondendo calore sul ventre di lei. Susanna si sentì soffocare per l'emozione, mentre le lacrime che minacciavano di scendere le pungevano gli occhi. Gli prese la mano e se la portò alle labbra. Lui piegò la testa, sfiorandole le labbra con le proprie.

Susanna si sentì esplodere il cuore d'amore. Il suo sguardo percorse il corpo di lui, godendo della sua bellezza mascolina e delle sue fattezze forti. Quinn era il suo amante e l'avrebbe protetta. Scivolando più vicina a lui, strofinò il naso sul suo collo e lui la circondò con le braccia.

"Dobbiamo alzarci?" chiese lei.

"Domani devo allenarmi e prepararmi per il prossimo film. Ma oggi è tutto nostro."

Dopo aver messo una gamba sul fianco di lui, Susanna gli circondò la vita con le braccia e chiuse gli occhi. "Possiamo stare così per un po'?"

"Non vedo perché no."

Un sorriso dolce rimase sulle labbra di Susanna, mentre i suoi sensi venivano bombardati dal profumo virile di lui, dalla morbidezza delle lenzuola contro la sua pelle e dal battito calmo del suo cuore. Il solletico che le provocava la peluria sul petto di lui, la sua barba incolta che la graffiava e il calore del suo corpo intensificavano la sua consapevolezza della presenza di lui. Un sospiro soddisfatto le sfuggì dalle labbra.

"Annoiata?"

"Felice." Susanna si accoccolò ancora più vicina a lui. Quinn tirò su le coperte e la strinse ancora più forte. Le sue dita s'infilarono tra i capelli aggrovigliati di lei, coccolandola. *Potrei stare così per sempre.*

"Ti amo," mormorò lei.

"Ti amo anch'io," le rispose lui.

Cinque minuti dopo, l'unico rumore nella stanza fu il respiro regolare dei due amanti addormentati.

Capitolo Tredici

Annemarie e Antonio si trovarono al centro dell'attenzione mediatica. Occuparono i titoli dei giornali per molti giorni, comparendo in articoli a doppia facciata. Svariate interviste della coppia felice, insieme ad aneddoti su di loro, corredate da foto più piccole di Quinn e Susanna, furono materiale per giornali e riviste, compreso *Celebs R Us*.

Non ci volle molto perché la storia smettesse di fare scalpore e Annemarie e Antonio diventarono un'altra coppia celebre sposata con un figlio. Ma la stampa famelica, sempre in cerca di scoop, non dovette andare troppo lontano per trovare un'altra storia, dato che Quinn e Susanna cominciarono a fare le loro apparizioni in locali alla moda, dando modo ai media di avere molti scatti della bellissima coppia. Voci di un possibile matrimonio si rincorrevano tra i colossi della stampa, così come su *Twitter* e *Facebook*.

Giorno dopo giorno, Quinn e Susanna si alzavano al mattino con le proprie foto sbattute ovunque, che li ritraevano durante la sera appena passata. Sia che cenassero in un locale vicino a casa, sia che andassero a ballare fino alle prime ore del mattino, sembrava che ci fosse sempre un fotografo pronto ad immortalarli. Ma a loro non importava. Ora non avevano più nulla da nascondere. Quindi, che problema c'era se i media dicevano che si frequentavano o che vivevano insieme?

Susanna aveva spiegato tutto a sua sorella, Annie, che sembrava felice di vederla sorridere di nuovo. La trattativa per la casa era quasi conclusa e presto l'immobile sarebbe stato venduto.

Durante il giorno, Quinn ripassava il copione, a volte con Susanna ad aiutarlo e altre volte da solo. Quando lui era in palestra ad allenarsi, o era impegnato a studiare la parte, lei disegnava e cucinava. Rimise entrambi a dieta, così lui sarebbe stato in forma per la telecamera. Facevano lunghe passeggiate nel parco, si concedevano ancora un gelato al Broadway Creamery, solo non spesso come prima, e facevano l'amore appassionatamente notte dopo notte.

Susanna si sforzava di scacciare tutti i pensieri sul futuro dalla sua mente e di vivere giorno per giorno. Si perdeva nei suoi schizzi, la maggior parte dei quali ritraeva Quinn. Lo aveva disegnato con indosso i jeans, con un vestito elegante, mentre si allenava, addormentato nel letto e in qualunque altro modo riuscisse a catturarlo senza che lui se ne accorgesse. Era il suo soggetto preferito.

Una sera Quinn tornò a casa con un regalo. Una grossa scatola di matite colorate, gessetti e un vero album da disegno per rimpiazzare il quadernino consunto che lei portava sempre con sé. Susanna si emozionò tantissimo e fu commossa nel vedere che lui sosteneva il suo estro. Nonostante lei pensasse di non essere troppo brava, Quinn non era d'accordo. Un'altra sua qualità che amava.

* * * *

Mentre tutti i giornalisti e fotografi li adoravano, c'era qualcuno, dall'altra parte della città, che non condivideva per nulla un tale gradimento...Jaden Benedict. La scrittrice magra come una modella digrignava i denti tutte le mattine quando apriva il giornale davanti al suo caffè e vedeva le foto di Quinn e Susanna nelle loro uscite, che sorridevano, ridevano e ballavano. *È innamorato di lei. La stronza!*

Anche se gli vendo il libro, ora è troppo tardi. Lei l'ha già accalappiato. Dannazione! Jaden cominciò a camminare avanti e indietro nel suo appartamento e si accese una sigaretta. La sua mente lavorava alla velocità della luce, alla ricerca di un piano. *Niente. Ora non ho modo di prendermelo.* Spense la sigaretta con un ché di disgusto e si lasciò cadere sul suo divano di pelle nera.

Mentre si adagiava contro quel freddo tessuto, un'idea le affiorò nella mente. Lentamente, un sorriso si dipinse sulle sue labbra. Dopo aver afferrato il giornale dal tavolo per dare un'ulteriore occhiata alla coppia felice, si sentì sopraffare dalla gelosia. Pregustando il sapore freddo della vendetta, Jaden prese in mano il telefono.

* * * *

Il caldo afoso di metà agosto non scoraggiò di certo Quinn. Si alzò da letto alle sette in punto e accese il suo computer portatile. Susanna si rigirò nel letto e lo guardò.

"Che succede?"

"Controllo che i soldi siano arrivati sul mio conto." *Oggi è il gran giorno.*

"Quali soldi?" chiese lei, stropicciandosi gli occhi.

"I cinquantamila. Dovrei ricevere un assegno certificato da dare oggi a Jaden."

"Vi vedete di nuovo per pranzo?" Susanna si sollevò sui gomiti.

Lo sguardo di Quinn si diresse immediatamente verso il suo corpo. "Mi stai distraendo."

"Devo coprirmi?"

"No, cazzo!" Rise lui. Susanna si alzò dal letto e s'infilò la vestaglia, prima di andare verso la finestra.

"Vi vedete di nuovo al Café Limoges?"

"Sì."

"Dammi un passaggio. Mi siederò fuori a fare qualche schizzo. Ci sono dei fiori interessanti da quelle parti."

"Porterai l'album da disegno grande o quello minuscolo?" Quinn prese il quadernino che lei aveva lasciato sulla scrivania e cominciò a sfogliarne le pagine. "Ti dispiace se lo guardo?"

"Non è privato o qualcosa del genere."

"Ci sono un sacco di disegni su di me, qui."

"Ti sorprende che io trovi il tuo corpo affascinante?" Susanna si sistemò dietro la sedia di lui, gli posò le mani sulle spalle e si sporse in avanti per baciarlo sulla guancia.

"Sono lusingato. Finché questi disegni restano nelle tue mani, sono a posto."

"E tu pensi che li venderei alla stampa?" Susanna raggiunse la cucina per fare un po' di caffè.

"Certo che no, ma se il quaderno ti cade per strada o qualcosa del genere..."

"Lo lascio qui, se preferisci."

"No, no, prendilo pure, se ti serve. Mi fido di te." Quinn le restituì il quaderno. "Sono belli."

"Non tanto. Occorre lavorarci su," rispose lei, riponendo il quaderno nella borsetta.

A mezzogiorno, Bobby e Quinn lasciarono Susanna alla Boat Hourse, dove splendidi gerani cremisi erano in boccio. Poi Quinn scese vicino al ristorante e percorse a piedi il resto della strada. Il suo passo non era mai stato così leggero. Il sorriso che aveva stampato in faccia rifiutava di scomparire, mentre stringeva la mano a Jean Marc.

"La signora la sta aspettando. Stia in guardia, signor Roberts. Non sembra di buon umore."

Quinn si voltò per guardare Jaden e dovette concordare con il capo cameriere. *Oh oh.* Si piegò per baciarla sulla guancia, ma lei si tirò indietro.

"Ehi, Jaden. Che succede?" Quinn le rivolse uno sguardo esterrefatto.

"Dov'è la tua fidanzatina?" Un'espressione acida passò nei suoi occhi e sulla sua bocca.

"Susanna? Perché dovrebbe essere qui? Questi sono affari. E poi non siamo inseparabili."

"Non secondo i media. A quando il matrimonio?"

"Ho qui un assegno certificato per cinquantamila dollari." Quinn sfilò la busta contenente l'assegno dalla sua tasca e la posò sul tavolo. "Concludiamo l'affare?"

"Non posso venderti il libro."

La bocca di Quinn divenne improvvisamente secca. Il suo cuore accelerò i battiti e la fronte gli s'imperlò di sudore. "Perché no?"

Un bagliore cattivo illuminò gli occhi di Jaden. "Perché l'ho venduto a qualcun'altro."

"Cosa? Perché?" Quinn sbatté violentemente la mano sul tavolo, facendo saltare tutta l'argenteria e facendo cadere un bicchiere vuoto.

"Pensavo ci fosse qualcosa tra noi. Pensavo che saremmo usciti insieme, ma poi tu avevi sempre dietro questa ragazzina. Te la facevi con lei mentre mi tenevi sulla corda. Questo comportamento è da libro nero per me, Quinn."

"Non ti ho mai detto che saremmo usciti insieme. Infatti, ti ho detto che non mischio mai la vita privata col lavoro."

"Spero che la tua ragazzetta sappia scrivere. Perché di certo non avrai nessun libro dalla sottoscritta."

"A chi l'hai venduto?"

"Questo non posso dirtelo." Jaden evitò il suo sguardo, dimenandosi sulla sedia.

"Perché no?" Quinn teneva gli occhi puntati su di lei.

"Perché...semplicemente perché lo vuoi sapere." Una scintilla di malvagia soddisfazione brillò nei suoi occhi.

"Avanti, Jaden. Mi hai tradito. Almeno dimmi chi ha ottenuto quel libro." Quinn cercò inutilmente di non far trasparire la disperazione nella sua voce.

"Perché? Così puoi proporre un accordo? Magari pagare di più e riuscire a metterci le mani sopra?"

"Cosa c'è di sbagliato? Sono affari." Quinn lottò per controllare il suo temperamento.

"Non lo venderà mai." Jaden si adagio contro lo schienale della sedia, un sorriso di soddisfazione stampato sulle labbra.

"Ne sei così sicura? Chi è?" Quinn aveva i palmi delle mani bagnati di sudore. *Devo avere quel libro.*

"Muori dalla voglia di saperlo, eh?" L'espressione provocatoria sul viso di lei gli fece venir voglia di prenderla a schiaffi.

"Ci puoi scommettere. Almeno questo me lo devi."

"Io non ti devo niente." Gli occhi di Jaden brillarono di rabbia.

Non farla arrabbiare, idiota. "Ti prego, Jaden." Implorare non era proprio nelle corde di Quinn.

"Perché no? Lo scoprirai comunque. L'ho venduto a Max Webster."

"Il produttore?"

"Si. Mi ha anche detto di aver già un progetto in merito al libro. E di aver già scelto il protagonista. Quindi scordati di provarci. Devo scappare. Peccato, Quinn. Ci vediamo in giro." Jaden si alzò, scorrendo sulla panchina, e lasciò il ristorante.

Le emozioni di Quinn oscillavano tra la furia cieca e la tristezza. Compose il numero di Bobby e lasciò il ristorante, intenzionato a camminare fino a casa. Ossessionato da quanto aveva perso, Quinn si dimenticò di Susanna che stava disegnando i fiori nel parco. Più tardi, si rese conto che lo aveva aspettato per tre ore prima di tornare a casa a piedi.

"Quinn! Cos'è successo? Perché non hai risposto al telefono?"

Lui si sedette sul terrazzo con una bottiglia mezza vuota di *Chivas Regal* in una mano e un bicchiere vuoto nell'altra. Fissò lo sguardo sul vetro, mentre si versava da bere lentamente, in modo da non rovesciare nemmeno una goccia. Susanna s'inginocchiò accanto a lui, la mano posata sul suo ginocchio. "Cos'è successo, tesoro?" gli chiese con voce dolce.

"Jaden Benedict...o forse dovrei chiamarla Arnold Benedict o Benedict Arnold. Comunque...ha venduto il libro ad un altro. Ad un produttore."

"Ed è un male? Puoi chiamarlo e chiedergli di darti la parte?"

"Ha detto che lui ha già scelto l'attore per il ruolo del protagonista." Quinn prese un sorso dal bicchiere e posò la bottiglia sul tavolo.

"Hai bevuto troppo. Lascia che ti porti a letto." Susanna cercò di sollevarlo, ma lui l'allontanò.

"Posso camminare da solo," disse lui, inciampando su sé stesso.

"Ti ha detto chi l'ha comprato?"

"Non lo conosci. È un grande produttore. Max Webster."

Susanna restò paralizzata. Quinn si voltò a guardarla "Ne hai sentito parlare, vero?"

Lei annuì.

"Come...no."

Lei annuì ancora.

"Il tuo amico del parco, Max, è Max Webster?"

Susanna si morse il labbro. "Forse è un altro Max Webster."

"Ne dubito. Gli hai detto...oh mio Dio." Quinn si fermò e la guardò. "È così! Gliel'hai detto. Gli hai parlato di *AMORE CIECO,* è così?" Si appoggiò alla parete.

"Io...Io...stavo solo chiacchierando con lui. Era un amico, un padre che aveva bisogno di qualcuno che lo ascoltasse..." Susanna si sentì avvampare e prese a tormentarsi una pellicina.

"No, non lo era. Era Max Webster, scaltro e furbo." Quinn cominciò ad unire tutti i tasselli. "E tu gli hai detto che volevo il libro. È così?"

Lei annuì, mentre le lacrime cominciavano a formarsi agli angoli dei suoi occhi.

"Gli hai raccontato di tutte le difficoltà che avevo a trovare un produttore, non è così?"

Lei si alzò e lo guardò. "Mi dispiace. Non lo sapevo," disse, aggrappandosi allo schienale d di una sedia.

"Gli hai detto tutto...mi hai tradito. Gli hai dato tutte le dritte per portarmi via il libro." Gli occhi di Quinn divennero freddi.

"Ti prego, Quinn, non sapevo chi fosse." Le lacrime cominciarono a scorrere sul suo viso.

"Non cercare di commuovermi...tu...Giuda...traditrice. Sei tu la Benedict Arnold della situazione." Quinn inciampò su un giocattolo rimasto sul pavimento e lo calciò contro il muro. "Ti ha pagata?"

Uno sguardo inorridito apparve sul volto di Susanna.

"Forse no. In tutti i modi, tu sei la ragione per cui ho perso la mia occasione...e io non sono uscito con lei per te. Perché ero innamorato di te," disse, puntando un dito contro di lei. Un singhiozzo sfuggì dalla gola di Susanna.

"Non fingere che te ne importi qualcosa. Non adesso. Ora è troppo tardi." Il mento di Quinn tremò e la sua voce si ruppe- "Mi fidavo di te e tu mi hai tradito. Mi hai ingannato."

"No, no, non è così...non era mia intenzione. Non lo sapevo...Io...Io..."

"Ti è mai importato qualcosa di me?" Lui la fissò con occhi spalancati, feriti.

"Io ti amavo...e ti amo ancora. Sì. Ti ho sempre amato. Se solo l'avessi saputo, non avrei mai detto nulla. Io...ti prego, tu devi credermi." Le lacrime scorrevano veloci sulle sue guance. Susanna si protese a toccargli un braccio, ma lui si scostò di colpo, come se le sue dita fossero lingue di fuoco.

"Quindi ti ha ingannata?"

"Si, quel bastardo. Quando l'avrò tra le mani..."

"Il danno è fatto. Ora il libro è suo."

"Troverai un altro libro, anche migliore, un libro che potrai vendere ad un produttore."

Lui scosse la testa. "Ora non ne ho la forza." Tracannò ciò che restava dello scotch nel suo bicchiere e incespicò contro la parete.

"Lascia che ti aiuti a raggiungere il letto...hai bevuto troppo..."

"Non toccarmi. Non avvicinarti a me." Quinn ricacciò indietro le lacrime che gli si erano formate agli angoli degli occhi. "Se mi vieni vicino...rimarrò di nuovo soggiogato dal tuo incantesimo. Non riesco a resisterti, ma non posso fidarmi di te. Tu sei veleno. Stammi lontano," disse, sollevando una mano per fermarla.

"Ho intenzione di aiutarti." Susanna si avvicinò e si protese per prendergli il braccio, ma lui strinse le dita intorno al suo braccio in una morsa di ferro. Quando lei gemette per il dolore e cercò di divincolarsi, lui la lasciò andare immediatamente. Susanna si massaggiò il braccio. Quinn lo prese e baciò il punto in cui erano rimaste le impronte delle sue dita.

"Scusami," sospirò. "Non ti farei mai del male, ma non ci riesco. Non ho più fiducia. È finita. Vado a letto." Barcollò lungo il corridoio, rimbalzando contro una porta e schiantandosi poi contro quella successiva.

"Ti prego, Quinn, perdonami." Lei lo seguì, restando a debita distanza.

"Non riesco più a fidarmi di te." Quinn entrò in camera barcollando, si lasciò cadere sul letto e s'addormentò.

* * * *

Susanna rimase sulla soglia della camera, spostando il peso da un piede all'altro, non sapendo bene che cosa fare. Quando fu sicura che lui si fosse addormentato, entrò in punta di piedi nella camera. Togliergli le scarpe e le calze fu facile. Spogliarlo di tutto tranne i boxer fu un'impresa ardua. Era un peso morto e mise a dura prova la forza di lei. Susanna recuperò una coperta leggera dalla propria stanza e gliela stese sopra.

Un dolore lancinante le trapassò il cuore. Fu colta improvvisamente dalla debolezza dovuta al pulsare incessante delle sue tempie e dalla sensazione di nausea alla bocca dello stomaco. Scivolò sul pavimento per riposarsi. Sembrava che l'unico modo per gestire quella situazione fosse andarsene. *Non mi perdonerà mai. Diavolo, non lo farei nemmeno io, se fossi in lui. Fiducia distrutta significa che è finita.*

Fare i bagagli fu una cosa veloce, perché prese soltanto quello con cui era arrivata. Lasciare lì i bei vestiti, le matite e gli album da disegno che le aveva regalato lui la rattristava, ma era la cosa giusta da fare. *Almeno non potrà dire che ho preso qualcosa di suo.* Chiuse la sua valigia, poi diede un'occhiata al piccolo album sul comodino. *Se lo prendo con me, penserà che voglio vendere quei ritratti ai media. Meglio che lo lasci qui.*

Sfogliò il quadernino ancora una volta, soffermandosi su quella che era la sua immagine preferita che lo ritraeva mezzo nudo mentre dormiva. Fece scorrere la mano sopra al disegno e in quel momento seppe che doveva avere quell'immagine. *Ho il diritto di portarmi via almeno un ricordo di questa favola.* Strappò quella pagina dal quaderno con molta attenzione, sperando che lui non ne notasse la mancanza. La pagina si staccò facilmente fino all'ultima parte, dove alcuni pezzi di carta strappata rimasero attaccati al quaderno. Con un'alzata di spalle, Susanna ripose il disegno nella sua valigia e rimise l'album sul comodino, prima d'infilarsi una maxi maglia.

Non volendo cogliere sua sorella di sorpresa, le inviò un messaggio.

Domani torno a casa. Niente domande.

Un po' preoccupata per Quinn, Susanna lanciò un'occhiata nella camera dell'uomo. Dalla soglia non riusciva a capire se stesse respirando, quindi si avvicinò al letto. Lui si girò nel letto e, protendendosi verso l'alto, le avvolse le braccia intorno alla vita, tirandola giù accanto a sé.

"Susie...Q..." mormorò, gli occhi ancora chiusi.

L'abbracciò da dietro, tenendola stretta contro il suo petto. Le baciò il collo, poi le sue dita si chiusero intorno al seno di lei e il suo respiro si fece nuovamente regolare. Lei rimase a fissare il muro davanti a sé. *Ancora una notte. Ne ho bisogno.* Susanna si accoccolò nell'abbraccio di Quinn e chiuse gli occhi. Il tocco delle sue mani lenì il dolore nel suo cuore abbastanza da permetterle di addormentarsi

La luce del sole mattutino la svegliò e Susanna diede un'occhiata all'orologio. Otto in punto. Il respiro di Quinn era profondo e regolare. Si era girato e allontanato da lei durante la notte, così lei si alzò dal letto delicatamente, cercando di non disturbarlo. Raggiunta la soglia, si voltò per guardare un'ultima volta l'uomo che amava. Tutto il dolore della notte precedente la investì di nuovo, lasciandola senza fiato. *Vattene in fretta, prima che si svegli.*

Si vestì silenziosamente, prese una tazza di caffè e si diresse verso l'ascensore. Sospirando profondamente, premette il pulsante, lottando contro la tristezza che sentiva nel cuore. *Quanti bei ricordi qui.*

"Se ne va, signorina?" chiese Crash, posando per un attimo lo sguardo sulla valigia di lei.

Susanna riuscì solo ad annuire, perché un nodo le serrava la gola.

"Il signor Quinn lo sa?"

Lei scosse la tesa.

"Oh-oh. La cosa non gli piacerà."

Susanna ritrovò la voce. "È tutto okay. Vuole che me ne vada."

"Mi dispiace tantissimo, signorina. È stato un piacere," disse l'uomo, sollevando leggermente il cappello verso di lei mentre apriva il portone. "Ha bisogno di un taxi?"

"Grazie." Crash non ebbe problemi a fermare un taxi per lei e caricò la sua valigia nel baule. Quando la portiera si fu chiusa, Susanna abbassò completamente il finestrino, sperando che l'aria fresca alleviasse il senso di soffocamento che provava nel petto. Restò a guardare mentre Crash e l'edificio scomparivano dietro di lei. Gli occhi le si riempirono di lacrime. Nascose il volto tra le mani e pianse.

****

Quinn si svegliò verso mezzogiorno, disorientato e con i postumi di un'enorme sbornia. Si trascinò fuori dal letto e si spruzzò un po' d'acqua sulla faccia. Afferrando l'ibuprofene, raggiunse barcollando la cucina e riscaldò una tazza di caffè. Ingoiò la medicina deglutendo rumorosamente, si stropicciò gli occhi e si guardò intorno.

"Susanna?" Ma tutto ciò che ricevette in risposta fu silenzio. Passò di stanza in stanza, cercandola, ma l'appartamento era vuoto. Spalancò la porta del guardaroba e i cassetti nella stanza di lei, ma rimanevano soltanto le cose che lui le aveva comprato. Sollevando lo sguardo, vide che la valigia non era più sul ripiano. La palla da basket che le aveva regalato era sul letto. Ne toccò la parte esteriore, poi prese la palla col palmo della mano. *Deve esserle costato di più lasciare questa palla che tutti i vestiti alla moda messi insieme.*

Gli addetti alle pulizie bussarono alla porta, costringendolo a ritirarsi in terrazzo mentre loro sistemavano l'appartamento. Si sedette su una sedia, appoggiando le gambe sul tavolino di fronte, e sorseggiò il suo caffè. Gli eventi confusi della sera precedente divennero lentamente più chiari.

Mentre si passava la mano sulla faccia ispida, registrò finalmente il fatto che Susanna se n'era andata. *Una bella liberazione, traditrice.* Si chiese come mai quel pensiero non lo facesse sentire meglio. L'arroganza della sera precedente abbandonò lentamente il suo cuore. Era solo, senza speranza per il libro e senza Susanna a consolarlo ed aiutarlo ad andare avanti. Qualcosa non tornava.

Un brivido lo percorse da capo a piedi. E non era certo dovuto all'aria, che era calda e afosa. La sua mente annebbiata non riusciva ad avere una chiara visuale di quanto accaduto, poiché avrebbe giurato di aver passato la notte con lei.

Mentre gli addetti alle pulizie terminavano il proprio lavoro, qualcuno bussò alla porta del terrazzo. Quando Quinn aprì, il capo dell'agenzia di pulizie gli porse un quadernino. "Ho pensato che volesse tenerlo lei. Non vorrei che andasse perso." Quinn prese il piccolo album da disegno di Susanna dalle mani dell'uomo, il quale si ritirò sommessamente, chiudendosi la porta alle spalle.

Quinn sentì la speranza crescere nel suo cuore, mentre faceva scorrere il pollice sul quadernino. *Deve tornare a prenderlo.* Ma il suo sorriso scomparve, quando rammentò la conversazione che avevano avuto solo poche ore prima. *Deve averlo lasciato qui di proposito. A dimostrazione del fatto che non faceva il doppio gioco. Avrebbe potuto prenderlo e venderlo a* Celebs R Us.

Il gesto che lei aveva fatto per dimostrargli la propria lealtà gli scaldò una parte del cuore, ma allo stesso tempo Quinn si rese conto che lei non sarebbe tornata. Il suo buon umore scomparve del tutto. *Ho bisogno di lei. Dove sarà?* Compose il suo numero di telefono, ma la chiamata fu trasferita direttamente alla segreteria.

In preda alla disperazione, chiamò Annie. Rispose una fredda voce femminile.

"Annie?"

"Che cosa vuoi?"

"Voglio parlare con Susanna." Quinn cominciò a camminare avanti e indietro.

"Non è in casa. E...non vuole parlarti."

"Aspetta! Non riattaccare. Aspetta. Ho detto alcune cose molto brutte ieri sera..."

"Così ho sentito."

"Avrei dovuto essere...più ragionevole."

"Ascolta, Quinn. Susie sa come ti senti e lo capisce. Vuoi che sparisca dalla tua vita. È finita. Vai avanti."

Annie riattaccò prima che lui potesse dire, "no, non è finita." Non era finita per lui. Gli si spezzava il cuore e il dolore gli inondava il petto. *Brutto stronzo. Cos'hai combinato ieri sera?* Rimase seduto lì a scervellarsi, cercando di ricordare cosa le avesse detto, ma tutto ciò che gli veniva in mente erano brandelli della loro conversazione.

L'ho scaricata? Testa di cazzo! Ora è troppo tardi. Ma lei ha tradito la mia fiducia. È colpa sua se ho perso il libro. Come posso amarla ancora? Quinn si sentiva confuso. Sentiva male in ogni fibra del suo essere. Chiuse gli scuri e strisciò nuovamente a letto. Il sonno sarebbe stato il suo rifugio finché non fosse riuscito a ricomporsi e formulare un piano.

Si svegliò alle cinque. Ora anche il suo stomaco brontolava, insieme al suo cuore. Aprì l'acqua nella doccia, sperando che il getto caldo l'avrebbe rinvigorito. *Chaz! Chaz può aiutarmi. Vorrei che Susie fosse qui con me.* Terminò la sua doccia solitaria. S'infilò il morbido accappatoio e prese il telefono per chiamare Chaz Duncan, il suo migliore amico e star del cinema come lui.

"Chaz. Ho bisogno di te, amico. Puoi passare di qua?"

"Che succede?"

"Problemi di donne."

"Arrivo."

I due uomini sedettero nel soggiorno rinfrescato dal condizionatore. Chaz aggiornò Quinn sul suo recente matrimonio e sulla luna di miele, per quel tanto che riuscì a fare prima che Quinn gli spiegasse il suo problema.

"Fammi capire. Sei innamorato di questa ragazza meravigliosa che ti ha venduto?"

"Più o meno." Quinn aprì due bottigliette di birra e ne passò una a Chaz.

"Lasciala perdere, fratello. Avanti. Se non c'è fiducia, non c'è nulla." Chaz prese un sorso di birra.

"Ma il suo è stato un errore in buona fede. Non sapeva che quell'uomo era un produttore."

"Se avesse tenuto la bocca chiusa, tutto questo non sarebbe successo. Tu ed io dobbiamo avere vicino persone che sappiano quando è ora di tacere, cazzo."

"Lo so. Non ha detto nient'altro." Quinn si portò la bottiglia alla bocca.

"Cos'ha di speciale questa ragazza, a parte la taglia di reggiseno?"

"L'aspetto? In una scala da uno a dieci, lei è un undici."

"Okay, okay, ho capito. Cos'altro?" Chaz si appoggiò all'indietro e bevve un altro sorso.

"Sa cucinare. Si prende cura delle persone. Diamine, si è occupata egregiamente del bambino di Annemarie. Mai un lamento, mai un piagnisteo e non ha mai cercato di indurmi a comprarle delle cose. A dire il vero, le uniche cose che mi ha chiesto di comprare erano per il bambino. Quando se n'è andata, ha persino lasciato qui i vestiti che le avevo regalato."

Chaz sollevò le sopracciglia. "Davvero incredibile! Hai clonato Meg?" Quinn sorrise.

"Immagino che Meg non sia l'unica donna meravigliosa a New York," disse Quinn, guardando fuori dalla finestra. "Susie sarebbe un'ottima madre."

"Quindi ora vuoi una madre?" Chaz spalancò gli occhi.

"Per i miei figli. Cavolo, un giorno voglio avere dei bambini. Tu no?"

"Si. Meg sarà una brava mamma." Chaz si guardò le mani. "Vuoi sposarti?" Prese un sorso di birra.

"Pensavo di non volerlo, ma mi sono divertito abbastanza da bastarmi per una vita intera. Poi lei è entrata da quella porta e...non lo so."

"Hai perso la testa?"

"Si. Esprime bene il concetto." Quinn bevve un lungo sorso.

"Vai a prendertela. Non vedo dove sia il problema."

"Ho detto alcune cose ieri notte..." Quinn si passò la mano tra i capelli.

"Tipo?" gli occhi di Chaz si strinsero in due fessure.

"Mi vengono in mente due parole...Giuda e traditrice." Quinn fece una smorfia.

"Merda, Quinn! Ci sei andato pesante...molto pesante." Chaz corrugò la fronte.

"Non vuole parlarmi...non risponde alle mie chiamate." Quinn abbassò la testa.

"Non c'è da meravigliarsi."

"Ero ubriaco," disse Quinn con un'alzata di spalle.

"Questo spiega ogni cosa...ubriaco e offensivo. Come poteva resisterti?" Chaz guardò il suo amico con un sopracciglio inarcato.

"Non girare il coltello nella piaga," rispose Quinn, grattandosi il mento.

"La rivuoi?" Chaz appoggiò la bottiglia di birra sul tavolo.

"Voglio parlarle. È dura senza di lei. Io...sono stato avventato. Non ho pensato prima di parlare."

"È difficile ragionare quando si è fuori di sé." Chaz annuì.

"Ho bisogno di...scusarmi. Prima ho perso il libro e ora lei." Quinn si alzò in piedi.

"Strisciare ai suoi piedi è quello che volevi dire. O magari implorare?"

Quinn colpì l'amico sul braccio e sorrise. "E tu che dovresti tirarmi su di morale."

"Ehi, non ti ho messo io in questo casino." Chaz alzò le mani verso Quinn.

"Lo so. Mi serve aiuto." Cominciò a camminare avanti e indietro.

"Ti serve un fottutissimo miracolo, amico mio." Chaz tracannò l'ultima birra.

Il telefono di Quinn prese a squillare. L'uomo lo afferrò e cominciò a parlare.

"Quinn Roberts?" disse una strana voce maschile dall'altro capo del telefono.

"Si?" Silenzio. "Gran figlio di puttana," disse Quinn con una voce che assomigliava ad un ringhio.

* * * *

Susanna lasciò la valigia a casa di Annie, poi s'incamminò verso Riverside Park. Le mancava la palla da basket per allenarsi, ma la sua gliel'aveva regalata Quinn, quindi l'aveva lasciata nel suo appartamento. La tristezza nel suo cuore si trasformò in rabbia mentre proseguiva lungo il sentiero che portava ai campi. I suoi occhi scrutarono le panchine e, neanche a dirlo, lui era là. Max Webster, seduto da solo che sorseggiava un tè freddo. Le mani di Susanna si chiusero a pugno. *Posso colpirlo? Forse no. Non voglio finire in prigione.*

Le parole cominciarono a mettersi insieme nella sua testa. *Le stesse parole che Quinn aveva usato...più o meno. Traditore, imbroglione.* Il corpo di Susanna s'irrigidì mentre si avvicinava all'uomo, stringendo e rilasciando i pugni mentre serrava la bocca in una linea severa.

"Susanna! Stavo proprio parlando di te!"

"Tu, doppiogiochista di un traditore doppia faccia. Imbroglione!"

"Di cosa stai parlando?"

"Hai rubato quel libro a Quinn. Hai preso le mie parole, quelle parole che ti avevo detto in confidenza! E...mi hai tradita. Hai comprato quel libro prima che potesse farlo lui e sapevi quanto lo voleva. Ora lui è deluso, arrabbiato...no, furioso con me. La nostra storia è finita. Ed è colpa tua! Mi fidavo di te..." le lacrime le offuscarono la vista. *No, accidenti, non piangere!*

"Mi fidavo di te..." continuò lei, "e tu mi hai pugnalato alle spalle. Giuda! Imbroglione!" Susanna continuò ad inveire contro di lui, "Sei marcio fin nelle viscere. Maledetto il giorno che t'ho incontrato. Non sei nient'altro che un ladro...e hai distrutto la mia vita. Hai ucciso l'amore tra me e Quinn! Io lo amo e lui mi odia. Il nostro amore è morto. Il mio cuore è a pezzi ed è tutta colpa tua!"

Susanna capì che stava perdendo il controllo, ma non fu in grado di frenare la cascata di parole che si riversò fuori dalla sua bocca. L'emozione crebbe dentro di lei come un'enorme onda, nutrendo la sua rabbia finché questa non minacciò di superare il limite ad ogni epiteto, ad ogni accusa.

Durante la sua tirata, Max si era alzato in piedi, cercando di attirare la sua attenzione, ma ad un certo punto Susanna perse completamente il controllo e lo schiaffeggiò violentemente in faccia. Il rumore dello schiaffo risuonò pesantemente nell'aria umida. Susanna sussultò, portandosi le mani davanti alla bocca, inorridita da quanto aveva fatto. Le lacrime, che ora non tratteneva più, scendevano a fiotti sulle sue guance. Max si coprì la guancia arrossata con la mano, la rabbia brillava nei suoi occhi.

"Sono affari. Hai esagerato," disse lui con tono caldo ma animoso, prima di voltarsi e andarsene.

Susanna rimase lì a singhiozzare in un fazzoletto per un minuto o due, prima di ricomporsi e tornare a casa della sorella. Annie era in casa e si stava preparando per andare a prendere i bambini a scuola. Susanna si lanciò tra le braccia di sua sorella sull'orlo dell'isteria. Annie la tenne stretta e la confortò, facendola sdraiare sul proprio letto. Quando fu ora per lei di andare a dormire con il marito, Jonathan, Susanna tornò a sistemarsi sul divano.

* * * *

Susanna fu svegliata alle sei del mattino da Felix, il figlio minore di Annie, che saltò su di lei seguito da Emmie e Jordan. L'amorevole zia li avvolse tra le sue braccia, stringendoli teneramente.

"La mamma ha detto che sei triste e che dovrei abbracciarti," disse Felix.

"La mamma ha ragione." Susanna cercò di sorridere.

Dopo aver aiutato Annie a mandare i bambini a scuola, Susanna controllò il suo telefono. C'era un messaggio dell'avvocato. Lo aprì.

Vendita immobile conclusa. Trasferiti $750 mila sul tuo conto. Spero possano

*darti un po' di sicurezza e la possibilità di avverare qualche sog-
no. Era desiderio*

di tuo padre.

Susanna era scioccata! *Settecentocinquantamila dollari?* Lentamente, realizzò che non avrebbe dovuto cercarsi un lavoro nell'immedi-
ato e questo la fece sentire sollevata. *Posso fare quello che voglio.* Sorrise.
Grazie, papà.

Magari un piccolo viaggio le avrebbe fatto bene. Susanna aveva
bisogno di tempo. *Tempo da passare lontana, lontana da Quinn.* Era
giunto il momento di capire cosa volesse fare della propria vita. *Magari
la scuola di belle arti. École nationale supériere des beaux-arts a Parigi?*

Capitolo Quattordici

Con tutti i bagagli quasi pronti, Susanna si diresse verso il negozio d'arte. Comprò un blocco da disegno e alcune matite nuove, poi s'incamminò lentamente verso Central Park, in cerca di qualcosa da disegnare. Aveva bisogno di fare una pausa. Il suo cellulare squillò diverse volte. Ignorò le chiamate di Quinn. Temeva di sentire la nota pungente della rabbia o, peggio ancora, della delusione, nella sua voce. Le aveva già detto che non l'amava, che voleva che *se ne andasse*. E comunque, si sentiva troppo umiliata, troppo imbarazzata e troppo piena di vergogna per affrontarlo. Il tradimento si era insidiato tra di loro, creando un abisso grande quanto l'oceano Atlantico.

Si sedette comodamente, aprì una bottiglietta di tè freddo e si guardò intorno. Proprio di fianco a lei c'era un bellissimo alberino delicato. Si preparò per lavorare ad uno schizzo del tronco nodoso e delle foglie simmetriche. Disegnare la calmava, l'aiutava ad allontanare la mente dai problemi. Concentrata su quanto stava facendo, non udì l'avvicinarsi di un uomo. Quando lui si schiarì la voce, lei alzò lo sguardo. Era Quinn.

"C'è voluto un bel po' per trovarti."

Il cuore di Susanna accelerò, tanto che poteva sentirne i battiti nelle orecchie. I palmi delle mani cominciarono a sudare e il suo respiro si fece irregolare. Tra di loro cadde il silenzio.

"Parto domani per girare il film. Starò via per molti mesi, ma non potevo andarmene senza prima dirti questo."

Lei sollevò una mano. "Per favore! Penso che tu abbia già detto tutto l'altra sera. Ti ho sentito bene. Avevi ragione, ma non ho bisogno di sentire ancora quelle cose." Susanna sentì le lacrime pungerle gli occhi.

"Lo so. Sono stato avventato...fuori luogo."

"Avevi ragione. Tutto ciò che hai detto era vero. Non torniamoci sopra."

"Certo. No. Mi dispiace."

"Quel che è fatto è fatto. Okay? Non possiamo dimenticare tutto e andare avanti?" Susanna cercò di distogliere lo sguardo, ma il modo in cui i capelli gli cadevano sulla fronte e il suo sorriso da ragazzino l'affascinavano e si ritrovò ad abbassare la guardia. Non riusciva a smettere di guardarlo.

"Innanzitutto, ti sei dimenticata questo," disse Quinn, porgendole il suo quadernino.

"Non l'ho dimenticato. L'ho lasciato a te, in modo che non dovessi preoccuparti che potessi vendere quelle immagini ai media." Susanna alzò abbastanza lo sguardo da vederlo fare un sospiro di sollievo.

"Manca una pagina."

Lei s'irrigidì. "Ho pensato che non ti sarebbe dispiaciuto se avessi tenuto un disegno per me...come ricordo. Ma se lo rivuoi, te lo spedirò prima di partire." Susanna sentì il rossore diffondersi sulle sue guance e cercò di distogliere lo sguardo.

"Partire?"

"Vado a studiare belle arti a Parigi." Susanna deglutì, ignorando il calore che sentiva crescere dentro di sé per il semplice fatto di essere vicina a lui. Cominciò a giocherellare con la matita tra le dita, lo sguardo puntato verso il basso. *Se lo guardi, ti metterai a piangere. Niente pianti!*

"Parigi? Quanto tempo ci rimarrai?"

"Non lo so. Ma cosa importa? Abbiamo chiuso."

"Davvero?"

Lei annuì rigidamente. "Oltretutto, tu stai per partire per andare sul set e starai lontano per molto tempo. Troverai qualcuna là, ne sono sicura."

"Io no. Io...non so se posso riparare..."

"Non puoi. Quindi non provarci. Stare lontani farà bene ad entrambi."

"Lo pensi davvero?" Le lanciò uno sguardo interrogativo.

"Tu andrai per la tua strada e farai...le tue cose, e io andrò per la mia."

"E quando le riprese saranno finite?"

"Se per allora sarò tornata...vedremo," disse lei con un'alzata di spalle.

"Uscirai con me quando tornerai?"

"Me lo dovrai chiedere." Susanna radunò i suoi attrezzi. *Non ha alcuna intenzione di andarsene e lasciarmi disegnare.*

"Quando parti?" chiese lui.

"Domani." Susanna abbassò gli occhi per evitare quelli di lui.

"Vai con qualcuno?"

"No. Da sola."

"Per favore, non innamorarti di un francese, o di chiunque altro, prima di tornare qui," sospirò Quinn.

E come potrei? Il mio cuore ti appartiene. Susanna non riuscì a trovare le parole, mentre gli occhi le si riempivano di lacrime. Si voltò dall'altra parte, sbattendo forte le palpebre. Lui le prese il braccio.

"Me lo prometti? Io te lo prometto," le disse.

"Niente promesse." *Non fare promesse, Quinn. Non spezzarmi il cuore un'altra volta.*

"Una cena. Quando sarai tornata. Solo una cena, okay?"

"Okay, okay. Una cena." Susanna tentò di sorridere, ma non ci riuscì. *Vattene prima di cadere tra le sue braccia in lacrime.* "Buona fortuna per il film. So che sarai bravissimo." Gli toccò la spalla per un istante prima di allontanarsi velocemente da lui.

"Ma aspetta! Ho dimenticato di dirti…"

Susanna sollevò la mano. "Qualunque cosa sia, dovrà aspettare," disse, accelerando il passo. Cercò di non girarsi indietro, ma quando raggiunse l'uscita del parco, si voltò e lui era ancora lì che la guardava. Un sospiro le sfuggì dalle labbra, poi riprese il cammino verso Central Park West, scomparendo nel traffico dell'ora di punta mentre tornava a casa.

****

20 Gennaio, New York City

Susanna fu svegliata dai raggi del sole invernale che s'infiltravano tra le tende scaldandola. Il monolocale che aveva subaffittato sulla Central Park West era piccolo, ma le forniva tutto lo spazio di cui aveva bisogno. Il suo portfolio era pieno per metà di disegni e acquerelli che aveva creato durante le lezioni all'*École national supériere*, mentre per il resto si trattava di lavoro che aveva svolto in quel piccolo appartamento. Era ritornata da Parigi in tempo per trascorrere il Natale con Annie, Jonathan e i loro figli.

Le festività erano un momento pieno di malinconia per lei. Pensava costantemente a Quinn. Infatti, nei mesi trascorsi da quando si erano separati, non riusciva a pensare ad altro, se non nei momenti in cui non disegnava o dipingeva. Gli appuntamenti che aveva accettato a Parigi erano stati un piacevole diversivo, ma dato che non provava alcun desiderio per nessun altro uomo, nessuno le sembrava affascinante o terribilmente attraente. Il suo cuore apparteneva ancora a Quinn e la delusione di non essere riuscita ad andare avanti con la propria vita, la portò a ritornare a New York prima di quanto avesse pianificato, invece di rimanere un altro semestre a Parigi.

Aveva sperato di sentire Quinn, ma non sapeva quando sarebbero terminate le riprese. Se lui non l'avesse contattata, avrebbe fatto meglio a ripartire. *Che cosa gli direi adesso?* Sorseggiando la prima tazza di caffè della mattina, Susanna cominciò a fare programmi per la giornata, quando il suo telefono squillò. Era un messaggio in arrivo.

Tornato a New York stamattina. Possiamo cenare insieme stasera?
Quinn

Hmm, nessun "con amore, Quinn," soltanto "Quinn." *Non fare la stronza. Accetta. Vai. O provi ad andare avanti o la chiudi definitivamente.* Rispose al messaggio.

Si. Dove e quando?

Lui rispose—

7:30 al Limoges? Bobby passerà a prenderti alle sette?

Lei rispose—

Perfetto.

Il messaggio successivo fu per sua sorella. Questa fu la risposta di Annie.

Oggi non lavoro. Prenditi il giorno libero e Andiamo a fare shopping. Hai
bisogno di un vestito nuovo e di un paio di scarpe per stasera!

Un vestito e delle scarpe per andare a cena con Quinn? Soldi buttati via. Forse. Ma perché no? È una vita che non mi compro nulla. Rispose al messaggio di sua sorella, fece colazione e si preparò per la camminata verso l'appartamento di Annie.

Le due donne trascorsero la giornata a fare shopping da Bergdorf Goodman ed Henri Bendel. Annie insistette affinché Susanna comprasse della lingerie nuova, perché era sicura che il dessert l'avrebbero preso in camera di Quinn.

Finirono per comprare un vestito di lana aderente di un viola intenso e con una profonda scollatura. Le maniche erano larghe, con spacchi che arrivavano fino alle spalle. Una catenina d'argento intrecciata, con diversi fili d'argento, gli orecchini abbinati e un paio di ballerina grigie completavano il suo look. Cenarono nell'elegante sala da pranzo al Bergdorf, chiacchierando come due scolarette. Il sorriso enorme sulle labbra di Susanna non voleva saperne di scomparire. L'anticipazione per la serata le faceva bollire il sangue nelle vene, mentre la tensione cresceva silenziosamente dentro di lei. *Cosa ci sarà ad aspettarmi? Amore? Odio?* Una volta tornata nel suo appartamento, prese a camminare avanti e indietro nel piccolo spazio che aveva a disposizione, rimuginando su come avrebbe esordito.

"Ehi, Quinn, è bello vederti!"

Fece una smorfia. "No."

"Ciao, Quinn, ti trovo benissimo."

Scosse la testa, poi decise che non avrebbe parlato per prima. *Lascia che sia lui a parlare e tu rispondi. Molto più facile.* Inserì un album di Matthew Morrison nel suo lettore CD e si mise a danzare mentre toglieva le etichette dai suoi nuovi abiti. Un reggiseno di seta color lavanda con mutandine abbinate. *Non andrò a letto con lui, stanotte.* Eppure, si preparò per un lungo bagno.

Aggiunse una bella quantità di sali da bagno alla violetta e la vasca si riempì di schiuma. Lei vi scivolò all'interno, lasciando che l'acqua calda profumata l'aiutasse a distendere i muscoli. Mentre si strofinava, poi restava semplicemente immersa nell'acqua, rifletté su ciò che voleva da Quinn. *Amicizia? Amore? Entrambi? Nessuno dei due?* Susanna rise della sua stessa stupidità.

Sapeva perfettamente cosa voleva da Quinn...tutto. Qualunque cosa meno di quello non avrebbe funzionato, ma doveva andarci piano. Non aveva idea di cosa lui provasse per lei. Certo, durante il loro ultimo incontro al parco le era sembrato ansioso di riparare a quanto successo, ma ora? Ne era passata di acqua sotto i ponti da allora. *Forse ha conosciuto un'altra?* Le si strinse la gola e si sentì soffocare. Forse no. Ma sapeva che doveva considerare anche quella possibilità. *Non l'ho mai visto sui giornali. Almeno da quando sono tornata, se non a Parigi.*

Arrossì mentre ripensava al fatto che aveva acquistato una copia di *Celebs R Us* non appena aveva messo piede sul suolo americano, alla ricerca di foto di Quinn con un'altra donna. Ricordò di aver tirato un enorme sospiro di sollievo quando non ne aveva trovata nessuna.

Ascoltare "Summer Rain" le faceva venire in mente la camera di Quinn. Il suo corpo desiderava disperatamente il tocco di lui, ma doveva agire con cautela. *Aspetta. Sì, certo. Aspetta.* Ridacchiò, mentre tirava via il tappo della vasca e si avvolgeva in un asciugamano.

* * * *

Nel suo appartamento in fondo alla strada, Quinn Roberts tirò fuori tre paia di pantaloni e quattro camicie diverse. Provò i vari abbinamenti, senza trovarne uno che lo soddisfacesse. Infine, decise per un paio di pantaloni di flanella grigi e una camicia blu dello stesso colore dei suoi occhi. Aggiunse una cintura di pelle nera e la sua giacca sportiva di cashmere color cammello. *Lei ha un ottimo gusto...e guarda me. Un casino.*

Si guardò quasi disgustato, ma sapeva che niente nel suo armadio gli sarebbe andato a genio. Prese a camminare avanti e indietro, poi si versò un bicchiere di *Chivas*. Lo bevve tutto d'un fiato. Si voltò a guardare la distesa di colonie da uomo allineate sulla sua cassettiera e decise per *Mon Ami. Francese. Susanna è appena stata in Francia. E se mi dice che tra noi è finita? E se ha conosciuto un altro uomo?* Aveva i nervi a fior di pelle e lo stomaco chiuso in una morsa. *Devo dirle la verità. È già passato troppo tempo. Ha il diritto di sapere.*

Controllò l'orario per la quinta volta in cinque minuti. *Bobby sarà qui tra dieci minuti. Se avesse avuto intenzione di scaricarmi, non avrebbe accettato di cenare con me, giusto? È troppo carina per fare una cosa del genere. A meno che non sia ancora arrabbiata.* Si fermò in bagno a lavarsi i denti, nel caso avesse avuto una chance di baciarla. Dato che guidava Bobby, non avrebbe avuto bisogno del soprabito. Cominciò a fare avanti e indietro nell'ingresso, in attesa del suo autista.

"Nervoso stasera, signor Quinn?" chiese Crash.

"Vado a riprendermi Susanna, Crash. O almeno ci provo."

"Buon per lei. È molto meglio delle altre." Crash aprì la porta per una donna.

"È da molto tempo che non ci sono delle altre."

"Immagino che alla fine si sia stancato della vita da single?" disse lui con un sorrisino.

"Una volta arrivata Susanna, non è più esistita nessun'altra." Quinn abbassò lo sguardo.

"È così che dovrebbe essere quando si trova la donna giusta."

Quinn gli sorrise. "Proprio così."

In quel momento arrivò Bobby e la conversazione finì lì.

Jean Marc fece sedere Quinn al tavolo più appartato dell'intero ristorante. L'uomo ordinò un drink mentre aspettava Susanna. *Sono così nervoso. Questo sembra più un primo appuntamento, che un incontro con una donna con cui ho già vissuto.* Sorrise per l'ironia della situazione.

Erano anni che non si dava più al rimorchio selvaggio. Lui e Chaz avevano dato sfogo al bisogno di rimorchio seriale durante la stagione teatrale estiva a Pine Grove. Non avevano impiegato molto per rendersi conto dei problemi che avrebbero potuto derivare dal frequentare e portarsi a letto troppe donne.

Quinn prese un sorso sostanzioso della sua vodka e tonic, mentre puntava lo sguardo verso l'entrata del ristorante. Ed eccola lì, che si guardava intorno nervosamente, più bella di come la ricordasse. Per poco non lasciò cadere il bicchiere. Alzandosi in piedi con fare imbarazzato, le fece un cenno. Jean Marc la scortò al tavolo. Gli bastò uno sguardo per capire di essere perdutamente innamorato di lei e di essere come creta nelle sue mani. Nonostante si fosse preoccupato di cosa avrebbe detto quando l'avrebbe rivista, in quel momento tutto gli venne naturale.

Girò intorno al tavolo. Vedendola leggermente incerta, mentre camminava verso di lui, si sentì leggermente sollevato. Jean Marc fece un inchino e si dileguò. Quinn non riusciva a staccare gli occhi da lei. La prese tra le braccia, avvolgendola in un caldo abbraccio. Quando la lasciò andare, le diede un bacetto veloce sulle labbra e si spostò di lato, così da permetterle di prendere posto. Il volto di Susanna era radioso. *È perché è qui con me?*

"Sono così felice di vederti." Le rivolse un enorme sorriso. "Sei stupenda."

Il sorriso di Susanna, dapprima incerto, si allargò di fronte al calore di lui. Quinn ordinò un drink per lei e ne chiese un altro anche per sé. Le loro dita tamburellavano pigramente sul tavolo, mentre i loro occhi restavano inchiodati gli uni negli altri.

"Anche io sono felice di vederti," disse lei.

"Prima di proseguire, c'è qualcosa che devo dirti. Volevo dirtelo al parco, l'ultima volta che ci siamo visti...ma non so perché non l'ho fatto."

"Io non te l'ho permesso. Avevo paura che dovessi dirmi qualcosa di brutto. È così?"

Lui scosse la testa. "Assolutamente no. È la notizia migliore del mondo."

"Sono stata stupida a non permetterti di parlarmene. Dimmi pure."

Lui le prese la mano. "Niente recriminazioni su nulla."

"Allora dimmi tutto. Ora sono curiosa...devo sapere."

Quinn intrecciò le dita a quelle di lei. "Max ha comprato il libro per portarlo a Broadway, non per farne un film."

"Broadway?" Susanna si voltò a guardarlo.

"Broadway. Si è fatto finanziare il progetto dai suoi sponsor usando il mio nome. Ha promesso loro che avrei recitato nello spettacolo. Con quella promessa, ha ottenuto abbastanza fondi da portare il libro a Broadway e...mi ha offerto il ruolo da protagonista."

Susanna sussultò. "Oh mio Dio!" Si portò la mano alla bocca.

"Lo so. Anch'io ero sorpreso quanto te."

"Hai intenzione di accettare?"

"Cazzo, ci puoi scommettere. Scherzi? Pensavo che Broadway fosse fuori dalla mia portata. La sceneggiatura è quasi terminata. Le prove cominceranno tra quattro settimane."

Susanna gli gettò le braccia al collo e lo baciò sulla guancia. Lui la sentì tremare mentre piangeva tra le sue braccia.

"Cosa c'è che non va?" Lui aumentò la stretta, attirandola più vicina a sé. Si allungò a prendere il fazzoletto che teneva in tasca e glielo porse.

"Pensavo di averti rovinato la vita. Di averti privato della tua occasione. Ma ora ti è stata restituita. Sono così felice per te."

Quinn affondò le labbra nei capelli di lei, cercando il suo collo e posandovi un bacio.

"Tu mi hai portato quest'opportunità...e te ne sarò per sempre grato," sussurrò lui.

Susanna si fece indietro. "Non te l'ho portata io."

"Invece sì. Max mi ha detto che l'avevi aiutato così tanto con suo figlio che ha voluto renderti il favore. Non si stava comportando da squalo. Sapeva che mentre Hollywood tentava d'incastrarmi in un ruolo, Broadway non avrebbe avuto quel problema. Non avrebbero mai rischiato di proporre un nuovo spettacolo se non ci fosse stato un grosso nome di Hollywood nel cast."

"Si è assunto un bel rischio, nel fare questo senza dirtelo, no?"

"Alcuni produttori amano il rischio per natura. Max è uno di questi. Voleva farti una sorpresa."

"Quello l'ha fatto di sicuro." Susanna sospirò. "Quindi non mi ha tradita...per niente," disse tra sé e sé prima di alzare lo sguardo verso di lui.

"Questo sistema le cose tra di noi?" Quinn si avvicinò a lei. Le sue dita si chiusero sulla sua mano.

"È difficile recuperare la fiducia, una volta che si è persa."

La fragranza del suo profumo lo intossicava. "Sono saltato a conclusioni affrettate. Ho avuto una reazione esagerata."

"Ma io ho parlato. Ho condiviso quel segreto con Max. Sono colpevole di quanto mi hai accusata. Non sono stata affidabile. E tu hai detto che tra noi era finita."

"Cosa posso fare per sistemare le cose?" Il cuore di Quinn sembrava esplodergli nel petto.

"Possiamo essere amici..." Susanna sfilò la mano da quella di lui.

"Stronzate! Non rifilarmi la storia dell'essere amici. Io non voglio essere tuo amico. Mi ami ancora?"

"Ecco che torni ad essere ostile." Susanna indietreggiò.

"Non cambiare argomento. Io ti amo, Susanna..."

"Davvero? Non era così però quando pensavi di aver perso il libro. Una ripresa miracolosa la tua."

Quinn avvampò. "Okay. Giusto. Sono stato fuori luogo. Ero ubriaco."

"Ogni volta che sarai ubriaco, dovrò preoccuparmi del fatto che vorrai lasciarmi? Dovrei semplicemente dimenticare che ti ho deluso e che poi tu hai deluso me?

Lo sguardo dell'uomo si abbassò verso il pavimento. "Io non la vedo così."

"E come la vedi?"

"Io vedo che ti amo e ti rivoglio. Sto male senza di te."

* * * *

Il cuore di Susanna mancò un battito. *Non correre di nuovo tra le sue braccia. Impara a camminare prima di correre.* La confusione le offuscava la mente, ma il suo cuore la spinse a fare un passo avanti.

Quinn fece scivolare le braccia intorno alle sue spalle e si piegò fino a sfiorarle l'orecchio con le labbra. "Dimmi che tornerai da me. Dimmi che mi ami ancora, Susie. Ti prego," sussurrò lui.

Il profumo della sua camicia appena stirata, mischiato alla sua essenza mascolina, era inebriante. Susanna chiuse gli occhi, appoggiando la guancia contro di lui. Sapeva che lo amava ancora e, in quel momento, si rese conto che l'avrebbe amato per sempre.

"E se non lo faccio?" disse lei, ansimando.

"Non mi fermerò finché non me lo dirai. Non mi fermerò finché non sarai di nuovo mia."

Il cuore di Susanna cominciò a battere forte. *Proprio quello che aspettavo di sentirmi dire.* Il suo cuore cantava, ma il suo cervello era ancora dubbioso.

"Non possiamo farci questo di nuovo," rispose lei in un sussurro.

"No, no, hai ragione. Entrambi abbiamo fatto degli errori, ora dobbiamo ricostruire la reciproca fiducia."

"Possiamo frequentarci?" Susanna sollevò lo sguardo verso di lui.

"Perché no? Vieni con me agli *Academy Awards*. Manca solo un mese. Possiamo vederci qualche volta prima di allora. Vieni con me a Los Angeles. Ti prego, Susie."

"Okay." Susanna sorrise timidamente.

Un sorriso a trentadue denti si dipinse sul volto di Quinn. La baciò appassionatamente e alcuni dei clienti del ristorante applaudirono. Susanna e Quinn, imbarazzatissimi, si nascosero dietro i menù, mentre sceglievano ciò che desideravano mangiare.

Iniziarono con un'*artichaut vinaigrette,* poi Quinn prese un carré d'agnello arrosto in crosta di timo, Susanna ordinò un *Dover sole meuniere*, e terminarono la cena dividendosi un soufflé di cioccolato.

Mentre attendevano il cibo che avevano ordinato, sorseggiarono un ottimo Cabernet Sauvignon. All'improvviso, Susanna spalancò gli occhi. "Oh mio Dio!"

"Cosa c'è?"

"Max! Oddio. Max. Dopo il nostro litigio, sono andata da Max..."

"E?"

"L'ho colpito." Susanna si coprì la bocca con la mano.

"L'hai colpito!"

"Gli ho dato uno schiaffo in faccia," disse lei, affondando il viso tra le mani. "Devo assolutamente scusarmi."

* * * *

Café Limoges, tre giorni dopo.

"Allora, di cosa volevi parlarmi stasera, Quinn? Ci sono problemi con il copione?"

"No. Solo una piccola sorpresa."

Max gli lanciò un'occhiata interrogativa. Prima che potesse replicare, Susanna comparve al loro tavolo. Max si abbassò come a voler cercare riparo.

"Non colpirmi!" Gridò, alzando le braccia per proteggersi il volto.

"Non ho intenzione di colpirti, Max. Sono qui per scusarmi."

"Immagino tu abbia parlato con Quinn," rispose lui, abbassando le braccia.

Lei annuì. "Broadway. Che meravigliosa opportunità per lui."

"È quello che ho pensato anch'io. Era il mio modo di ripagarti per avermi aiutato con mio figlio."

"Forse se mi avessi detto cosa avevi intenzione di fare..." Susanna si sedette accanto a Max.

"Volevo che fosse una sorpresa."

"Lo è stata," rise lei.

Fecero la pace e lei gli schioccò un bacio sulla guancia. Durante una cena molto vivace, Susanna fu messa al corrente della discussione sulla sceneggiatura e sul cast. Quinn avrebbe voluto che fosse Chaz Duncan ad interpretare il ruolo del protagonista secondario, ma Chaz era già impegnato in *Hustle and Flow,* un musical a Broadway. Aveva ricevuto anche delle ottime recensioni.

Ci fu un po' di discussione riguardo a chi doveva interpretare il ruolo della protagonista femminile e sembrava che Cara Bewster, anche lei stella di Hollywood, fosse la prescelta dai produttori e dal regista per la parte. Susanna si divertiva ad ascoltare il divo del cinema e il produttore scambiarsi opinioni su nomi famosi e parlare di dialoghi e caratterizzazione dei personaggi.

Quando furono le nove, si congedò dai due uomini, perché il mattino seguente avrebbe dovuto svegliarsi presto per la lezione d'arte alla New York University. Sentì un senso di pace scenderle su tutto il corpo, mentre Bobby la riaccompagnava a casa. Camminava con passo leggero e vivace. Anche se non sapeva come sarebbe andata a finire quella relazione, sembrava che la separazione l'avesse rafforzata. Si rese conto di aver assunto un atteggiamento fatalista. *Se è destino, allora sarà così.*

Capitolo Quindici

Quinn portò Susanna a Los Angeles con sé, facendola volare in prima classe. Bevvero champagne e gustarono piatti deliziosi. Il servizio eccellente fece sembrare il viaggio come una sorta di luna di miele. Lei e Quinn avevano ripreso a frequentarsi, ma non andavano a letto insieme. La loro rottura aveva destabilizzato Susanna e ora lei voleva procedere lentamente e assicurarsi di non bruciare nessuna tappa. Quinn rispettava la sua volontà e teneva a bada il suo desiderio come meglio poteva. Alcune visite allo zoo e al museo d'arte, insieme ad un paio di spettacoli a Broadway, li avevano tenuti occupati.

Quando Susanna scese dall'aereo, aveva lo stomaco chiuso in una morsa e il cuore le batteva forte. C'era una macchina ad aspettarli all'aeroporto. Quinn intrecciò le dita alle sue e fecero il viaggio in silenzio, entrambi con lo sguardo rivolto verso il finestrino.

"Puoi stare nella tua vecchia stanza nella casa al mare, se ti senti più a tuo agio," disse lui.

Lei annuì. *È più bello che mai. Dubito che finirò in quella stanza.* Il suo sorrisetto si trasformò in una risatina.

"Cosa c'è di così divertente?" Quinn la guardò con un sopracciglio inarcato.

"Io e te in camere separate," ridacchiò lei.

"Ehi, non è che devi convincere me, tesoro," disse lui, guardandola con desiderio.

Susanna pensò che un bagno l'avrebbe aiutata a rilassarsi, così versò nell'acqua una boccetta di bagnoschiuma profumato alla violetta e rimase a guardare la vasca riempirsi di schiuma. L'acqua calda sciolse i suoi muscoli, poi Susanna udì bussare alla porta.

"Susanna? Sei annegata lì dentro?" chiamò Quinn dall'altra parte della porta.

"Sto bene."

"Posso entrare?"

"Certo."

Quinn aprì la porta. Susanna era coperta di schiuma bianca e scintillante, i capelli neri sciolti sulle spalle e gli occhi grigio chiari rivolti verso di lui. Lui rimase a fissarla ed era ancora più bello di quanto lei ricordasse, con i capelli tagliati corti per il film e gli occhi blu che brillavano d'amore. Il cuore prese a batterle forte. Sembrava che le spalle di lui fossero diventate ancora più larghe da quando si erano lasciati. La maglietta che indossava gli fasciava strettamente il petto. Notò anche che aveva perso un po' di peso. La sua vita era più snella e i suoi addominali più definiti. Era stupendo.

"Ti dispiace se vengo anch'io?"

"Per favore, chiudi la porta. C'è uno spiffero."

"Posso lavarti la schiena...o qualsiasi altra cosa necessiti di essere strofinata, toccata o accarezzata?"

Lo sguardo malizioso nei suoi occhi e il sorrisino sulle sue labbra la fecero ridere. "Sei così trasparente. Lo sei sempre stato." Susanna tentò di afferrare l'asciugamano, ma non riuscì a raggiungerlo.

"Permettimi," disse lui, prendendo il grosso telo da bagno e tenendolo aperto per lei.

Susanna tolse il tappo dalla vasca e si alzò in piedi con le spalle rivolte verso di lui, sentendosi tutto d'un tratto timida. Lui l'avvolse nell'asciugamano e nelle proprie braccia. Chiudendole forte intorno a lei, la strinse a sé, piegando la testa per strofinare il naso sul suo collo. "Dio, mi sei mancata."

Lei si rilassò contro di lui, inclinando la testa da un lato in modo da dargli più facile accesso al suo collo. Le labbra di Quinn erano morbide e calde. Le sue dita si aprirono e premettero sul ventre di lei, spingendola di nuovo contro di sé. La pressione delle mani di lui sul suo corpo la eccitava, portandola a volere di più. L'idea di strapparsi di dosso l'asciugamano, di liberarsi dei vestiti di lui e di fare l'amore lì, sul pavimento, la fece sorridere. Fece un respiro profondo, che non fece altro che spostare le mani di lui più in alto, vicino ai suoi seni.

"È passato così tanto tempo e ti voglio così tanto...adesso," mormorò lui.

Un brivido le percorse la schiena. "Hai freddo?" Le chiese lui. Come poteva avere freddo con le braccia di lui avvolte intorno a sé? Susanna scosse la testa. Ne seguì una risatina maliziosa di lui. "Capisco."

Susanna si allontanò da lui, avvolgendosi l'asciugamano intorno al petto. *Il mio corpo non ha dimenticato il suo tocco.* Il desiderio cominciò a scorrerle nelle vene così intensamente che non riusciva a guardarlo in faccia. Quinn le sollevò il mento con un dito, costringendola a sollevare lo sguardo verso di lui. "Guardami negli occhi e dimmi che non vuoi fare l'amore."

Susanna gli accarezzò la guancia, godendo della sensazione della sua barba ispida contro la pelle e tenendo gli occhi fissi in quelli di lui. *Dio, quanto mi sei mancato!* Il suo cuore accelerò i battiti, il desiderio era stampato sul volto di lui. "Non posso negarlo."

"Allora cosa stiamo aspettando?" Quinn la prese tra le braccia e la portò in camera da letto. Dopo averla buttata delicatamente sul letto, si liberò della maglietta, si sfilò i jeans e i boxer, poi la raggiunse. "Voglio spogliarti piano, come se scartassi un regalo di Natale." Sciolse lentamente il laccio che fermava l'asciugamano e ne aprì prima un lato e poi l'altro. Il respiro gli si fermò in gola, mentre il suo sguardo vagava lungo il corpo di lei.

"Sei ancora più bella. È possibile?" Abbassò la bocca per darle un bacio dolce, cominciando lentamente. Lo sguardo di Susanna scivolò su di lui. Era ancora più bello, più affascinante e più sexy di quanto ricordava. Il cuore le batteva all'impazzata, pompando fuoco nelle sue vene e facendola sentire stordita dal desiderio. Gli toccò le spalle, poi fece scivolare le mani sul suo petto, muovendole tra la fine peluria. Poi appoggiò i palmi sui suoi pettorali.

"Dio, sei così bello," sospirò lei.

"Non sono poi così bello...un tipo."

"Sì che lo sei. Sei bellissimo per me." Gli occhi turchesi di Quinn, inchiodati a quelli di lei, riflettevano il piacere dato da quelle parole. Lei lo tirò verso il basso finché le sue labbra non reclamarono quelle di lui in un bacio appassionato. Subito Quinn rese il bacio più profondo, mentre il desiderio bruciava come un fuoco tra di loro. Quando lui chiuse le dita a coppa sul suo seno, ogni reticenza che Susanna potesse aver provato si volatilizzò. S'inarcò contro di lui per sentire il contatto con la sua pelle e questo la eccitò ancora di più.

Quel bisogno di lui quasi doloroso crebbe velocemente, fino a diventare una passione senza più freni. Quando Quinn prese in bocca il suo capezzolo, per poco Susanna non gridò. Lei e l'astinenza non erano mai andate molto d'accordo e l'attesa di Quinn aveva intensificato il suo bisogno di lui.

Quinn stuzzicò prima un seno poi l'altro. "Hai un buon profumo. E anche un buon sapore," mormorò, mentre le sue mani scivolavano sulla pelle levigata di lei, verso il centro del suo piacere. Ridacchiò, quando la sentì sussultare e gemere.

"Ti piace torturarmi?" gli chiese lei.

"Una lenta tortura... sì, mi piace molto. Ho sognato questo giorno per mesi."

Susanna chiuse le labbra sul muscolo della spalla di lui e succhiò. Quando affondò i denti nella sua carne, lui sobbalzò. Susanna si lasciò sfuggire una risatina e lo baciò lungo il collo, cercando di abbassare la mano verso il suo membro, ma lui la bloccò. "Uh-uh. No. Nossignora. Non ti permetterò di affrettare le cose." Quinn si fermò per un istante per scuotere la testa e guardarla negli occhi.

L'espressione maliziosa di lui la fece ridere. "Sono tua prigioniera?"

"Esatto. Abituati. Questo è il mio ritmo."

"Agli ordini, Capitano."

Susanna sostituì le labbra con la lingua per tracciare una striscia umida sul collo di lui e sul suo lobo. Quando arrivò in quel punto, Quinn trattenne il fiato. Susanna sapeva che quello era un punto molto sensibile per lui e cercò di dedicarvi la sua attenzione, ma lui si abbassò velocemente, prima che lei potesse partire all'attacco. La testa di Quinn scomparve tra le gambe di lei e Susanna ricadde sul letto con un forte gemito. Quella fu la fine. Non riuscì più a trattenersi, mentre l'orgasmo le squassava tutto il corpo.

Sostenendosi per un momento su un gomito, Quinn la guardò con aria compiaciuta.

"Sei soddisfatto di te stesso, eh?"

Lui annuì. "Volevo farti vedere le stelle."

"L'hai fatto." Susanna sorrise, poi lo afferrò, avvolgendo le dita intorno alla sua erezione. "Wow, sei veramente duro."

"Sei tu. È l'effetto che mi fai ogni volta."

"Occupiamoci di te adesso." Susanna si chinò e lo prese in bocca.

Lui gemette. "Aspetta...Non credo che potrò..."

"È il mio turno."

"Voglio finire dentro di te." Le sue parole la fecero fermare immediatamente.

"Il tuo desiderio è un ordine." Susanna si sdraiò e lui si posizionò in mezzo alle sue gambe. La penetrò lentamente, chiudendo gli occhi per un istante e gemendo forte mentre la riempiva. Poi le sollevò le caviglie e se le portò sopra le spalle. Affondò più profondamente dentro di lei, facendoli gemere entrambi.

"Fantastica come sempre." Quinn sospirò e gemette allo stesso tempo.

"Oh, sì!" sussurrò lei, le dita conficcate nella schiena di lui.

Dapprima Quinn si mosse lentamente, poi cominciò ad aumentare il ritmo. Susanna chiuse gli occhi, concentrandosi sui suoi sensi. L'odore mascolino di lui le stuzzicava il naso, mentre conficcava le dita nei suoi muscoli. Ad un certo punto, lui si ritrasse per catturarle la bocca con fare famelico.

Il suo sapore, la sua lingua, il sentirlo dentro di sé spinsero la passione di Susanna al limite. Il calore e la tensione presero a turbinare vorticosamente nel suo corpo, crescendo sempre di più. Susanna sapeva che anche lui stava per perdere il controllo, considerato che stava aumentando il ritmo. Le sue mani percepirono la passione crescente in lui che stava per raggiungere la sua.

"Non aspettare me," mormorò lui. Piccole gocce di sudore caddero dalla sua fronte sul petto di lei.

Lei lo strinse più forte, ma non servì a molto. La tensione crebbe sempre di più fino a farla esplodere, inondando ogni fibra del suo corpo con ondate di piacere. Uno strano verso le uscì dalla bocca un attimo prima che lui venisse dentro di lei. Entrambi i loro corpi giacquero immobili per un momento. Si staccarono l'uno dall'altra, restando sdraiati a baciarsi.

"È stato come lo ricordavi?" chiese lei timidamente.

"Di più. Più bello." Quinn le accarezzò la guancia, poi infilò le dita tra i suoi capelli. "Mi è mancato toccarti, i tuoi capelli, baciarti. Parlare con te. Mi è mancato persino Junior."

"Davvero?" Susanna si alzò a sedere. "È mancato anche a me. A volte sogno di sentirlo piangere e mi sveglio, ma lui non c'è."

"E che mi dici di me? Hai sognato anche me?" disse lui, sostenendosi su un gomito.

Susanna rotolò dalla sua parte del letto, lontana da lui. Si sentì avvampare, ma Quinn era deciso a non lasciar perdere. Si protese e la prese per una spalla, facendola rigirare verso di lui.

"Allora?"

"Naturalmente." Lo guardò negli occhi. "Mi sei mancato ogni giorno e ti ho sognato spesso."

"Allora perché non sei venuta da me?"

"Era tutto così conveniente...avere una donna in casa tua che cucinava per te e dormiva con te. Avevo bisogno di sapere se era tutto vero. Avevo bisogno di allontanarmi."

"È per quello che ho detto quella notte, quando ero ubriaco, vero?"

"Sarò sincera. Quello ha giocato certamente un ruolo. Tutt'in un momento sono stata buttata fuori senza nemmeno parlarne. In un unico giorno sono passata dall'essere indispensabile all'essere gettata via come spazzatura perché avevo fatto un errore. Questo mi ha frenato. Mi frena ancora."

"Anche ora. Anche quando ti dico che ti amo ancora, forse anche più di prima."

"Ah, la separazione ha fatto bene anche a te."

"Mi sono fatto un bel culo sul lavoro. Ma sì, mi ha fatto bene. Ho avuto tempo per pensare...per sentire la tua mancanza."

"Le nostre vite si sono intrecciate in modo inaspettato, quasi senza che ce ne rendessimo conto, quando c'era Junior. Eravamo come una famiglia. Il modo in cui tutto è successo è stato strano."

"Forse, ma a me piaceva. Averti intorno tutti i giorni ad aiutarmi con il copione, a cucinare deliziosi manicaretti, e Junior...eri così paziente e dolce con lui."

"Davvero? Pensavo di essere solo la sua balia, un rimpiazzo finché non fosse tornata sua madre."

"Sei stata molto più di quello. Sei stata sua madre, almeno per due mesi. Non avevo mai visto quel lato di una donna prima di allora. È stato bello vederlo. Hai un cuore buono."

Le lacrime s'affacciarono ai suoi occhi a quel suo complimento così sentito. "Grazie," disse con voce roca. Susanna si avvicinò a lui. Quinn capì le sue intenzioni e l'attirò nel suo abbraccio.

"Vorrei tanto rimanere così, ma..." Quinn lanciò un'occhiata all'orologio. "Dobbiamo essere sul tappeto rosso degli *Academy Awards* tra due ore!"

"Oh mio Dio!" Susanna schizzò fuori dal letto e aprì la sua valigia. "L'hai portata tu qui, vero?"

"Certo. Dove altro potresti dormire?"

Susanna gli rivolse un sorriso furbo mentre tirava fuori il suo vestito e lo appendeva. Quinn abbassò la zip di una borsa di plastica appesa nell'armadio, la custodia del suo smoking. "Prima una doccia veloce." Afferrò un asciugamano da uno degli scaffali e si diresse verso il bagno.

Susanna sorrise nello specchio. Il suo esperimento aveva funzionato. Lo amava più che mai e lui sembrava provare lo stesso. Un senso di sicurezza la pervase, facendola sentire calda. *Quinn mi ama.* Tutto sembrava andare per il verso giusto nel suo mondo, pensò mentre cercava di concentrarsi sull'applicare il giusto tocco di trucco.

Quinn tornò con un asciugamano allacciato in vita. Lei posò il mascara per osservarlo e fischiare. Lui arrossì. "Mi è mancato avere un bel corpo nudo intorno a me mentre mi preparo."

"Se avessimo più tempo..." cominciò lui.

* * * *

La limousine li passò a prendere puntualmente. Quinn offrì il braccio a Susanna, che indossava un lungo vestito bianco aderente decorato con tanti lustrini scintillanti. Lui era incredibilmente bello nel suo smoking nero. Con uno scialle di seta ricamato posato sul braccio, Susanna scese attentamente le scale sui suoi sandali d'argento satinati dal tacco troppo alto. Lui le aprì la portiera, poi la richiuse e salì dall'altra parte della macchina, così lei non avrebbe dovuto scivolare sul suo vestito magnifico, ma alquanto sottile.

Si tennero per mano per l'intero tragitto.

"Hai avuto la nomination stavolta?"

"No, ma l'ha avuta il film. È già un grande onore essere stati nominati...e aver recitato in un film che ha ricevuto la nomination, anche se non vinciamo."

"Mi sembra l'atteggiamento giusto." Susanna lo baciò.

Man mano che si avvicinavano sempre di più al Beverly Hilton Hotel, Quinn divenne sempre più nervoso e continuava a battere il piede per terra, incapace di stare fermo.

"In realtà vuoi vincere. Non è così?"

"Cosa?"

"Sei nervoso."

"Ho qualcos'altro per la testa." Quinn guardò fuori dal finestrino.

"Vuoi parlarne?"

"Non ora."

Susanna decise che Quinn doveva tenere al premio in maniera particolare, ma che, per qualche assurda ragione, non voleva ammetterlo. Strinse più forte la mano di lui e gli rivolse un caldo sorriso. Lui le sorrise di rimando, le prese la mano e ne baciò il dorso.

"Ti amo."

Finalmente, la loro macchina raggiunse la fila per l'entrata. Una limousine dopo l'altra si avvicendavano, e coppie e personaggi famosi facevano la loro comparsa. Sam Callen stava facendo le interviste, come ogni anno. Quinn tossicchiò, si picchiettò la tasca, poi s'incollò un sorriso sulla faccia mentre si preparava ad affrontare l'orda di fan eccitati.

Sam aprì la portiera. Quinn uscì e tese la mano a Susanna. Lei scese dalla macchina, mettendo fuori prima le gambe. Fecero qualche passo sul red carpet, poi Sam fece un passo indietro. Susanna continuò a camminare davanti a Quinn. Sentì un colpetto sulla mano e si voltò. Sulla folla era calato il silenzio e Quinn si stava inginocchiando.

"No. Non lo stai facendo davvero. Non qui?"

"Susanna Barnes, ti amo con tutto il mio cuore..."

"Quinn, alzati. La gente ci guarda…"

"Vuoi essere mia moglie? Sposami, Susanna."

Susanna rimase immobile a fissarlo, mentre lui apriva una piccola scatolina e le mostrava uno splendido anello con un diamante a quattro carati.

La bocca di Susanna era secca come una foglia d'autunno caduta. Quinn aveva un sorriso idiota stampato in faccia. *Una vita pubblica? Ancora?* Lo sguardo di Susanna osservò la folla, che stava aspettando la sua risposta. *Tutto quello che faremo passerà sotto la lente d'ingrandimento.*

"Susanna?" chiese lui, piegando la testa di lato.

Ma lo amo così tanto. Non posso lasciarlo ora.

La folla era ferma lì, in silenzio, in attesa. Susanna lanciò una breve occhiata ai fan, trattenendo il fiato, poi si voltò a guardare l'espressione carica di speranza sul volto di Quinn. Sorrise e annuì.

"Sì, lo voglio."

Non appena ebbe pronunciato quelle parole, la folla esplose. Quinn le fece scivolare l'anello al dito e la strinse forte tra le braccia. Sam Callen annunciò il fidanzamento, un precedente nella storia degli *Academy Awards*. Quinn la baciò con passione, mentre i fan urlavano i loro migliori auguri. C'erano persone che saltavano, che applaudivano e urlavano e Susanna rideva. Quinn le circondò la vita con un braccio e percorsero velocemente ciò che rimaneva del percorso sul tappeto rosso verso l'hotel.

Le sembrò che centinaia di celebrità li fermassero per stringere la mano a Quinn o dargli una pacca sulla spalla. Le donne sorridevano con invidia. Susanna si muoveva come se fosse in trance, perché tutto sembrava così surreale. Lanciò uno sguardo alla propria mano per ammirare l'anello che brillava maestosamente sotto le luci artificiali.

"Siamo davvero fidanzati?" gli chiese.

Lui annuì. "Hai detto sì. Ora non puoi più tirarti indietro."

    Jean Joachim

"Non voglio farlo, ma è tutto così veloce. Mi manca quasi il respiro."

"Tu vuoi sposarmi, vero?"

"Certo. Io ti amo," disse lei, mentre faceva scivolare la propria mano in quella di lui.

"Sarai la moglie e madre più meravigliosa che ci sia."

Lei lo guardò radiosa. "Tu credi?"

"Ho già avuto un'anteprima e quello che posso dire è che è un fatto certo..."

"Non è un fidanzamento a tempo? Questo spettacolo durerà per sempre?" Lo guardò negli occhi.

"Per sempre, piccola. Per sempre." Un fotografo li immortalò mentre si scambiavano un altro bacio.

Epilogo

Per evitare la stampa, Quinn e Susanna finsero di sposarsi al Café Limoges, ma scapparono dalla città e si sposarono a Pine Grove, con una cerimonia privata nel giardino di Maggie e Cal. Chaz fu il testimone di Quinn, mentre Annie fu la damigella d'onore di Susanna.

Il matrimonio avvenne poco tempo dopo il fidanzamento perché Quinn aveva firmato un contratto per il lancio di *AMORE CIECO* e non poteva prendersi del tempo libero. I due amanti erano inseparabili. Mentre lui provava, Susanna sedeva spesso nell'auditorium, disegnando schizzi del cast e mostrando loro i suoi disegni. Imparò lo spettacolo a memoria.

Un pomeriggio, Quinn raggiunse la moglie, che era seduta in prima fila. "Hai visto Cara?"

"La tua co-protagonista? No, perché?"

"Sembra che ci siano due detective di New York che la stanno cercando."

"La polizia?" Susanna sollevò le sopracciglia.

"Sì. E non vogliono rivelare il motivo."

FINE

L'Autrice

Jean Joachim è un'autrice di romance di successo e i suoi libri sono nella classifica Top 100 di Amazon dal 2012. Per la maggior parte, scrive libri di romance contemporaneo, che comprendono i generi sport romance e romantic suspense.

The Renovated Heart è stato eletto Miglior Romanzo dell'Anno dal Love Romances Café. *Lovers & Liars* è stato finalista di RomCon nel 2013. E *The Marriage List* ha conquistato il terzo posto come Miglior Romance Contemporaneo del Gulf Coast RWA. Nel 2014, To Love or Not to Love si è classificato secondo nel contest Romance Writers of America Reader's Choice della sezione del New England. Nel 2012, Jean Joachim è stata nominata Autore dell'Anno dalla sezione di New York della Romance Writers of America.

Sposata e madre di due figli, Jean vive a New York. La mattina presto, la si può trovare al computer, intenta a scrivere con una tazza di tè e con al suo fianco Homer, il carlino che ha salvato, e la sua scorta segreta di liquerizia nera.

Jean ha pubblicato oltre 30 libri, romanzi e racconti. Li puoi trovare qui: http://www.jeanjoachimbooks.com